पूज्य गुरुदेव स्वामी चिन्मयानंद

व

मेरे पिता डॉ. शांतिकुमार जे. वैद्य

की याद में समर्पित

जीवन रूपी वरदान व स्नेह देने के लिए

मेरी मां सुधा वैद्य

और

स्नेह व संबल के लिए

मेरी सासू मां ज्योति कपूर के नाम

हिन्द पॉकेट बुक्स

गर्भावस्था में ममतामयी सोच

लेखिका गोपिका कपूर मुंबई में रहती हैं और कम्यूनिकेशंस कंसल्टेंट हैं। उन्होंने अनेक उल्लेखनीय प्रकाशनगृहों के लिए लिखा है, जिनमें द *टाइम्स ऑफ इंडिया, इंडियन एक्सप्रेस*, *एले*, *सेंवन्टीन इंडिया* व *एंडपरसेंड मैगज़ीन* आदि शामिल हैं। क्राई, प्वॉईंट ऑफ व्यू, सी आर ई ए व सेव द चिल्ड्रन, स्वीडन आदि की संप्रेषण पहलों के लिए परामर्श देती आई हैं। गोपिका उम्मीद चाइल्ड डेवलेपमेंट सेंटर से भी जुड़ी हैं तथा उसे पूरा योगदान देती हैं, यह एनजीओ विकलांग बच्चों के लिए कार्य करता है। वे 2004 से चिन्मय मिशन के तत्वावधान में वेदांत का अध्ययन करती आ रही हैं और वे जीवन व संसार के प्रति अपने बदले दृष्टिकोण का सारा श्रेय, इसी को देती हैं।

गोपिका अपने पति मोहित (कार्पोरेट लॉयर व लाइफ कोच) व अपने जुड़वां बच्चों वीर और गायत्री के साथ रहती हैं। वे बेस्टसेलिंग पुस्तक *स्पिरिचुअल पेरेंटिंग* की लेखिका भी हैं।

गर्भावस्था में ममतामयी सोच

शिशु के पालन व पोषण के लिए
आंतरिक विवेक

गोपिका कपूर

हिन्द पॉकेट बुक्स
पेंगुइन रैंडम हाउस इम्प्रिंट

हिन्द पॉकेट बुक्स

यूएसए। कनाडा। यूके। आयरलैंड। ऑस्ट्रेलिया। सिंगापुर
न्यू ज़ीलैंड। भारत। दक्षिण अफ्रीका। चीन

हिन्द पॉकेट बुक्स, पेंगुइन रैंडम हाउस ग्रुप ऑफ़ कम्पनीज़ का हिस्सा है,
जिसका पता global.penguinrandomhouse.com पर मिलेगा

पेंगुइन रैंडम हाउस इंडिया प्रा. लि.,
चौथी मंजिल, कैपिटल टावर -1, एम जी रोड,
गुड़गांव 122 002, हरियाणा, भारत

पेंगुइन
रैंडम हाउस
इंडिया

प्रथम हिन्दी संस्करण हिन्द पॉकेट बुक्स द्वारा 2013 में प्रकाशित
यह हिन्दी संस्करण हिन्द पॉकेट बुक्स में पेंगुइन रैंडम हाउस द्वारा 2022 में प्रकाशित

10 9 8 7 6 5 4 3 2

इस पुस्तक में व्यक्त विचार लेखक के अपने हैं, जिनका यथासंभव
तथ्यात्मक सत्यापन किया गया है, और इस संबंध में प्रकाशक एवं
सहयोगी प्रकाशक किसी भी रूप में उत्तरदायी नहीं हैं।

ISBN 9789353492649

मुद्रकः रेप्रो इंडिया लिमिटेड

www.penguin.co.in

FSC
www.fsc.org
MIX
Paper from
responsible sources
FSC® C047271

This is a legitimate digitally printed version of the book and therefore might not
have certain extra finishing on the cover.

क्रम

शिशु का जन्म एक अनुभवपरक यात्रा है
प्रत्येक प्रसव मां के लिए पुनर्जन्म के समान होता है।
सब कुछ छोड़ने पर ही हम इसकी विशेष ऊर्जा को मुक्त
भाव से ग्रहण कर पाती हैं।
इस तरह हम अपने शरीरों पर भरोसा करना सीखती हैं।
यह हमें उस एक क्षण में, उस आनंद, उस पीड़ा और उस
दुख में जीना सिखाता है।
इस प्रकार हम अपनी पूरी शक्ति व नारीत्व के साथ
अपने शिशुओं को जन्म दे पाती हैं।

हेलेन लैंग, बर्थिंग इन पैराडाइज, 1994

भाग-1

एक जीवन पर मनन

मैं तुम्हें गर्भ में धारण करने से पहले ही चाहती थी,
तुम्हारे जन्म लेने से पहले ही तुम्हें प्यार करती थी।
इससे पहले कि तुम यहां आते, मैं तुम्हारे लिए बेचैन थी,
यही तो मां के प्रेम का चमत्कार है।

मॉरीन हॉकिंस

आइस-कोल्ड मार्टिनी के साथ देर रात की दावतें,
पोल्का-डॉट बिकनियों में बेफ़िक्र छुट्टियां,
पूरा दिन काम और रात की भरपूर नींद,
ये मेरे कुछ मनपसंद शौक थे!

1

तो आप एक शिशु चाहती हैं...?

तो मैं मान लेती हूं कि आप एक शिशु को जन्म देने के बारे में सोच रही हैं या पहले से ही गर्भवती हैं, तभी तो इस पुस्तक की प्रति आपके हाथों में है। बधाई हो! यहां तक कि एक शिशु को पाने के बारे में सोचना भी अपने-आप में एक बड़ा क़दम होता है। यह आपके जीवन को पूरी तरह से बदल देता है। हममें से कुछ लोग 'वर्क-ऑल-डे-स्लीप, पार्टी ऑल नाइट' ज़िंदगियों में इस क़दर खोए रहते हैं कि यह सोचते ही नहीं कि किसी दूसरे के लिए भी कोई जगह हो सकती है। हममें से कुछ लोग अपने परिवार को बढ़ाना तो चाहती हैं, परंतु किसी-न-किसी कारणवश ऐसा कभी हो नहीं पाता। हममें से कुछ भाग्यशाली महिलाएं ऐसी भी हैं

जिन्हें किसी अज्ञात शक्ति ने मां की भूमिका निभाने के लिए चुना है, यहां तक कि नैप्पी और बोतलों में दिन-रात उलझे होने के बावजूद हम सोच ही नहीं पातीं कि हम कितनी क़िस्मतवाली हैं और फिर हममें से कुछ ऐसी भी हैं, जिनके लिए प्रेगनेंसी टेस्ट की दो नन्ही गुलाबी लाइनें या पीरियड का न होना एक सदमे या बड़े झटके जैसा हो जाता है। हम तैयार नहीं होतीं, क्योंकि एक शिशु होने का अर्थ है, अपने जीवन में आने वाले परिवर्तन को स्वीकारना।

किसी भी महिला के लिए, फिर चाहे वह किसी भी आयु, देश, समुदाय, रंग, जाति या सेक्सुएलिटी की क्यों न हो; मातृत्व अपने आप में एक बड़ा

और प्रभावकारी बदलाव होता है। शरीर, मन, बुद्धि व आत्मा, इनमें से कोई एक भी मां बनने के अनुभव से अछूता नहीं रह पाता।

हम सब जानती हैं – हमारे जीवन में केवल परिवर्तन ही एक ऐसा कारक है, जो निरंतर है, एक पंक्ति जो प्रायः सौंदर्य प्रतियोगिताओं द्वारा उठाई जाती है, किंतु हमें इस परिवर्तन को स्वीकार कर अपनाना होगा कि हम अपनी परिस्थितियों से सबसे बेहतर पा सकती हैं। बुद्धिमान दार्शनिक कन्फ़्यूशियस लिखते हैं, "उन्हें प्रायः बदलना चाहिए, जो अकसर प्रसन्नता व बुद्धिमत्ता के साथ निरंतर रहना चाहते हों।" किसी भी महिला के लिए मां बनने का अनुभव सबसे आनंददायी अनुभवों में से होता है, प्रत्येक को अपने जीवन में आने वाले बदलावों के अनुसार चलने के योग्य होना ही चाहिए। मेरे विचार से यह संबंध हमें सबसे अधिक पाठ पढ़ाने के साथ-साथ हमारे आध्यात्मिक विकास व उत्थान में भी सहायक होता है और यह सब मां की कोख से ही आरंभ होता है।

हम एक साथ इस यात्रा का आरंभ करने जा रहे हैं, मैं आशा करती हूं कि आपके साथ वे अनुभव बांट पाऊंगी जो मैंने सीखे, ताकि आपके लिए भी गर्भावस्था के ये नौ माह समृद्ध और प्रबुद्ध हो सकें।

<2>

शिशु की योजना बनाम सरप्राइज़!

शिशु तो ईश्वर के हाथों बहाए गए तारिका–धूलि कण हैं। वे महिलाएं भाग्यवान हैं, जिन्होंने प्रसव पीड़ा सही है, क्योंकि उन्होंने हाथ में एक सितारा थामा है।

अज्ञात

हम चाहे इसे जैसे भी लें, पर जब हमें सही मायनों में पता लगता है कि हम एक शिशु को जन्म देने वाली हैं, तो यह अपने आप में एक बहुत बड़ा सरप्राइज़ होता है। यह कुछ ऐसा ही है, मानो हम अपने शरीर से बाहर आकर अपने जीवन के साक्षी हो रहे हों, जैसे यह सब किसी दूसरे के साथ घट रहा हो (कम-से-कम मेरे साथ तो ऐसा ही हो रहा था)। निश्चित तौर पर यह एक ऐसी परिस्थिति होती है, जिसमें आप कुछ भी कह सकती हैं। इस बात से कोई अंतर नहीं पड़ता कि मतलब क्या था, उसका अंत परम और विशुद्ध आनंद ही होता है।

आइए, दोनों परिदृश्यों पर नज़र डालें और देखें कि अनुभव की आध्यात्मिक वृद्धि के लिए क्या कर सकते हैं

नियोजित प्रेगनेंसी

यह आपकी संतान के आध्यात्मिक उद्भव का सबसे समुचित उपाय है। आप अपने जीवन व आने वाली संतान के लिए बहुत कुछ कर सकती हैं और मैं कैल्शियम की गोलियां चबाने की बात नहीं कर रही। डॉक्टर तो आपको कुछ दवाएं और विटामिन लेने की सलाह देंगे, पर आप अपने आध्यात्मिक विकास के लिए स्वयं ही कुछ कर सकती हैं। मैं इन्हें स्पिरिचुअल सप्लीमेंट्स का नाम देना चाहूंगी।

योग

"गर्भधारण से पूर्व योग का नियमित अभ्यास गर्भावस्था की आदर्श तैयारी कहा जाता है। भावी माता को आसनों के अभ्यास से लोच व नम्यता प्राप्त होगी और प्राणायाम के माध्यम से वह दो के लिए जीवन ऊर्जा से भरपूर हो पाएगी, ध्यान मानसिक प्रशांति में सहायक होगा, जो कि पारंपरिक तौर पर भावी मातृत्व से जुड़ा है।"[1]

स्टिंग, मैडोना व हॉलीवुड के लिए जाना-पहचाना नाम बनने से पहले, इस प्राचीन भारतीय अभ्यास को चिकित्सा व आरोग्य के लिए आयुर्वेदिक उपायों के साथ प्रयोग में लाया जाता था। बचपन से ही योग का अभ्यास मन, शरीर व आत्मा के लिए लाभकारी होता है, विशेष रूप से भावी माता-पिता के लिए भी। स्वामी मुक्तानंद के अनुसार – यदि दोनों माता-पिता योगाभ्यास करें, तो इससे कुंडलिनी (मेरुदण्ड के आधार में स्थित कुंडलीनुमा सुप्त दैहिक ऊर्जा) का संपूर्ण या आंशिक जागरण हो सकता है। यह अजन्मे शिशु के आध्यात्मिक उत्थान तथा विकास में सहायक होती है।

पंच महाभूत ध्यान

प्राचीन पारंपरिक भारतीय चिकित्सा पद्धति आयुर्वेद का अर्थ है – आर्यु (जीवन) तथा वेद (विज्ञान), इसका मानना है कि मानव शरीर पांच तत्वों के मेल से बना है, जो कि प्रकृति में उपस्थित हैं। पंच महाभूत कहलाने वाले ये पांचों तत्व गर्भ या कोख में भी बनते हैं। वे हैं अग्नि (आग), वायु (हवा), जल (पानी), पृथ्वी (धरती) व आकाश (आसमान)।

---

1 स्वामी मुक्तानंद, नव योगिनी तंत्रम (महिलाओं के लिए योग), योग प्रकाशन ट्रस्ट, मुंगेर, बिहार, 2006।

गर्भधारण से पूर्व आपको व आपके साथी को सप्ताह में कम-से-कम दो बार इन तत्वों पर ध्यान लगाना चाहिए और ओव्यूलेशन के दौरान नियमित अभ्यास में ले आना चाहिए। आपको इन तत्वों से प्रार्थना करनी है कि वे भ्रूण के उन अंगों को अपना आशीर्वाद दें, जिनके विकास के लिए वे उत्तरदायी हैं।

तत्वशरीर के प्रभावित होने वाले अंग

अग्नि	नेत्र, शरीर का आकार व तापमान, रंग दैहिक वृद्धि तथा क्रोध
वायु	गति, हल्कापन, श्वसन, स्पर्शनीय संवेदन, शारीरिक गतिविधि
जल	स्वाद तंत्र, शीतलता, कोमलता रक्त, वीर्य, लार, वसा, लैक्सिटी व मसल मास
पृथ्वी	घ्राण तंत्र, भारीपन स्थिरता, अकड़न, बाल, हड्डियां, नाख़ून, त्वचा, मांसपेशियां शरीर के बाल व साहस
आकाश	ध्वनि तंत्र, मुख का भाग, गला, पेट का ख़ाली भाग, चैनल व छिद्र, बुद्धिमत्ता, निद्रा, तंद्रा व गर्व

ध्यान के लिए आपको व आपके साथी को किसी साफ-सुथरे व शांतिपूर्ण स्थान पर अपना मानसिक चित्रण करना चाहिए व नाभि चक्र पर ध्यान लगाना चाहिए। पांचों तत्वों का उसी प्रकार ध्यान करें, जिस प्रकार उन्हें पंच महाभूत ध्यान में दर्शाया गया है – अग्नि, वायु, जल, पृथ्वी, आकाश – उनसे प्रार्थना करें कि वे आपके व शिशु के शरीर को शुद्धि प्रदान करें।

एक ध्यान इस प्रकार का भी हो सकता है – मानसिक चित्रण करें कि एक अग्नि की चिंगारी नाभि से उठते हुए अपने प्रकाश व ऊष्मा को आपके पूरे शरीर में फैला रही है। अग्नि शरीर की सारी नकारात्मकता को

नष्ट कर देती है और इसे नए जीव के पोषण व संभाल के लिए तैयार करती है। अग्नि के देवता, अग्नि से प्रार्थना करते समय अपने भीतर उस प्रकाश व उष्मा को महसूस करें, ताकि वह आपके शरीर को शुद्ध बनाकर, गर्भावस्था के लिए तैयार कर सके।

इसके बाद वायु की बारी आती है, जो आग की भस्म को उड़ाकर भ्रूण के नेत्र व स्पर्श इंद्रिय बनाती है।

इसके बाद महसूस करें कि बहता शीतल जल आपके पूरे शरीर को एक सुकून-सा दे रहा है, अग्नि की उष्मा लेने के बाद अब शरीर को यह शीतलता बेहद भा रही है। जल भ्रूण के स्वाद इंद्रिय, शरीर के द्रव्यों तथा स्रावों को विकसित करता है।

जब आप फ़र्श पर ध्यान लगाने के लिए बैठती हैं, तो धरती माता से आपका प्रत्यक्ष संबंध हो जाता है।

कल्पना करें कि धरती के गर्भ से निकली एक नाल आपके हृदय केंद्र तक जा रही है, जब आप धरती माता से अपने शिशु के लिए अच्छे बाल, त्वचा, नाखून व घ्राण-तंत्र की प्रार्थना करें, तो एक विद्युत चुंबकीय खिंचाव को महसूस करें।

अंतिम तत्व है आकाश। कल्पना करें कि आपके हृदय से कोई जीव या आत्मा निकल कर आकाश की ओर जा रही है। यह आकाश तत्व में आपके शिशु की आत्मा है, जो आपके गर्भ में आने के लिए उचित समय की प्रतीक्षा में है, फिर आत्मा अपना आकार बदल लेगी, पंचतत्वों से अपने शरीर का विकास करते हुए आपकी कोख में प्रवेश करेगी। मानसिक चित्रण करें कि शिशु आपके गर्भ में आपके स्नेह व उष्मा से घिरा है।

यहां तक कि आप एक पॉज़िटिव प्रेगनेंसी टेस्ट या प्रसन्नता का अनुभव भी कर सकती हैं, जो आपको यह जान कर होती कि आप मां बनने जा रही हैं।[2]

मानसिक चित्रण

विजुअलाइजेशन या क्रिएटिव विजुअलाइजेशन (सृजनात्मक चित्रण) की यह तकनीक प्राचीन मिस्री सभ्यता में भी विद्यमान थी। मिस्र के महान चिकित्सक हरमीज़ का मानना था कि शारीरिक रोगों की जड़ मन व आत्मा में होती

2 डॉ. विक्रम व डॉ. गीतांजलि शाह, गर्भसंस्कार इन प्रेगनेंसी, सुप्रजा फाउंडेशन, 2007।

है और उनकी चिकित्सा तभी संभव है, जब कोई रोगी यह मानसिक चित्रण करे कि एक आरोग्य देव उसे आरोग्य प्रदान कर रहे हैं। चूंकि ये विचार वाइब्रेशनल होते हैं और ऊर्जा के स्तर पर भौतिक जगत में परिवर्तन ला सकते हैं, फिर यह तकनीक ग्रीस में भी पहुंची, जहां रोगों व संकटों के समाधान के लिए आरोग्य मंदिर बनाए गए, फिर विजुअलाइजेशन की यह तकनीक पूरी दुनिया में फैली और अनेक सभ्यताओं व संस्कृतियों के लोग मन के माध्यम से रोगों की चिकित्सा करने लगे। सन् 1900 के आरंभिक सालों में, ब्रिटिश लेखक व यात्री डब्ल्यू वाई इवांस-वेंट्ज़ तिब्बत में योगियों से मिले, जो बर्फ़ में नंगे बदन ध्यान रमाते थे, वे अपने भीतर सूर्य के मानसिक चित्रण से ही काफ़ी शारीरिक उष्मा उत्पन्न कर लेते थे।[3]

आप भी सोच रही होंगी कि सूर्य का मानसिक चित्रण करते वस्त्रहीन योगियों का आप या आपके शिशु से क्या लेना-देना है? आपको तो केवल इतना करना है कि अपने भीतर, शिशु का मानसिक चित्रण करें। किसी ऐसे एकांत स्थान पर बैठें, जहां कोई भी आपका ध्यान भंग न करे। आप चॉपिन से लेकर मंत्र या फिर कैफ़े डेल मार आदि का कोई भी प्यारा व शांत-सा संगीत भी लगा सकती हैं। आंखें बंद करके कुछ मिनट तक गहरी सांसें लें, जब तक आपकी सांस इतनी शांत न हो जाए कि सांस लेने व छोड़ने का स्वर भी सुनाई न दे। अब एक शिशु की कल्पना करें। आप स्वयं को एक गर्भवती के रूप में देख सकती हैं, जिसका शिशु पेट में लातें मार रहा है या उसके जन्म के समय आपको कैसी खुशी होगी या जब आप अपने बड़े होते बच्चे के साथ खेलेंगी। इस विजुअलाइज़ेशन के दौरान कोई प्रार्थना या आत्मकथन दोहराएं, आपके पास जो भी है, उसके लिए उसे सर्वोच्च शक्ति का धन्यवाद दें और उनसे प्रार्थना करें कि वे एक नन्हे बालक के माध्यम से आपके जीवन को प्रेम व प्रकाश से आलोकित कर दें।

जब हम मानसिक चित्रण करते हैं, तो कुछ ऊर्जा या कंपन उत्पन्न करते हैं, जो ब्रह्माण्ड या उस सर्वोच्च शक्ति (चाहे आप उसे जो भी नाम देना चाहें) तक जाती हैं, वह बदले में हमें वह सब देती है, जो हम चाहते हैं। एक बात तो ख़ासतौर पर याद रखें – यह तथ्य जो कई नए युग के गुरुओं द्वारा या हाल ही मेरेरौंडा बर्न की 'द सीक्रेट' में भी कहा गया है –

3 कार्ल एल वैशेक, कीथ रैनडोल्फ, द ट्रुथ अबाउट क्रिएटिव विजुअलाइज़ेशन, लिऊलिन वर्ल्डवाइल्ड, 1984।

कभी भी नकारात्मक रूप में मानसिक चित्रण न करें और न ही कुछ मांगें। जैसे कि आप मानसिक तौर पर प्रार्थना करती हैं, 'मैं लड़का, लड़की-बीमार बच्चा नहीं चाहती। ब्रह्माण्ड 'नहीं' शब्द को नहीं सुनेगा और अगर आपकी प्रार्थना शक्तिशाली हुई तो आप वही पा लेंगी जो आप नहीं चाहती थीं। कोई भी आत्मकथन या प्रार्थना पूरी तरह से सकारात्मक होना चाहिए और उन्हें उसी रूप में कहा जाना चाहिए, जैसे कि हम कुछ मांगते हैं।

खानपान सही हो

मुझे पूरा यक़ीन है कि आप अपनी स्त्री-रोग विशेषज्ञा के पास जाने की योजना बना रही होंगी (आपको जाना भी चाहिए), वे आपको कुछ फॉलिक एसिड की गोलियां व टेबलेट देंगे/देंगी। इसके अलावा आपके लिए ताज़े फल व सब्ज़ियां खाना भी फ़ायदेमंद होगा। ऑर्गेनिक फल-सब्ज़ियों व अन्य खाद्य पदार्थों की इतनी विविधता है कि ये ने केवल आपकी रोग प्रतिरोधक क्षमता बढ़ाएंगे, बल्कि आपके शरीर को आने वाले बदलावों के लिए भी तैयार करेंगे।

जीवन शैली में बदलाव

जब तक आप सही मायनों में गर्भवती हों, तब तक इस नियोजन अवस्था में ही स्वयं को एक स्वस्थ व हल्की-फुल्की जीवन-शैली के लिए तैयार कर लें। आपको अपने जीवन में एक सेहतमंद बदलाव का इससे अच्छा अवसर नहीं मिलेगा। मेडिकल अध्ययनों से भी साफ़ हो चुका है कि धूम्रपान न करने वाली महिलाओं की तुलना में धूम्रपान करने वाली महिलाओं के लिए गर्भपात का ख़तरा तिगुना होता है। यदि आध्यात्मिक तौर पर कहें, तो शराब व सिगरेट हमारे प्राणायाम कोश[4] या शरीर को घेरे रहने वाले आभामंडल को अवरुद्ध करते हैं, जिससे सकारात्मक तरंगें हमारे शरीर में प्रवेश नहीं कर पातीं। जब आप रेकी सीखती हैं, तो वर्कशॉप के दौरान शराब व सिगरेट का प्रयोग पूरी तरह से वर्जित होता है, क्योंकि वे प्राणायाम कोश के माध्यम से होने वाले ऊर्जा के प्रवाह में बाधा देते हैं।

---

4 कोश, यानी किसी चीज का आवरण। शरीर की पहली परत भोजन पर आधारित है, जो अन्नमय कोश कहलाती है। यह प्राणायाम कोश द्वारा भीतर व बाहर व्याप्त है, जबकि प्राणायाम का अर्थ है, प्राण से बना। प्राण ही तो वह गहन ऊर्जा है, जो भौतिक जगत को जीवित रखती है। इसे ही आभामंडल या इलेक्ट्रिक डबल भी कहते हैं।

अनियोजित गर्भावस्था

जब ऐसा होता है, तब हमारे पूरे जीवन में लिए गए सभी आध्यात्मिक सबक अचानक काम आ जाते हैं। अन्य कई अनियोजित वस्तुओं की तरह अनियोजित गर्भावस्था भी हमारे लिए किसी सुखद आश्चर्य के बजाय सदमे से कम नहीं होती। उदाहरण के लिए मुझे ही लें। मेरे प्री-बेबी अवतार से पहले, मैं महिलाओं के मसलों पर एक एनजीओ के साथ काम करती थी। मेरे दिन घरेलू हिंसा, महिलाओं व बच्चों में व्याप्त एचआईवी एड्स व नारीवादी सिनेमा जैसे विषयों पर चर्चा में बीतते। मेरे जीवन में किसी शिशु के लिए कोई समय नहीं था। हक़ीक़त में, मुझे याद है कि एक रात मैंने अपने पति से यह भी कहा था कि शायद मैं अपने लिए संतान चाहती ही नहीं, क्योंकि मेरे हिसाब से मेरा जीवन इतना व्यस्ततापूर्ण था कि इसमें किसी दूसरे के लिए कोई जगह ही नहीं थी, किंतु जैसा कि फ्रेडी मर्करी ने क्वीन में गाया है, 'एन अदर वन बाइट्स द डस्ट'।

जब मुझे अपनी प्रेगनेंसी का पता चला, तो मैं हाल ही में बैंकॉक में हुई अंतर्राष्ट्रीय एचआईवी एड्स कॉन्फ्रेंस से लौटी थी। मेरे दिमाग में एआरवी, सीडी फोर व प्रोटीज इनहिबिटर्स जैसी बातें और आंकड़े घूम रहे थे। मैं एचआईवी/एड्स रोगों में रोग प्रतिरोधक क्षमता बढ़ाने के वैकल्पिक उपायों पर गंभीरतापूर्वक शोध करना चाहती थी। इस पहल के लिए बॉस का भी पूरा समर्थन मिल रहा था और तभी प्रेगनेंसी टेस्ट में वे नन्ही गुलाबी रेखाएं दिखीं और इसके बाद एक पॉज़िटिव ब्लड टेस्ट सामने आया। इससे बचकर भागने या इसे नकारने का कोई उपाय नहीं था। इस आरंभिक सदमे के बाद सोनोग्रॉफ़ी सामने आई, जिसने मुझे मेरे ही जीवन के प्रति साक्षी बना दिया, मानो यह सब कुछ किसी और के साथ घट रहा हो – सोनोलॉजिस्ट ने दो धड़कनें देखीं। मैं जुड़वां शिशुओं की मां बनने जा रही थी।

क़रीब एक सप्ताह तक तो मैं सदमे की हालत में रही। मैं अपने ही शरीर में होने वाले बदलावों को स्वीकार नहीं कर रही थी। जब मैं चाह कर भी अपनी व्यस्त दिनचर्या के साथ क़दमताल नहीं कर सकी, तो मुझे मजबूरन अपनी गति धीमी करनी पड़ी, इसमें हैरानी की कोई बात नहीं कि इससे मुझे आनंद भी मिला।

किसी भी अनियोजित गर्भावस्था के आनंद को पाने का एकमात्र उपाय यही होता है कि उसे स्वीकार लिया जाए। स्वीकृति से तात्पर्य किसी के

आगे हथियार डाल देना नहीं होता। इसका मतलब है कि हम मान लें कि हम किसी ख़ास परिस्थिति में इसलिए हैं, क्योंकि हमें वहां होना ही था। हमें उस सर्वशक्तिमान पर पूरा विश्वास रखना चाहिए कि वह हमें कभी भी ऐसे हालात नहीं देता, जिनका हम सामना न कर सकें। हमें मानना चाहिए कि हमें ऐसे हालात में इसलिए डाला गया, ताकि हम कुछ लाभदायक पाठ लेकर अपने आध्यात्मिक अनुभव में वृद्धि कर सकें। इसके साथ ही मुझे सेंट टेरेसा की प्रार्थना के शब्द याद आ गए – इन सादी व खूबसूरत पंक्तियों के एक-एक शब्द से सत्य की गूंज सुनाई देती है –

मे यू ट्रस्ट गॉड
दैट यू आर एक्ज़ेक्टली वैयर यू आर मैंट टू बी
मे यू नॉट फारगेट द इनफ़ाइनाइट पॉसीबिलिटीज दैट आर बॉर्न
ऑफ फेथ

भावार्थ : ईश्वर करे कि आपको पूरा भरोसा हो कि आप ठीक वहीं हैं, जहां आपको होना चाहिए। ईश्वर करे कि आप कभी विश्वास से पैदा होने वाली अनंत संभावनाओं को न भूलें।

जब हम सच्चे दिल से मान लेते हैं कि इस एक पल के बाद हमारा जीवन कभी अच्छे, तो कभी बुरे के लिए, बदलने जा रहा है, तो हम स्वयं को परिस्थितियों के आगे समर्पित कर देते हैं और इसी समर्पण से विश्वास उत्पन्न होता है। इसी विश्वास के बल पर हम भविष्य में आने वाले हर प्रकार के हालात का सामना कर पाते हैं। यदि वे हालात संपूर्ण न भी हों, तो भी हम उनसे आनंद पाना सीख ही लेते हैं।

भाग–2

एक जीवन का पोषण

मैं इस जान को चाहने लगी
और उसके जन्म की आशा करने लगी,
जैसे कि किसी गांठ का एक नया मोड़,
जिसे मैं खोलना नहीं चाहती।

मैरी वोलस्टोनक्राफ़्ट

जब आपके यहां एक शिशु का जन्म होता है,
तो आप अपने विवाह में एक विस्फोटक लगा देती हैं और
जब धूल छंटती है, तो आपका विवाह पहले जैसा नहीं
रहता, यह पहले से बदल चुका होता है।
यह अनिवार्य नहीं कि वह अच्छा ही हो
या फिर बुरा ही हो, बस, एक बदलाव होता है।

नोरा इफ़्रोन

3

टू टू टैंगो!

जैसे ही प्रेगनेंसी जांच के बाद वे नन्ही गुलाबी लाइनें दिखती हैं, फिर तो आप ही सबसे ख़ास हो जाती हैं। आपको ही सबसे ज़्यादा बधाइयां मिलती हैं, आप ही सबके आकर्षण का केंद्र बनती हैं और आप ही वो खुशक़िस्मत होती हैं, जिसे मनचाहे चॉकलेट एक्लेयर और गुलाब जामुन खाने की इजाज़त (बल्कि प्रोत्साहित किया जाता है) मिलती है। आपको गर्भावस्था के इन नौ महीनों के दौरान किसी भी तरह की हिंसा से दूर रहने को कहा जाता है। आपको आधी रात को चीज़ व हनी मस्टर्ड सैंडविच मांगने से लेकर, जैसा कि मैं करती थी, कुछ भी ज़िद करने या फिर चीज़ चलाकर फेंकने का पूरा हक़ होता है, आप इन सबके बीच आकर्षण का केंद्र होती हैं।

तो उस आधे समीकरण का क्या होता है, वह व्यक्ति, जिसके कारण आप यहां हैं? वैसे प्रायः पिता/साथी की भूमिका को नज़रअंदाज़ कर दिया जाता है, किंतु जिस तरह टू से ही टैंगो होता है, उसी तरह दोनों के मेल से ही तो शिशु इस धरती पर आता है। आपके भीतर पल रही यह नन्ही-सी जान जितनी आपकी है, इस पर उतना ही हक़ उसके पिता का भी बनता है।

जुड़वां बच्चों की मां होने के नाते मैं प्रायः लोगों से कहती हूं कि मैं और मेरे पति तो पक्षपात नहीं करते, किंतु हमारे बच्चे निश्चित रूप से करते हैं। मेरी बिटिया ख़ालिस मां पर गई है और मेरा बेटा उस

धरती को पूजता है, जहां उसके पिता के क़दम पड़ते हैं, यानी पूरी तरह से पापा का बेटा। एक परिवार के तौर पर हम भावनात्मक और आध्यात्मिक रूप से काफ़ी गहराई से जुड़े हैं और यह संपर्क तो उन दोनों के जन्म से पहले ही जुड़ गया था।

डॉक्टरों की मुलाकात से लेकर सोनोग्रॉफ़ी सत्र हो या फिर प्रति सप्ताह प्रेगनेंसी बाइबिल पढ़कर अवस्था जानने का रोमांच, हम दोनों पति-पत्नी साथ ही होते। डॉक्टर के क्लीनिक में भी ऐसे ही साथियों को देखना अच्छा लगता, जो अपनी पत्नियों के साथ आते थे, वे उन भावी पिताओं की तरह नहीं थे, जो केवल अपनी पत्नी के प्रसव के दौरान कॉरीडोर में चहलक़दमी करते और शिशु के जन्म के बाद लड्डू बांटते दिखते हैं।

किसी भी संतुलित समीकरण की तरह, यहां भी दो सम पक्ष होने अनिवार्य हैं। पिता को चाहिए कि वह अपनी पत्नी की गर्भावस्था के समय से ही बच्चे के साथ एक जुड़ाव पैदा करे, ऐसे में भावी मां को भी ध्यान रखना चाहिए कि वह अपने पति को परे रखकर केवल अपने और शिशु के बारे में न सोचे। पिता-बच्चे का यह संबंध भी बहुत ख़ूबसूरत संबंधों में से है और हमें इस संपर्क को बनाने से चूकना नहीं चाहिए।

हमें अपने साथी के साथ पूरे आदर-मान से पेश आते हुए, अपनी गर्भावस्था में उनकी भूमिका को स्वीकारना चाहिए। केवल हम ही शिशु की उम्मीद से नहीं हैं, उसे निश्चित तौर पर केवल हमने नहीं बनाया। अतः हमें अपने साथी को भी इसका पूरा श्रेय देना चाहिए। उनके जुड़ाव को पहचानें और उन्हें बताए कि वे आपके लिए कितने मददगार हो सकते हैं, इस तरह वे स्वयं को आपकी गर्भावस्था से जोड़ सकेंगे। ऐसे में सार्वजनिक रूप से उनकी पीठ थपथपाना भी न भूलें।

यहां कुछ उपाय प्रस्तुत हैं, जिनकी मदद से आप व आपका साथी उस अजन्मे शिशु से भी संबंध बना सकते हैं –

बेबी टॉक

मेडिकल अध्ययन के अनुसार, 36 सप्ताह की गर्भावस्था में भ्रूण भेदक शिक्षा के योग्य हो जाता है, जिसके लिए थोड़ी-सी सजग चेतना की आवश्यकता होती है। यह इस बात का सूचक है कि आप-अपने शिशु से गीत, कविता या बातचीत के माध्यम से जो भी कहेंगी, वह सब उसे याद रहेगा। यदि

पिता अपने बच्चे के लिए कुछ गाए या उससे बात करे, तो उसे उसके साथ एक गहरा रिश्ता बनाने में मदद मिलती है। यदि आप दोनों मिल कर उस अजन्मे शिशु से बातें करें, उसे बताएं कि आप दोनों उससे कितना प्यार करते हैं और किस तरह उसके आने की राह देख रहे हैं, तो यह और भी बेहतर होगा। आपका साथी अजन्मे शिशु को कहानी की कोई किताब भी पढ़कर सुना सकता है।

गाने से शिशु और पिता के बीच एक अद्भुत नाता विकसित होता है। मेरे पति ने ख़ास-तौर पर एक लोरी बनाई थी, जिसे वह मेरे पेट के पास आकर गुनगुनाते थे। हैरानी की बात तो यह है कि आज भी बच्चे ज़िद करते हैं कि वे रात को उन्हें सुलाते समय वही लोरी सुनाएं।

विकास पर रखें नज़र

जब आप गर्भ से होती हैं, तभी आपको यह एहसास हो सकता है कि यह कैसा चमत्कार है। एक नन्हा-सा अंडा विकसित होकर एक जीव में बदलता है और इस दुनिया में अपनी ही खूबियों, पसंद-नापसंद और अनूठे व्यक्तित्व के रूप में सामने आता है, यह कल्पना ही अपने-आप में कितनी प्यारी है। इस अंडे से शिशु तक की विकास यात्रा को एक साथ जानना भी आप दोनों के लिए संबंध को और भी मजबूत करने का उपाय हो सकता है ।

मैं अपनी गर्भावस्था के दौरान प्रायः बिस्तर पर लेटकर अपने पति के साथ पुस्तक में पढ़ती कि मैं किस अवस्था में थी और उस दौराना हमारा बच्चा कैसा दिखता होगा, यह मेरा प्रिय शौक़ था। हम अपनी प्रेगनेंसी पुस्तक में पूरी तरह से खो जाते और कहते, "अरे, देखो, तुम यक़ीन नहीं कर सकते कि वे अभी इतने छोटे हैं?" फिर अपने शिशुओं के नन्हे हाथ और पैरों के आकार को देख कर हैरान होते। इस तरह मैंने कई बार महसूस किया कि हम दोनों ही उस यात्रा के सहभागी थे। हमें जुड़वां शिशुओं के कारण सोनोग्रॉफ़ी भी ज़्यादा करवानी पड़ी और उनमें तो और भी आनंद आता था। जब गहरे अंधेरे कमरे में सोनोलॉजिस्ट मेरे उभरे पेट के स्कैनिंग करते, तो हम दोनों बड़ी उत्सुकता से अपने आने वाले कल की प्रतीक्षा करते। मेरे पति हर सोनोग्रॉफ़ी में मेरे साथ होते, यदि वे किसी एक समय पर न आ पाते, तो हम सोनोग्रॉफ़ी की तिथि बदलवा लेते, किंतु हमेशा साथ ही जाते।

निर्णय, निर्णय

प्रायः हम मम्मियां अपने साथी से सलाह लिए बिना ही अपने बच्चों के बारे में फ़ैसले लेने लगती हैं। हमें उसे अपना दूध देना चाहिए या बोतल से दूध पिलाना चाहिए? उसके पलंग का रंग सफ़ेद हो, पीला हो या फिर हरा? हमें उसका नाम क्या रखना चाहिए? हमें लगता है कि इन छोटी-छोटी बातों में साथी को शामिल क्यों किया जाए, जबकि बेचारे पिता इस निर्णय-निर्धारण प्रक्रिया का हिस्सा बनने का इंतज़ार ही करते रह जाते हैं। यदि आप उन्हें भी सभी फैसलों में शामिल करेंगी, तो इससे जुड़ाव बढ़ेगा और इस जीवन रूपी यात्रा में एक-दूसरे का साथ देने की प्यारी-सी भावना में भी वृद्धि होगी।

बर्थ आर्ट

अपनी पुस्तक 'बर्थिंग फ्रॉम विद इन : एन एक्स्ट्राऑरडीनरी गाइड टू चाइल्डबर्थ प्रीपरेशन' में पैम इंग्लैंड और रोब होरोविट्ज़ लिखते हैं कि अजन्मे शिशु के पिता को एक अभ्यास करना चाहिए, जिसे उन्होंने बर्थ आर्ट का नाम दिया है। भावी पिता को कहा जाता है कि वह कल्पना करे कि वह अपनी पत्नी/साथी की कोख में एक खिड़की से झांक सकता है – वहां सारा दिन शिशु क्या करता है? वह दिखने में कैसा है? उसे देखें, सुनें व महसूस करें। यदि उसे कोई संदेश देना चाहें, तो वह भी दें और इस तरह यह काल्पनिक तस्वीर बना लें।[5]

यदि भावी माता-पिता मिल कर इस अभ्यास को करें, तो बहुत आनंद आएगा। यदि इसे एक पेंटिंग की शक्ल दे सकें, तो शिशु के कमरे में फ़्रेम करके टांग दें।

योग व ध्यान

"किसी भी शिशु के गर्भधारण से पूर्व आध्यात्मिक तैयारी बहुत महत्त्व रखती है, जिसकी चेतना माता-पिता के आध्यात्मिक भाव से ही आकार

5 पैम इंग्लैण्ड, रॉब होरोविट्ज, बर्थिंग फ़ाम विद इनः एन एक्स्ट्राऑरडीनरी गाइड टू चाइल्डबर्थ प्रीपरेशन,परटेरा प्रेस, 1998।

लेगी और पोषित होगी।" स्वामी मुक्तानंद लिखते हैं[6], "एक साथ योग करने से, ख़ासतौर पर एक साथ प्राणायाम व ध्यान करने से शिशु के लिए सकारात्मक आध्यात्मिक तरंगें उत्पन्न हो पाएंगी, माता-पिता के सामूहिक ध्यान का असर ही निराला होगा। मैं एक बार एंजिल थेरेपी[7] के साधक से मिली थी, उन्होंने मुझे एक खूबसूरत सुनहरे बॉल ध्यान के बारे में बताया था, जिसे भावी माता-पिता एक साथ मिलकर कर सकते हैं। आप जिस भी किसी ऊर्जा या इष्ट-देव को मानती हों, मानसिक चित्रण करें कि आपकी कोख उस ऊर्जा के रक्षक सुनहरे घेरे में है। माता-पिता दोनों ही इस सुनहरे बॉल पर अपनी सामूहिक ऊर्जाएं एकाग्र करें, अजन्मे शिशु को प्रकाश व सकारात्मकता भेजें, उसे स्वस्थ तथा प्रसन्न रहने को कहें और उसे इस संसार में सुरक्षित रूप से आने की शुभकामनाएं दें।

पिता के लिए परामर्श

वैसे तो इस पुस्तक को भावी माएं ही हाथ में लेंगी, किंतु शायद कुछ उत्साही पिता भी इसमें झांकने का कौतूहल छोड़ न पाएं। यह उन्हीं के लिए है।

हो सकता है कि आपकी साथी गर्भ से है, किंतु इसका यह अर्थ नहीं कि इससे आप पर कोई असर नहीं होगा। आप पाएंगे कि अचानक रातोंरात वह प्यारी और स्नेही स्त्री एक हिस्टीरीकल व भ्रमित आत्मा में बदल गई है और आप यही सोच रहे होंगे कि आप इसकी वजह कैसे हो सकते हैं? ज़रा चैन की सांस लें और खुद को समझा दें कि इसमें आपकी कोई गलती नहीं है। शांत भाव से सुनें कि यह सब हारमोन की कारस्तानी है, जो पहली व तीसरी तिमाही में ख़ासतौर पर अपना रंग दिखाते हैं। अब आपको अतिरिक्त प्यार, देख-रेख और सहारा देना होगा, ताकि वह इन पलों को सहजता से जी सके व साथ ही उसकी गर्भावस्था का आनंद मनाना भी न भूलें।

---

6 स्वामी मुक्तानंद, नवयोगिनी तंत्र(महिलाओं के लिए योग), योग पब्लिकेशन ट्रस्ट, मुंगेर, बिहार 2006।

7 जाने-माने एंजिल थेरेपिस्ट डोरीन वर्चू की वेबसाइट के अनुसार 'यह एक नॉन-डिनोमिनेशनल आध्यात्मिक उपचार है, जिसमें किसी व्यक्ति के अभिभावक एंजिल व आर्कएंजिल्स के साथ काम करना शामिल होता है, ताकि जीवन के प्रत्येक पक्ष का उपचार व सामंजस्य किया जा सके। इस थेरेपी की मदद से आप रचयिता व देवदूतों से और अधिक स्पष्ट दैवी मार्गदर्शन पा सकते हैं।' (http://www.angeltherapy.com)

आप नीचे दिए गए उपायों में से कुछ को अपना कर मदद कर सकते हैं –

दोष अपने सिर लेना

जी, इस समय महिलाएं हारमोनल हाइपरएक्टिविटी के साथ थोड़ा भावनात्मक तौर पर संवेदनशील हो जाती हैं (अच्छा, अच्छा, माना कि हम अपने भावों पर काबू नहीं रख पातीं!), तो बेहतर होगा कि आप सदा अपना पक्ष रखने के बजाय हर तरह की ग़लती का आरोप चुपचाप अपने सिर ले लें।

आकार के प्रति संवेदनशीलता

हालांकि गर्भधारण किए हुए पेट को उर्वरता का प्रतीक माना गया है, किंतु हक़ीक़त में गर्भावस्था के दौरान ऐसे पल अवश्य आते हैं, जब हम अपने आपको पानी में रहने वाली भैंस मानने लगती हैं और बड़ी मेहरबानी होगी कि आप हमें उसकी याद न दिलाएं। जब मैं बालकनी से कमरे में आती, तो मेरे पति अकसर मज़ाक़ करते कि लगता है, मौसम अचानक बदल गया है और बादल गहरा गए हैं, यह एक ऐसा रिमार्क था, जिसे मैंने कभी नहीं सराहा। इसके बजाय हलकी-सी तारीफ़, थोड़ी-सी चापलूसी मीठी-सी गुनगुनाहट में सुनना ज़्यादा अच्छा लगता है कि हम कितनी प्यारी व अद्‌भुत दिखती हैं।

मेमोरी मीनिया

गर्भावस्था हमें सचमुच भुलक्कड़ बना देती है। हालांकि अभी भी मेडिकल अध्ययनों से इसका कारण पता नहीं चल सका है, परंतु अनेक विशेषज्ञ इसके लिए हमारे बदलते हारमोनों को ही दोषी ठहराते हैं, क्योंकि वे हमारे शरीर के साथ-साथ मस्तिष्क को भी प्रभावित करते हैं। मुझे याद है कि मैं एक ही व्यक्ति का नाम दो बार पुकार लेती, अपने फ़ोन या चाबियों को कहीं रख कर भूल जाती और यहां तक कि अपनी बहन का जन्मदिन भी भूल गई थी, इस बात को उसने माफ़ तो कर दिया, पर शायद भुला नहीं पाई, तो अगर हम कोई सालगिरह की तारीख़ या कोई दूसरी ख़ास तिथि भूल जाएं या बार-बार चाबियां खोएं, तो आप बस, यही याद रखें कि यह हमारा दोष नहीं, हमारे हारमोनों का किया-धरा है।

डैडी कूल

बेशक आप भी अपनी पत्नी के मूड के उतार-चढ़ाव और आप लोगों के जीवन में आने वाले इस बदलाव के प्रति उलझन में होंगे, इससे पार पाने का सबसे बेहतर तरीक़ा यही होगा कि आप किसी ऐसे व्यक्ति से बात करें, जो वास्तव में समझ सके कि आप किन हालात से गुज़र रहे हैं। आप अपने पिता या पिता समान किसी इंसान की मदद ले सकते हैं। आप किसी नन्हे-मुन्ने के पिता से भी बात कर सकते हैं, ताकि आपको अंदाज़ा हो जाए कि आने वाला कल कैसे आनंद और मुश्किलों से भरा हो सकता है।

चलिए, यहां थोड़ी सी मौज-मस्ती करते हैं। किसी भी गर्भवती महिला से निम्नलिखित वाक्य कभी न कहें –

1. वाउ! तुम तो सचमुच काफ़ी बड़ी लग रही हो, है न!
2. क्या यह सचमुच तुम्हारा पेट है?
3. तुम्हारे स्ट्रैच मार्क्स हट जाएंगे न?
4. ओह, तुम्हारा कार्यक्रम फिर से आरंभ हो गया!
5. क्या तुम फिर थक गईं?
6. तुम्हें हुआ क्या है?
7. क्या तुम सचमुच ये सारे गुलाब-जामुन, समोसे, इडली या बड़े खाने जा रही हो?
8. तुम्हें तो बेबी होने के बाद पक्का ट्रेडमिल की जरूरत पड़ेगी।
9. वाउ! तुम तो पेंग्विन की तरह दिख रही हो।
10. अगर तुम सूरज के आगे खड़ी हो जाओ तो कसम से उसे ग्रहण लग जाएगा।

‹4›

डॉक्टर से जुड़े फैसले

गाइनाकॉलोजिस्ट से आपका संबंध आपके सबसे निकटतम निजी संबंधों में से हो सकता है। हालांकि इस रिश्ते को पनपने में समय लगेगा, पर आपको पहली ही मुलाक़ात में यह एहसास होना चाहिए कि यही वह व्यक्ति है, जिस पर आप अपने सभी गंभीर व निजी मसलों की चर्चा के लिए भरोसा कर सकती हैं।

डॉ. डोनिका मूर, एम. डी.

अपने लिए डॉक्टर का चुनाव एक ऐसा व्यक्तिगत निर्णय है, जो शायद आपका साथी भी आपके लिए नहीं कर सकता और फिर भी मैं पांच ऐसी महिलाओं को जानती हूं, जिनके परिवार तथा साथी ने उनके लिए पहले गाइनाकॉलोजिस्ट और फिर बच्चों का डॉक्टर भी चुना। डॉक्टर प्रायः परिवारों से कई सालों से जुड़े होते हैं और परिवार के तक़रीबन हर बच्चे के जन्म में सहायता करते हैं, कई बार तो होने वाले बच्चे के पिता का जन्म भी उन्हीं के हाथों हुआ होता है, इसलिए आपस में एक भरोसा तो कायम हो ही चुका होता है, किंतु यह भी हो सकता है कि परिवार ने आपके लिए जो डॉक्टर चुना है, आप उसके साथ इतनी खुल न सकें, आरामदेह महसूस न करें और कई बार यह मामला काफ़ी नाजुक भी हो जाता है। कुछ महिलाएं

महिला डॉ. के साथ आरामदेह महसूस करती हैं, तो कुछ पुरुष डॉक्टर के साथ। कभी-कभी ऐसा भी होता है, जैसा मेरी सहेली के साथ हुआ, उसके परिवार ने उसके लिए जो डॉक्टर चुना, उसके क्लीनिक पर मंथली चैकअप के लिए जाते-जाते उसके भारी-भरकम प्रेगनेंट शरीर की ऊर्जा तो बिलकुल ही समाप्त हो जाती थी, फिर भी वह अपने परिवार में यह बात कहने से हिचकती थी कि वह घर के पास ही किसी डॉक्टर के यहां जाना चाहेगी, क्योंकि वह नहीं चाहती थीं कि इस बात से किसी को बुरा लगे।

कुछ महिलाएं घर में बच्चे का जन्म चाहती हैं, तो कुछ हिप्नोबर्थिंग या वाटर-बर्थिंग जैसे विकल्प अपनाना चाहती हैं। वे जो भी डॉक्टर चुनें, उनके परिवार के द्वारा उनके निर्णय को समर्थन मिलना चाहिए। हिप्नोबर्थिंग प्रेक्टिशनर के अनुसार, कई महिलाओं को पारिवारिक दबाव के कारण शिशु के जन्म के लिए अस्पताल का चयन करना पड़ता है। वे मजबूरन हिप्नोबर्थिंग कोर्स को बीच में ही छोड़ देती हैं।

अनेक महिलाएं अपने लिए ऐसा निर्णय चाहती हैं, जो पूरी तरह से उनका अपना हो और वे उसमें स्वयं को आरामदेह महसूस कर सकें। डॉक्टर से आपका संबंध भरोसे, आराम और आपसी समझ पर आधारित होना चाहिए, आप बिना किसी हिचक के कभी भी अपने बेतुके सवालों की जिज्ञासा शांत कर सकें। आपको उसके जवाबों से तसल्ली मिलना चाहिए, ताकि आप उससे ऐसे विषयों पर भी चर्चा कर सकें, जो शायद आप अपनी सबसे ख़ास सहेली से भी न करें और इसके साथ ही यह भरोसा भी मिलना चाहिए कि आपकी बात कहीं बाहर नहीं जाएगी।

हो सकता है कि परिवार को यह सब समझाना थोड़ा कठिन हो, ख़ासतौर पर ऐसे परिवार को जो पारंपरिक हैं और बहुत ही सीमित सोच रखता है। बेशक जिस डॉक्टर ने अजन्मे शिशु के पिता का प्रसव कराया हो, उसके साथ सबका अच्छा तालमेल होगा ही, पर यहाँ तो आप अपने बच्चे को जन्म देने जा रही हैं, ऐसे में डॉक्टर के साथ आपका आरामदेह होना कहीं ज़्यादा मायने रखता है। मैं तो आपको यही सलाह दूंगी कि अपनी पसंद के डॉक्टर के पास मम्मा और सासू मां दोनों को ही ले जाएं, सासू मां अपनी तसल्ली कर लेंगी और मम्मा से आपको नैतिक बल मिलेगा।

आपको इस बारे में आत्मविश्लेषण करना होगा कि 'मैं अपना डॉक्टर खुद चुनूंगी।' इसका आपके अहं से कोई लेना-देना नहीं है। अहं के अलावा

अगर आपके दिमाग़ में यह बात पूरी तरह से साफ़ है और आप इस बारे में पूरी तरह से आश्वस्त हैं कि आपको पारिवारिक डॉक्टर के पास जाने के बजाय अपनी पसंद के डॉक्टर के पास जाना क्यों जरूरी है, तो सीमित और कट्टर सोच वाले लोग भी आपका साथ निभाने को राज़ी होंगे।

पूरे नौ माह की गर्भावस्था और शिशु के प्रसव में सहायता के लिए डॉक्टर का चुनाव करने से पहले, आपको कुछ सवालों पर ग़ौर कर लेना चाहिए। एक सलाह तो यह है – आप ज़रूरी और गैर-ज़रूरी हर तरह के प्रश्न को नोट करें, ताकि डॉक्टर के पास कम-से-कम बार जाना पड़े और समय बरबाद न हो –

- एक नॉन-रुटीन मुलाक़ात का समय लेने में कितना समय लगता है?
- आप अपनी डॉक्टर के साथ कितनी आरामदेह हैं?
- क्या डॉक्टर का लिंग आपके लिए मायने रखता है?
- वह किस अस्पताल से जुड़ा है/जुड़ी है?
- हो सकता है कि मल्टीपल या हाई रिस्क प्रेगनेंसी हो, तो डॉक्टर ने कौन-सीं विशेष ट्रेनिंग ले रखी है?
- वह कितने समय से प्रैक्टिस कर रहा है/रही है?
- क्या ऑफ़िस पूरी तरह से साफ़-सुथरा और उपकरणों से लैस है?

शरीर के अपने अधिकार होते हैं और यह उन्हें पा कर रहेगा।
उन्हें दबाना या कुचलना संकटपूर्ण हो सकता है

ऑगस्टस विलियम हेयर एंड जूलियस चार्ल्स हेयर,
गैसिज़ एट ट्रुथ बाई टू ब्रदर्स

गर्भवती महिला होने के नाते हमें भी कुछ अधिकार प्राप्त होते हैं, किंतु कितनी खेदजनक बात है कि हममें से अधिकतम को इनकी जानकारी ही नहीं होती। अपने बच्चे का प्रसव साफ़-सुथरे व सहज उष्मायुक्त वातावरण में कराने के अलावा हमें यह तय करने का अधिकार भी प्राप्त है कि उसके साथ कैसे पेश आया जाए। यहां गर्भवती महिलाओं के अधिकारों की सूची दी गई है, जो कि सभी गर्भवती महिलाओं को मिलने वाले बुनियादी

अधिकारों को दर्शाती है, जिनमें प्रसूति देखरेख के अनुसार मानवाधिकार भी शामिल किए गए हैं। इन सभी अधिकारों की बुनियाद में, सभी परिस्थितियों में, प्रत्येक महिला के लिए देख-रेख व सम्मान का भाव छिपा है।

1. प्रत्येक महिला को यह अधिकार है कि उसके साथ पूरी मर्यादा और सम्मान के साथ पेश आया जाए।
2. भारत में प्रत्येक नागरिक को यह अधिकार प्राप्त है कि उसे शिशु के जन्म से पूर्व व जन्म के समय की प्रक्रिया, दवाओं तथा जांचों की सकारात्मक व नकारात्मक सूचना मिले व उसके बाद उसकी सहमति ली जाए। मां को प्रत्येक अभ्यास के साक्ष्य सहित प्रमाण दिए जाएं, जिन्हें वैज्ञानिक प्रयोगों द्वारा प्रमाणित किया गया हो और उक्त प्रक्रियाओं के लाभ-हानि व आने वाले खर्च का भी पूरा ब्यौरा हो। मां को पूरा हक़ है कि वह किसी भी प्रकार के अभ्यास के लिए हामी भरे या इंकार कर दे। उसकी इच्छा का पूरा सम्मान होना चाहिए। महिलाओं को यह अधिकार दिया जाना चाहिए कि वे अपने स्वास्थ्य संबंधी निर्णय स्वयं ले सकें।
3. प्रत्येक महिला को प्रसव व शिशु के जन्म के समय अपनी इच्छानुसार निरंतर सहयोग देने वाले सहयोगी चुनने का पूरा हक़ होना चाहिए।
4. प्रत्येक महिला को अधिकार है कि यदि वह चाहे तो प्रसव से पूर्व स्वयं को गतिशील रखने के लिए ट्यूब, नलियों व दूसरे उपकरणों को न लगवाएं। उसे अपनी पसंद की मुद्रा में शिशु को जन्म देने का पूरा हक़ है ।
5. प्रत्येक महिला को अधिकार है कि उसे प्रसव के दौरान दवारहित व दर्दनिवारक उपाय प्रदान किए जाएं, जिनमें मालिश व अन्य शिथिलता तकनीकें भी शामिल हैं।
6. प्रत्येक महिला को अधिकार है कि यदि वह चाहे, तो अपनी उस प्रसूति सहायिका को बदलने के लिए कह सकती है, जिससे वह संतुष्ट नहीं है।
7. प्रत्येक महिला को यह अधिकार है कि वह अपने सहायकों के साथ संप्रेषण रखते हुए, उनसे एकांत में देख-रेख व मदद करने को कह सके, जिसमें गैर-अनिवार्य कर्मी भी शामिल हैं। उसे पूरा अधिकार है

कि उसकी सारी निजी जानकारी को गोपनीयता के स्तरों के अनुसार रखा जाए।

8. प्रत्येक महिला को यह जानने का अधिकार है कि उसके सहायकों की व्यावसायिक पहचान व शिक्षा क्या है या क्या वे प्रशिक्षु हैं?

9. प्रत्येक महिला को यह अधिकार है कि स्वास्थ्य देख-रेख स्टाफ़ उसे स्तनपान के लिए प्रशिक्षित करे। उन्हें सभी महिलाओं को स्तनपान प्रबंधन व उसके लाभों की जानकारी देना चाहिए व मां की सहायता करना चाहिए कि वह शिशु जन्म के एक घंटे के भीतर ही उसे स्तनपान करा सके। नवजात को मां के दूध के अलावा कोई भी खाद्य या पेय पदार्थ नहीं दिया जाना चाहिए।

10. प्रत्येक महिला को यह अधिकार है कि शिशु के जन्म के तुरंत बाद से, उसके साथ संपर्क रखने का पूरा अवसर मिले (यह तभी संभव है, जब शिशु व मां पूरी तरह स्वस्थ हों और उन्हें चिकित्सकीय दृष्टि से अलग रखने का कोई कारण न हो)[8]।

---

8 एक प्रसूता के अधिकार, http:// www.childbirthconnection.org

< 5 >

भय का सामना

उससे भयभीत न हों, जो वास्तविक नहीं है, न था और न कभी होगा। जो वास्तविक है, हमेशा था और कभी नष्ट नहीं किया जा सकता।

भगवद्गीता

आप अपनी गर्भावस्था के लिए जिस तरह उत्साहित होती हैं, उसी तरह कभी-कभी आप अपने व अजन्मे शिशु के बारे में तरह-तरह की चिंताओं से घिर जाती हैं। कुछ तो कोई आधार रखती हैं और कुछ बिल्कुल ही बेबुनियाद होती हैं, किंतु जब आप लेटे-लेटे बड़ी तेज़ी से सुपर फास्ट गति से सोचती हैं, तो बिलकुल बेसिर-पैर, के डर भी असली लगने लगते हैं।

आप मानें-न मानें, इस तरह के भय को 'टोकोफोबिया नाम दिया गया है। यह ग्रीक शब्द 'टोको' से बना है, जिसका अर्थ है 'बच्चे का जन्म' और 'फोबिया' का अर्थ है भय, टोकोफ़ोबिया को प्रेगनेंसी या बच्चे के जन्म से जुड़े भय के रूप में परिभाषित किया जाता है, जो कि कई लक्षणों में प्रकट हो सकता है, जैसे रात को डरावने सपने आना, काम या पारिवारिक गतिविधियों में एकाग्रता की कमी, भय के दौरे और साइकोमेटिक शिकायतें।[9]

9 http://en.wikipedia.org/wiki/ Tokophobia

अधिकतर महिलाएं प्रसव पीड़ा और अपने शिशु की सुरक्षा के लिए चिंतित होती हैं। वे यह सोच कर भी डरती हैं कि क्या वे एक अच्छी मां बन सकेंगी या अपनी जीवन-शैली में आने वाले इस बदलाव को स्वीकार सकेंगी। उन्हें एक और भय भी सताता है कि वे कभी अपने उस बढ़े हुए वज़न को नहीं घटा सकेंगी और इससे उनके साथी के साथ संबंधों पर बुरा असर होगा।

सबसे पहला काम तो यह करें कि एक गहरी सांस लें। चिंता से न केवल आप तनावग्रस्त होंगी, शिशु को भी हानि होगी। ख़ासतौर पर आख़िरी तिमाही में तो ज़्यादा ध्यान रखना होगा। वैज्ञानिक अध्ययनों से पता चला है कि जब गर्भवती मां भयभीत और तनावग्रस्त होती है, तो शरीर में हारमोनल बदलाव आते हैं और कैटेकोलामाइन नामक हारमोन बनता है (इसे फ़ाइट या फ़्लाइट हारमोन भी कहते हैं)। यह प्लेसेंटा से होते हुए बेबी तक पहुंचता है, उसके वातावरण को प्रभावित करता है और अंततः प्रसव के दौरान जटिलताओं को जन्म देता है।[10]

यह तनाव और भय शिशु के साथ-साथ आपके लिए भी कम नुकसानदायक़ नहीं है। कुछ महिलाएं अंधविश्वासी होती हैं, उन्हें लगता है कि यदि वे किसी को यह कहेंगी, तो यह सब बातें सच होंगी। कई ऐसी भी होती हैं, जो सोचती हैं कि वे अपनी बेसिर-पैर की बातों से दूसरों को परेशान न करें।

यहीं रुक जाएं और याद रखें कि आप इस समय अपनी पहली प्राथमिकता हैं और जो आपको प्रभावित करेगा, उसका असर आपके बच्चे पर भी होगा। चाहे आपको अपने अजीब सपनों के बारे में बात करना विचित्र ही क्यों न लगे, आपको अपने या शिशु से जुड़े उस सपने के बारें में बात करनी ही होगी। उन्हें कह देने से मन हलका होगा और आप उसे एक नए नज़रिए से भी देख पाएंगी।

जब भी अपने लिए डॉक्टर का चुनाव करें, तो पहले ही उनसे पूछ लें कि क्या आप आसानी से उनसे कोई भी बात कर सकेंगी। हम पहले ही पिछले अध्याय में इस बारे में चर्चा कर चुके हैं, किंतु जब अपने भय के बारे में बात करने की बारी आती है तो यह और भी ख़ास हो जाता है। अपने डॉक्टर के साथ ईमानदार रहें, इस बात से भयभीत न हों कि वे आपको

---

10 कोलीन बाक, द रोल ऑफ फ़ीयर इन द यूएस बर्थिंग प्रोसेस, मिडवाइफ़री टुडे, इश्यू 67, 2003।

हाइपोकांड्रियाक कहेंगे। पूरी रात किसी छोटी सी बात की चिंता में खपने से बेहतर होगा कि आप उस बारे में अपने डॉक्टर से बात कर लें।

एक चाइल्डबर्थ कक्षा में भी आप काफी हद तक अपने मन के डर पर कषबू पा सकती हैं। अधिकांश कक्षाओं में प्रसव व शिशु के जन्म से जुड़े हर पहलू पर चर्चा होती है और उन सामानों की सूची भी पहले दे दी जाती है, जिनकी आवश्यकता पड़ेगी। इन सब बातों से गुजरने के बाद आपको लगने लगेगा कि एक शिशु पाना इतना कठिन भी नहीं है।

मेरी वेदांत कक्षा में सिखाया गया था कि जब किसी चुनौती या समस्या का पूरी क्षमता से सामना करने के बावजूद कोई हल न निकले, तो उसे ईश्वर/परमात्मा/प्रभु/ब्रह्माण्ड/आत्मा पर छोड़ देना चाहिए और भरोसा रखना चाहिए कि जो भी नतीजा सामने आएगा, वह आपकी भलाई के लिए ही होगा, तो जब भी अगली बार शिशु के लिए या गर्भावस्था से जुड़े किसी दूसरे पहलू की चिंता हो, तो अपने ही भीतर से वे उत्तर व शांति तलाशें, जिसे आप पाना चाहती हैं।

थोड़ी जानकारी काफी ख़तरनाक होती है।

अलैक्ज़ेंडर पोप

≺ 6 ≻

अज्ञानता के पक्ष में

कल मैं दो गर्भवती महिला मित्रों के साथ लंच ले रही थी। उनमें से एक तो पहली बार मम्मा बनने जा रही थी और दूसरी के पास पहले से एक दो साल का बच्चा था। हमारी बातचीत स्वाभाविक तौर पर प्रेगनेंसी के बारे में होने लगी और फिर हम इंटरनेट पर मिलने वाली जानकारी के बारे में बातें करने लगे।

इंटरनेट ने हमें ज्ञान की जो अद्‌भुत शक्ति प्रदान की है, मैं उससे इंकार नहीं करती, केवल माउस के एक क्लिक से ही जाने कितनी सूचनाएं व जानकारियां हमारे सामने आ जाती हैं, किंतु कई बार आपको यह सोच कर हैरानी नहीं होती कि क्या हमें इतनी जानकारी चाहिए? मुझे ग़लत न समझें, एक लेखिका होने के नाते मैं अज्ञानता के हक़ में नहीं और मुझे अपने ऊपर पूरी तरह से गर्व है कि मैं किसी भी जानकारी से अछूती नहीं रहती, किंतु एक भावी मां के रूप में मैंने पाया कि कई बार, कुछ न जानना ही कहीं बेहतर होता है।

मैं आपके साथ एक कहानी बांटना चाहूंगी। अभी मेरी गर्भावस्था तीन माह से भी कम समय की थी और मैं बेडरेस्ट के नाम पर बुरी तरह से बोर हो रही थी। मैंने तय किया कि मैं इंटरनेट पर जुड़वां बच्चों के बारे में जानकारी लूंगी, ताकि आगे आने वाले समय में भी वह मेरे काम आए। मैंने गूगल पर 'ट्विन्स' टाइप किया और मेरे सामने 57,3000,000 वैब पेज

आ गए। उनमें से एक पेज पर जुड़वां बच्चों से जुड़ी विकृतियों के बारे में बताया गया था कि अगर शिशु अभी मां की कोख में ही है, तो उसे क्या-क्या हो सकता है। वहीं मैंने 'वेनिशिंग ट्विन सिंड्रोम' के बारे में जाना, जिसके अनुसार मेरे जुड़वां बच्चे अचानक ही रहस्यमय तरीक़े से ग़ायब हो सकते थे और सोनोग्रॉफ़ी से भी उनके बारे में कुछ पता न चल पाता।

निःसंदेह मेरी पहली प्रतिक्रिया तो काफ़ी भयभीत कर देने और चौंकाने वाली रही। दिल की धड़कन तेज़ हो गई और घबराहट के मारे पसीने छूटने लगे। मैंने रुआंसी होकर अपनी डॉक्टर को फ़ोन किया। वह इतनी दयालु और भली थीं कि भावी मां के सभी बेतुके सवालों के जवाब भी बड़ी नरमाई से देती थीं। उन्होंने पहले तो मुझे तसल्ली दी कि मेरे बच्चों के साथ ऐसा कुछ नहीं होने वाला था, फिर उन्होंने सलाह दी कि आने वाले महीनों में भी इस बात का ध्यान रखना होगा कि 'डोंट रीड टू मच'।

नई-नई गर्भवती मां होने के नाते हमें लगता है कि हम कई तरह की जानकारी एकत्र कर लें, ताकि हम जान सकें कि हमारा शरीर किन बदलावों से गुजर रहा है। यह एक अच्छी बात है, हमें पता होना ही चाहिए कि भीतर-ही-भीतर क्या चल रहा है

बेशक अपने साथी के साथ जानना और पढ़ना तो और भी अच्छा रहेगा जैसा कि मैंने टो टू टैंगो में कहा, किंतु बेहतर होगा कि आप हर जगह से मिलने वाली बेतुकी सामग्री पढ़ने के बजाय इस बारे में प्रामाणिक सामग्री ही पढ़ें व उतना ही ज़ानें, जितना आपको जानना चाहिए। हाइडी मरकोफ व शेरोन मेजल की पुस्तक 'व्हाट टू एक्सपेक्ट व्हेन यू आर एक्सपैक्टिंग' एक बढ़िया किताब है। जो भी अच्छी किताब चुनें, उसी तक सीमित रहें। आप जितना ज़्यादा पढ़ेंगी, उतना ही उलझाव होगा और ज़्यादा उलझाव से डर और घबराहट बढ़ेगी, जो कि आपको व शिशु, दोनों का ही नुक़सान कर सकती है। यदि आप एक शिशु को पाने के बारे में सब कुछ नहीं जानतीं, तो ठीक है, जैसे-जैसे यात्रा आगे चलेगी, सब कुछ जानने और देखने का मौक़ा मिलेगा और इसका भी अपना ही आनंद होता है। वैसे भी नौ माह बाद ऐसा कोई टेस्ट नहीं होने वाला, जिसमें, आपसे सभी प्रश्नों के उत्तर पूछे जाएंगे। यदि आप थोड़ा कम पढ़ें या कुछ न भी पढ़ें, तो भी नौ माह के बाद इस धरती पर आने वाले शिशु से आपको पूरे अंक ही मिलेंगे।

‹ 7 ›

पेरेंट्हुड की संभावनाएं

जब भी आप एक शिशु को जन्म देने का निर्णय लेती हैं, तो एक बेहतर इंसान बनने का निर्णय लेती हैं। आप पहले से कहीं अधिक गहराई से प्यार करने का निर्णय लेती हैं। आप अचानक ही एक साथ संवेदनशील होने के अलावा मज़बूत होने का भी फैसला ले लेती हैं। आप अपने आसपास की दुनिया में इतने दुःख, तकलीफ़ और आतंक को देखने के बावजूद इस संसार में एक नए जीव व आशा को लाने का निर्णय लेती हैं। आप तय करती हैं कि अब से आप स्वयं को ब्रह्माण्ड का केंद्र मानने के बजाय किसी दूसरे को अपना केंद्र मानेंगी। आप अपनी लाख कोमलता के बावजूद यह तय करती हैं कि अपने बच्चे के लिए सबसे बड़ी ताकत बनेंगी। एक मां बनने का निर्णय लेते ही आपको कैल्शियम और फ़ॉलिक एसिड लेने के अलावा स्वयं को शांति, सहजता व धैर्य की खुराक भी देनी होगी, ताकि आपकी कोई भी कमजोरी आप पर हावी न हो जाए। कुछ लोग कहते हैं कि जिस पल से आपको अपने गर्भवती होने का पता चलता है, आप अपने शिशु से अलग होने के बारे में सोचने लगती हैं, उसकी लातों की हर किक व दिल की धड़कन सुनने के साथ आप स्वयं को यह कहने लगती हैं कि आपके भीतर एक अलग व्यक्तित्व पल रहा है, जो आपके भीतर से आने के बाद सही समय पर घुटनों के बल चलेगा, फिर अपने पैरों पर खड़ा होगा, दौड़ेगा और फिर धीरे-धीरे अपने तरीके से जीने लगेगा, इसलिए आपको न केवल

एक मां होने के बारे में सोचना है, बल्कि उसके साथ स्वयं का जुड़ाव भी महसूस करना है।

आप अभी अपने अजन्मे शिशु के लिए जितना प्यार महसूस कर रही हैं, वह तो उसका एक अंश भी नहीं है, जो आप अपने जीवित शिशु के लिए महसूस करेंगी। मैं हमेशा ऐसी मांओं के बारे में सोचती हूं, जो इस तरह की बातें सोचती और कहती हैं, वे अपने बच्चे को इतना प्यार देने के बावजूद उस तरह की सोच में कैसे उलझीं? आने वाला शिशु अपने साथ प्रसन्नता और आनंद का उपहार तो लाएगा ही, पर आप अपने भीतर के एक ऐस आयाम से भी परिचित होंगी, जिसे शायद आपने पहले कभी देखा ही नहीं था। यह अचानक आपके जीवन में प्रवेश करके अनेक संभावनाओं (कभी-कभी ख़तरों को भी) को जन्म देगा। आपको मुक्त मन से इस परिवर्तन के लिए तैयार रहना होगा और इसे अपनाना होगा। मैं आपके साथ अपने दो अनुभव बांटना चाहूंगी, जो मेरे साथ कुछ समय पहले घटे, जिन्होंने मुझे भीतर तक हिला कर रख दिया।

मंगलवार को मैं अपने बच्चों के साथ तैराकी कर रही थी। गर्मियों की एक प्यारी सुबह थी और पानी भी काफ़ी ताज़ा और ठंडा था। वीर, गायत्री और मैं पूल के गहरे किनारे पर थे। हम आपस में बातें करते हुए तैर रहे थे और पानी का आनंद ले रहे थे। मैंने जैसे ही वीर की किसी बात का जवाब देने के लिए अपनी गर्दन उसकी ओर घुमाई, तो मुझे गायत्री के चिल्लाने की आवाज सुनाई दी, "मम्मा!" मैंने उसकी ओर देखा और मैं जैसे सुन्न ही रह गई। उसने पूल की दीवार को एक हाथ से पकड़ रखा था और उसका फ़्लोट खुलकर पास ही तैर रहा था। उसने रोते हुए कहा, "मैं पानी के अंदर चली गई थी।" मैं यह तक सोचने के लिए नहीं रुक सकी कि क्या हुआ होगा। मैंने झट से उसका हाथ पकड़ा और पूल के दूसरी ओर ले गई और उसे आगे तक चल कर जाने को कहा, वहां उसने अपने फ़्लोट को फिर से बांधा और दोबारा छलांग लगाने को तैयार हो गई। वह तो ठीक थी, पर मैं ठीक नहीं थी। मैंने उसका हाथ काफ़ी सख्ती से तब तक थामे रखा, जब तक उसने जोर से पुकार कर नहीं कहा, "मम्मा हाथ छोड़ो, मुझे छलांग लगानी है।" उसने तो झट से छलांग लगा दी, पर मैं तब भी पूल के बीच खड़ी अपने आंसुओं को जबरन दबाने की कोशिश कर रही थी।

फिर शुक्रवार को बच्चे पार्क में खेल रहे थे। मैंने पास के बरामदे में

बैठी सहेली को देखा तो पांच मिनट के लिए उससे मिलने चली गई। मैं थोड़ी-थोड़ी देर बाद बच्चों की ओर झांक कर देख लेती कि वे ठीक-ठाक हैं या नहीं, फिर अचानक मुझे एहसास हुआ कि मैं वीर की मि. टिकल वाली हरी टीशर्ट नहीं देख पा रही थी। मुझे इतना तो भरोसा था कि वह या तो डॉलहाउस में छिपा होगा या फिर झूलों के दूसरी ओर होगा, किंतु एक बार देख लेना ही बेहतर लगा। मैंने गायत्री को मंकी बार पर सिर के बल लटकते देखा, जिसे नहीं पता था कि उसका भाई कहां है। जब मैंने यह सोचने की कोशिश की कि वह कहां जा सकता था, तो ऐसा लगा कि मानो किसी ने मेरा कलेजा ही निकाल लिया हो। मैंने शांत रहने की कोशिश के साथ ही अपना दिमाग़ लगाया और क्लबहाउस के बाहरी दरवाज़े की ओर देखा, वीर महाशय बड़े मज़े से एक खंभे पर झुके, सड़क पर आती-जाती दुनिया देखने में मग्न थे। मैं उसे प्यार से दोबारा खेल के मैदान में ले आई और खेल में उलझा दिया, पर मुझे अपने आप को सामान्य करने में काफी समय लग गया। मेरा दिल तेजी से धड़क रहा था और यही लग रहा था कि कोई मेरी छाती पर हथोड़े बरसा रहा हो।

मैंने इन अनुभवों के माध्यम से महसूस किया कि अब मैं बड़ी हो गई हूं। मुझे एक मां की भूमिका निभानी होगी। मैं इतनी डरी हुई थी कि बच्चों के साथ कुछ अनिष्ट की आशंका ही मुझे ज़ोर-ज़ोर से रोने को मजबूर कर रही थी, किंतु मैं ऐसा नहीं कर सकी। मुझे तो मज़बूत होना ही था। मैं प्रेगनेंसी की किताब में यह सब लिख रही हूं, उसका एक कारण यह है कि काश! किसी ने मुझे भी प्रेगनेंसी के दौरान यह बताया होता कि यह सब इसी तरह होगा, बच्चे मुझे और मेरे जीवन को बदल देंगे और मैं सचमुच मातृत्व के बारे में सोच कर स्वयं को इसके लिए तैयार कर सकती थी। बेशक इन सबसे गुज़रने के बाद ही इन बातों का एहसास हो पाता है, किंतु पहले से ही तैयारी हो, तो दिल पर चोट नहीं लगती।

पेरेंटहुड तो कई प्रकार की संभावनाओं से भरा है। इनमें से सभी दिल के बेहद क़रीब और अद्‌भुत होती हैं, किंतु कभी-कभी मुश्किल घड़ियां भी होंगी। हमें मुक्त मन से इन सभी संभावनाओं के लिए तैयार रहना होगा। जैसा कि एलिज़ाबेथ स्टोन ने लिखा है – 'एक बच्चे को जन्म देने का निर्णय बहुत ही बड़ा होता है। इसके साथ ही आपको यह भी तय करना होता है कि आपका दिल सदा आपके शरीर से बाहर रहने वाला है।'

8

ए. एम. ब्ल्यूज़

एक नया ताज़गी भरा दिन है, सूरज चमक रहा है, आसमान का रंग नीला है और संसार अनंत संभावनाओं से भरा है। यहां आप अपनी उल्टियों के कारण सिंक पर औंधा मुंह किए खड़ी हैं। कब, आख़िर कब यह मॉर्निंग सिकनेस मेरा पीछा छोड़ेगी? (हालांकि यह सच नहीं है कि यह गर्भावस्था के अंत तक साथ रहेगी)।

मॉर्निंग सिकनेस गर्भावस्था के बुरे पहलुओं में से एक है (बेशक हमारे फैलते शरीर के अलावा दूसरे पहलू भी होंगे, पर हमें उनका पता बाद में चलेगा)। प्रत्येक महिला के लिए इसका रूप अलग-अलग हो सकता है — कइयों का हलका सा पेट गड़बड़ा सकता है, तो कई बुरी तरह से बीमार हो जाती हैं। वे कुछ भी खा-पी नहीं पातीं, खाते ही उल्टी हो जाती है। मॉर्निंग सिकनेस क्यों होती है? इसके भी अनेक कारण बताए जाते हैं। अधिकतर चिकित्सा विशेषज्ञों का मानना है कि प्रेगनेंसी हारमोन ह्यूमेन कोरीओनिक गोनाडोट्रोपिन (एच सी जी) व आस्ट्रोजन ही इसके लिए ज़िम्मेदार हैं। कइयों का यह भी मानना है कि गर्भवती महिलाएं गंधों के प्रति अधिक संवेदनशील हो जाती हैं, जिसके कारण जी मिचलाने लगता है और गैस्ट्रोइंटेस्टाइनल मार्ग के शिथिल होने से भोजन के पाचन की प्रक्रिया मंद होने के कारण भी अधिक जी मिचलाने लगता है।

किंतु एक ख़ुशख़बरी यह भी है कि प्रेगनेंसी के 12 से 14 सप्ताह

के भीतर इसमें आराम आने लगता है और सारा अनुभव पहले से कहीं बेहतर हो जाता है।[11] हालांकि मेडिकल विशेषज्ञ इस बारे में कोई वास्तविक चिकित्सा उपाय नहीं देते, किंतु प्राचीन सभ्यताओं में इसके लिए कारण व उपाय दोनों ही मौजूद थे।

मन व शरीर के लिए एक प्राचीन आरोग्य तंत्र, चीनी चिकित्सा पद्धति (जो कि आज भी फल-फूल रही है) के अनुसार मॉर्निंग सिकनेस पेट व लीवर का सामंजस्य बिगड़ने का नतीजा है, जब मां का शरीर विकसित हो रहे भ्रूण को पोषण देने के लिए अधिक-से-अधिक रक्त प्रवाहित करता है, तो कई बार इसकी मात्रा इतनी अधिक हो जाती है कि भ्रूण उसका पूरा प्रयोग नहीं कर पाता। सामान्य अवस्था में तो शरीर अतिरिक्त रक्त को लीवर में एकत्र करता है, किंतु प्रेगनेंसी में लीवर की संग्रहण क्षमता भी समाप्त हो जाती है। लीवर सामान्य शारीरिक प्रतिक्रिया में इस अतिरिक्त 'की' (प्राण ऊर्जा, भारतीय ग्रंथों के अनुसार प्राण) व रक्त को पेट की ओर भेज देता है, जिससे उबकाई व उल्टियां आती हैं। उनका मानना है कि इस दौरान पेट व लीवर को एक्यूप्रेशर, स्ट्रेच व स्पर्श चिकित्सा व विशेष प्रकार के खाद्य पदार्थों, जैसे कि अदरक, बाजरा, हर्बल चाय व चकोतरे के छिलके आदि से आराम दिया जाना चाहिए।[12]

शेमनिक व दूसरे फेथ हीलर्स का मानना है कि मां व शिशु के ऊर्जा ढांचों में संघर्ष के कारण ही मॉर्निंग सिकनेस की समस्या होती है, जिससे मां बीमार हो सकती है। जब गर्भधारण के बाद पहले माह में भ्रूण की आत्मा मां के शरीर में प्रवेश करती है, तो शरीर में बेचैनी पैदा होती है, जिसके कारण शरीर रोगी हो जाता है। वह कहते हैं कि मां को अपने शरीर में इस दूसरी आत्मा को समायोजित करने में महीनों भी लग सकते हैं, अतः वह सलाह देते हैं कि मां ध्यान लगाए और शिशु से बातें करके, उसका स्वागत करे।

---

11 यदि गर्भवती महिला दो या फिर तीन बच्चों को जन्म देने वाली हो, तो उसे पूरी गर्भावस्था के दौरान मॉर्निंग सिकनेस का सामना करना पड़ सकता है। हालांकि निजी तौर पर मैं कहना चाहूंगी कि जुड़वां शिशुओं के गर्भ में होने के बावजूद पहले 12 से 14 सप्ताह के बीच में ही मुझे आराम आ गया था, इसलिए यह आवश्यक नहीं कि दो या तीन शिशुओं की भावी मां को अंत तक तकलीफ़ झेलनी ही होगी।

12 आरोन असकानेस, मॉर्निंग सिकनेस एंड चाइनीज मेडीसन, http://www.askanaseacupuncture.com/healing/pregnancy/self-treatment%20 of%20 morning%20sickness.pdf

स्वयं को सकारात्मक ऊर्जा से भरपूर रखने के बाद निम्नलिखित प्राकृतिक उपायों की मदद से अपने शरीर को भी आराम पहुंचा सकती हैं –

संकेतों को पहचानें

मॉर्निंग सिकनेस से बचाव का एक उपाय यह है कि जिस गंध, भोजन या स्वाद से आपको उबकाई आए, उससे हर संभव दूर रहें। यदि आप उस गंध से दूर नहीं हो सकतीं, तो अपने पास एक परफ्यूम, कोलोन या प्राकृतिक सत्व की शीशी रखें, ताकि जैसे ही उबकाई आने को हो, तो आप उसे सूंघ लें।

अदरक

प्राचीन चीनी व भारतीय अदरक के गुणों से परिचित थे, तभी तो वे मॉर्निंग व मोशन सिकनेस के लिए इसका प्रयोग करते आए हैं। चीनी नाविक लंबी समुद्री यात्राओं के दौरान अदरक का टुकड़ा चबाते थे, ताकि सी सिकनेस से बच सकें, जबकि भारत में अदरक को एक भौतिक व आध्यात्मिक शोधक माना जाता था, जिसे चबाने से मुंह से भीनी गंध भी आती थी, इसलिए उसे देवताओं को भी चढ़ाया जाता था। 'शेन नुंग पेन ताओ चिंग' (ग्रेट हर्बल) में भी, अदरक का वर्णन आता है। जड़ी बूटियों की इस गाइड का संग्रह सम्राट व मुनि शेन नुंग ने 3000 ई.पू. के लगभग किया था। वह लिखते हैं कि ताजा अदरक शरीर की गंध को दूर करता है और व्यक्ति को आध्यात्मिक आयाम से स्पर्श करने में सहायक होता है।[13]

यदि मेडिकल दृष्टि से देखें, तो भी अदरक दवाओं के मुकाबले, सफ़र से होने वाली थकान, जी मिचलाने व उबकाई आने जैसी समस्याओं में काफ़ी कारगर होता है।[14]

अगर आपको अदरक का स्वाद नहीं भाता, तो चीनी नाविकों की तरह हमेशा अदरक चबाने की कोई आवश्यकता नहीं है। इसके बजाय आप इसे पीस कर उबलते पानी में मिलाएं व शहद मिला कर चाय बना कर लें।

तुलसी वाली चाय पीना, भुने लौंग व इलायची चबाना भी काफ़ी कारगर प्राचीन भारतीय पद्धतियों में से है।

---

13 Ibid

14 ब्रेट व्हाइट, एम.डी., जिंजरः एन ओवरव्यू, http://www.aafp.org/afp

रिलैक्स

दरअसल सुबह उठते ही, बाथरूम के सिंक पर उल्टियां करने का विचार ही इतना डरावना होता है कि माएं इस ख्याल से ही बीमार हो जाती हैं। ध्यान, गहरी श्वास व सकारात्मक वातावरण भी निश्चित तौर पर तनाव दूर करने में सहायक होंगे। आप अपने पलंग के पास आज का विचार जैसी सकारात्मक किताबें भी रख सकती हैं, ताकि सुबह उठते ही आप उन्हें पढ़ सकें। इस तरह मन का उद्वेग शांत होगा और आप पहले से काफ़ी सकारात्मक अनुभव करेंगी।

एरोमा का जादू

शरीर की शुद्धि व आत्मा को नया रूप देने के लिए एरोमाथेरेपी भी एक अच्छा उपाय है। 'यूअर परफेक्टली पेंपर्ड प्रेगनेंसी' के लेखक कॉलेट बुशेज़ कहते हैं कि कुछ सेंट ऐसे भी हैं, जो आपको मितली से राहत दिला सकते हैं। एरोमाथेरेपी के सिद्धांतों के अनुसार (कुछ निश्चित गंध या सेंट, जटिल न्यूरोलॉजिकल प्रतिक्रियाओं को प्रभावित करते हैं)। यहां कुछ ऐसे तेल सतों का प्रयोग किया जाता है, जो उबकाई की प्रतिक्रिया देने वाले मस्तिष्क क्षेत्रों को राहत पहुंचाते हैं।

मॉर्निंग सिकनेस के लिए पीपरमेंट एसेंशियल ऑयल को सबसे बेहतर विकल्प माना गया है। बेहतर होगा कि जब आपको उबकाई न आ रही हो, तो इसे सूंघ कर इसकी जांच करें, किंतु कभी भी इस सत का बाहरी या आंतरिक प्रयोग न करें, क्योंकि कुछ हर्बल चिकित्सकों का मानना है कि पीपरमेंट गर्भाशय संकुचन को बढ़ाता है, जिसके कारण गर्भपात हो सकता है। आप एक बड़े कटोरे में पानी भरें, उसमें एक-दो बूंद पीपरमेंट मिला कर, पास ही मेज पर रख लें। यदि चाहें तो तीन बूंद लैवेंडर ऑयल के साथ एक बूंद पीपरमेंट ऑयल मिला सकती हैं।

इसे हिलाएं, सूंघें, सांस के साथ भीतर ले जाएं और रिलैक्स हो जाएं।

हाल की के कुछ सप्ताह की इन घटनाओं से, हालांकि मैं बेकाबू होकर फूट–फूट कर तो नहीं रोई और हाल ही में शामिल शादी में अपने पर काबू भी रखा (पर बदहाल और रुआंसी जरूर हो गई –

– बैगल बॉय ने कहा कि उसके सारे नमकीन बैगल खत्म हो गए थे।
– बिखरा हुआ दूध
– बर्थ कंट्रोल का विज्ञापन
– इस सप्ताह के अंत में न्यू इंग्लैण्ड में पतझड़
– मेरी जांघें
– एक बहुत खूबसूरत चट्टान
– मेरी दादी की आवाज़
– सूर्यास्त
– बारिश में गाड़ी चलाते समय एक खाली मैदान से गुज़रना
– एक बुरा टेली मार्केटर
– एक सचमुच भद्दा आलू

फ्रॉम द ब्लॉग मॉम – 101: *आई डोंट नो व्हॉट आई एम डूइंग आइदर*[15]

15 http://mom-101.blogspot.com/2006/10/me-hormonal.html

9

हारमोनल हिस्टीरिया

क्या आप कभी अपने राष्ट्रगान को सुनकर हिस्टीरीकल होकर रोई हैं? खैर, मैं तो रोई हूं, एक मूवी थियेटर में पर्दे पर लहराते राष्ट्रीय ध्वज को देखकर मेरी आंखों से टप-टप आंसू बहने लगे थे। मैं भी अपने दूसरे देशवासियों की तरह ही देशभक्त हूं, किंतु उस दिन तो अपनी प्रतिक्रिया देखकर मैं भी हैरान रह गई थी। ऐसा लग रहा था, मानो मैं अपने ही शरीर से बाहर आकर उस बड़े से पेट के उभार वाली महिला को ज़ोर से रोते देख रही हूं। क्या मैं उसे जानती थी, मैं हैरान थी कि क्या यह मैं थी? ऐसा लगता था, मानो मेरे शरीर पर किसी दूसरे का क़ब्ज़ा हो गया हो और एक रीडिंग में ही मैंने जान लिया कि इन जीवों को हारमोन कहते हैं।

यदि हम अपने गर्भवान शरीर को युद्ध का एक मैदान कहें, तो हारमोन ही यहां जीतने वाली सेना होगी। वे हर जगह हैं और चुपचाप हमारी जानकारी के बिना हमला किए जा रहे हैं। इस तरह हम इनकी चपेट में आकर बहुत ही भावुक हो जाती हैं। यहां तक कि सबसे ज्यादा व्यावहारिक, संभली हुई और आध्यात्मिक स्त्रियां भी इनका शिकार हो ही जाती हैं। कभी-कभी तो मैं अपने पति के कंधे पर ही सिर रखकर रोने लगती, तो कभी अपने-आप पर और अपने शरीर पर झुंझला जाती। मुझे इन हारमोनों पर बहुत गुस्सा आता कि ये मेरे साथ कैसा खेल खेल रहे थे।

किंतु जिस तरह हमारे शरीर में बाकी बदलाव होते हैं, उसी तरह इन हारमोनल बदलावों का भी एक कारण और तर्क होता है।

हारमोन 101

हारमोन वे रासायनिक तत्व हैं, जिनका कोशिकाओं द्वारा शरीर के किसी एक हिस्से में स्राव होता है और फिर रक्तप्रवाह उन्हें शरीर के दूसरे अंगों तक ले जाता है, ताकि उन्हें उत्तेजित कर क्रियान्वित किया जा सके। यह एक अनिवार्य रासायनिक संदेशवाहक है जो एक संकेत को एक से दूसरी कोशिका तक पहुंचाता है। सैल मैटाबालिज़्म में सुधार के लिए बहुत कम मात्रा में हारमोन की आवश्यकता होती है।

हारमोन गर्भावस्था के हर पहलू में बहुत महत्त्व रखते हैं। प्रमुख गर्भावस्था हारमोन निम्नलिखित हैं –

हयूमन कोरियॉनिक गौंडाट्रापिन (एचसीजी)

यह पीयूष ग्रंथियों में पाया जाता है और ओवरी को अधिक मात्रा में प्रोज़ेस्टेरॉन बनाने के लिए उत्तेजित करता है, यह मासिक धर्म को रोककर गर्भावस्था के आरंभिक समय में सहायक होता है।

प्रोजेस्टेरॉन

प्रेगनेंसी हारमोन – इसका शाब्दिक अर्थ है – प्रो-जैस्टेशन। यह पहले ओवरी में और फिर बाद में प्लेसेंटा में बनता है जो कि गर्भावस्था के लगभग हर पहलू को प्रभावित करता है। कुछ मामलों में जहां इसकी मात्रा कम होती है, गर्भवती का पहली तिमाही में गर्भपात हो सकता है। इस प्रकार प्रारंभ में इसकी भरपूर मात्रा होना आवश्यक होता है।

ऑस्ट्रोजन

यह भी पहले ओवरी और फिर बाद में प्लेसेंटा में बनता है। यह मां की कोख को फर्टीलाइज़्ड अंडों को स्थापित करने के लिए तैयार करता है व स्तनों को दुग्ध उत्पादन के लिए प्रोत्साहित करता है।

ऑक्सीटॉसिन

इसका संबंध प्रसव के संकुचन व ब्रैक्सटोन हिक्स[16], से है, यह स्तनों की दुग्ध ग्रंथियों को भी उत्तेजित करता है।

एंडोरफिरन

इसे हैप्पी हारमोन भी कहते हैं। यह तनाव तथा दर्द से निपटने में सहायक होता है।

रिलैक्सन

यह अपने नाम के अनुसार ही लिगामेंट्स को मुलायम बनाता है और टिशुओं की लोच बढ़ाने में सहायक होता है, ताकि पीठ के निचले हिस्से व पेल्विक जोड़ों को प्रसव के लिए तैयार किया जा सके।

क्या आप सोच रही हैं कि इन मज़ेदार से नामों वाले रासायनिक तत्वों का आपकी भावनाओं से क्या लेना-देना हो सकता है? सीधी-सी बात है कि हम जो इतना महसूस करती हैं और इतनी गहराई से महसूस करती हैं, वह ऑस्ट्रोजन, प्रोजेस्टेरॉन व अन्य हारमोनों के बढ़ते स्तरों के कारण ही होता है। कई बार गहरी खुशी पर भी उद्वेग हावी हो जाता है और हम रोने लगती हैं।

संतुलन बनाए रखें

हमें संतुलन बनाए रखना होगा, ताकि जितना संभव हो सके, प्रेगनेंसी के दौरान हारमोनल उतार-चढ़ाव से बच सकें।

एयर थेरेपी

हालांकि हम जन्म से लेकर अपनी आखिरी सांस तक सांस तो लेते हैं, किंतु

16 प्रसव आरंभ होने से पहले आपको बनावटी प्रसव पीड़ा भी हो सकती है, जिसे ब्रेक्सटन हिक्स संकुचन भी कहते हैं। यह अनियमित गर्भाशय संकुचन पूरी तरह से सामान्य है और दूसरी तिमाही के आरंभ में भी शुरू हो सकती हैं, हालांकि तीसरी तिमाही में यह अधिक सामान्य होते हैं। यह आपके शरीर को उस आने वाले समय के लिए तैयार करती है। (http://www.webmd.com)

इस श्वास का नियंत्रण हमारे जीवन में काफी बड़ा परिवर्तन ला सकता है। हम अधिकतर अचेतन भाव से ही श्वास लेते रहते हैं, यदि इस श्वास का नियमन करते हुए, इसे धीरे-धीरे लिया व छोड़ा जाए, तो हम अपने शरीर को ताज़ी व साफ़ सांस, प्राण शक्ति या जीवन ऊर्जा दे पाएंगे। इस तरह हमारे भीतर की सारी नकारात्मकता भी बाहर निकल जाएगी।

स्वीकृति

जीवन को या तो बदल सकते हैं या स्वीकार सकते हैं। यदि इसे स्वीकार नहीं सकते, तो इसे बदलना चाहिए। यदि नहीं बदल सकते, तो इसे स्वीकारना चाहिए। सबसे पहले तो हमें अपने बदलते हारमोनों, तेज़ी से फैलते शरीरों, मूड के उतार-चढ़ाव व उद्वेग को प्रेगनेंसी का एक हिस्सा मानकर स्वीकारना होगा, एक ऐसा हिस्सा, जिसे बदल नहीं सकते। यह एक ऐसा अनुभव है, जिससे धरती के हर कोने में रहने वाली महिला को गुज़रना पड़ता है। इस सार्वजनीन अनुभव को स्वीकारने से यह बदल नहीं जाएगा, पर अगर हम इसके सामने आत्मसमर्पण कर दें, तो अपनी इस अवस्था के बावजूद शांति पा सकती हैं। ऐसा करने के बाद ही हम प्रेगनेंसी के अनुभव व हारमोन आदि का पूरा आनंद ले सकती हैं।

मन पर नियंत्रण

'जो मन पर नियंत्रण नहीं रखते, उनके लिए यह एक शत्रु का काम करता है', कृष्ण ने भगवद्गीता में अर्जुन से कहा है। हम अपने शरीर व इसमें हो रहे हारमोनल बदलावों को बदल नहीं सकतीं, किंतु निश्चित तौर पर अपने मन को तो नियंत्रित कर ही सकती हैं। यदि हम अपनी हारमोनल प्रतिक्रियाओं को एक अलग नज़रिए से देखें, तो (मन व शरीर के व्यवहार में उतार-चढ़ाव) जान सकेंगी कि वे हमारी ही दिव्य आत्मा या अंग का प्रतिबिंब हैं, इस तरह हम उस कृत्य को व्यक्ति से अलग करके देख सकती हैं। आध्यात्मिक प्रेगनेंसी में मैंने इसी बात पर बल दिया है कि शिशु को बुरे व नकारात्मक व्यवहार से अलग रखना चाहिए, ताकि वह स्वयं को ही बुरा या नकारात्मक न मानने लगे। ठीक इसी तरह यदि हम स्वयं को इन हारमोन से अलग रखेंगीं, तो हमारे जीवन पर राज करने वाले इन हारमोनों के प्रभावों से बचते हुए स्वयं को उद्वेग, अवसाद व नकारात्मकता के भंवर

में फंसने से बचा पाएंगी। इस दौरान थोड़ा खुद को भी ढील देना सीखना होगा। जब तक हम आत्मदया के चंगुल में नहीं आतीं, तब तक रोकर अपने मन को हलका कर लेने में कोई हर्ज नहीं है, अन्यथा हम अपने साथ-साथ आसपास के लोगों को भी दुखी कर देंगी।

स्वयं को प्राथमिकता दें

नैप्पी खरीदने हैं, कपड़े संभालने हैं, काफी काम करने हैं और इसके अलावा सौ झंझट हैं, किंतु एक बार स्वयं को इन सबसे अलग करके परे रखें व जीवन में स्वयं को प्राथमिकता दें। कुछ ऐसा करें, जो आपके मन को भाए – एक झपकी लें, सैर पर जाएं, मालिश करवाएं, किसी दोस्त के साथ फ़िल्म देखें या कुछ समय अकेले ध्यान करते हुए अपने व अपने शिशु के बारे में सोचें।

सकारात्मक वाक्य

सकारात्मक वाक्य वे कथन हैं जिन्हें आपको अपने लिए तैयार करके, दोहराना चाहिए व नियमित तौर पर लिखते रहना चाहिए। इसे प्रभावी बनाने के लिए आवश्यक है कि इसमें नकारात्मक वाक्य शामिल न हों, वे वर्तमान काल में, सकारात्मक, व्यक्तिगत व विशिष्ट हों। ये कथन उस विश्वास पर काम करते हैं कि सोच से ही विचार व भावनाएं पैदा होती हैं, जो कि सकारात्मक निष्कर्षों में बदलती हैं।

मंत्र जाप के दौरान किसी भगवान या इष्ट का नाम बार-बार लिया जाता है, यह सदियों से भारतीय संस्कृति की परंपरा रही है। आप यही मानें कि ज़रा से आधुनिक रूप के साथ ये स्वीकारोक्तियां भी मंत्र ही हैं। यदि आप मंत्र जाप में विश्वास नहीं रखतीं या धार्मिक नहीं हैं, तो आप इन्हें ही दोहरा सकती हैं। इस तरह आप सकारात्मक ऊर्जा से भरपूर रहेंगी, ख़ास तौर पर जब आप प्रेगनेंसी के दौरान खुद को निस्तेज पा रही हों। बस, जब भी खुद को थोड़े से प्रोत्साहन की आवश्यकता हो, तो इन्हें दोहराएं।

यहां ऐसे ही कुछ सकारात्मक कथन दिए गए हैं, यदि चाहें, तो इन्हें अपनाएं, नहीं तो आप स्वयं भी बना सकती हैं –

मैं प्रचुर ऊर्जा, जीवंतता व कल्याण का स्रोत हूं।

मेरा शरीर सुंदर, पोषण देने वाला तथा बलवान है।

मेरा शिशु हम दोनों के जीवन में बिल्कुल सही समय पर आ रहा है।

मेरा शिशु एक चमत्कार है।

मैं इस संसार में स्नेह से शिशु का स्वागत करने को तैयार हूं।

मेरा शिशु पूरी तरह से स्वस्थ व बलवान होगा।

मैं स्वस्थ, प्रसन्न व गर्भवती हूं।

मैं आश्वस्त हूं कि मेरा मन, शरीर व आत्मा प्रसव के दौरान मेरे सहायक होंगे।

मैं तय करती हूं कि मेरे व मेरे शिशु के लिए क्या सही होगा और मैं अपने निर्णयों के प्रति आश्वस्त हूं।

मैं एक मां के तौर पर अपनी भूमिका व इसके साथ आने वाले बदलावों के लिए तैयार हूं।

मुझे स्वयं से तथा अपने शिशु से प्यार है।

किसी का साथ

यदि हम पीछे मुड़ कर देखें, तो कुछ ऐसे पल दिखते हैं, जब हम कई तरह की चिंताओं से घिर कर आधी रात को अकेली होतीं और पूरा घर गहरी नींद में होता था। उस समय आत्मनिरीक्षण, प्रतिबिंबन व ध्यान करने के लिए हमारी अपनी संगति से बेहतर कुछ नहीं होता था, किंतु जब हम उद्वेगग्रस्त हों, तो कई बार हमारी अपनी संगति ही हमारे लिए बदतर हो जाती है। इस समय जब हारमोनल उतार-चढ़ाव के कारण हम बेवजह ही तनावग्रस्त रहने लगें और बेकार की बातों में ज़्यादा उलझने लगें, तो किसी के साथ से बेहतर कोई उपाय नहीं हो सकता। चाहे यह उठकर, कपड़े बदल कर, बाहर जाकर किसी से मिलना-जुलना या बाहर का कोई काम करना, किसी दोस्त के घर जाना या सैर पर जाना ही क्यों न हो, इसे अवश्य करें। आप घर से जितना बाहर रहेंगी, आसपास के माहौल व वस्तुओं के निरीक्षण में ध्यान रमाएंगी, उतना ही बेकार की बातों से दिमाग़ को आराम मिलेगा।

साथी से करें बात

चाहे वे भाव, चिंता व उद्वेग के हों या कितने भी अनावश्यक क्यों न दिखें, पर जब हम अपनी बात कह देते हैं, तो मन हलका हो जाता

है। ऐसा लगता है कि बात कह देने से उसकी चिंता मिट गई हो। इस तरह हम यह भी सोच पाती हैं कि इतनी छोटी-सी बात पर हमें चिंता हो रही थी और इसी दौरान उन समस्याओं के हल भी सूझ जाते हैं, जो हमें अब तक काफ़ी मुश्किल दिख रही थीं। अपने साथी के साथ हर तरह की परेशानी व चिंता को बांटना सबसे बेहतर उपाय है। वह इस यात्रा में आपका साथी है, तो उसके साथ ही ये सब बांटना ठीक रहेगा। केवल अपनी ही न कहें, उनकी परेशानी भी सुनें। वह भी एक इंसान हैं और हो सकता है कि उन्हें भी हमारे साथ की ज़रूरत हो, उन्हें एहसास दिलाएं कि आप उन्हें कितना प्यार करती हैं व सराहती हैं, ताकि वे हमारे अचानक होने वाले भावात्मक विस्फोट को निजी तौर पर न लें। हमें यह भी याद रखना होगा कि जिस तरह हमने शिशु को गर्भ में धारण किया है, उसी तरह वह भी इन भावनाओं से अछूते नहीं हैं। हमें उन्हें भी यह भी कहने का अवसर देना है कि वे प्रेगनेंसी व शिशु के जन्म के बारे में कैसा महसूस करते हैं। यदि आपको लगता है कि आप अपने साथी से बात नहीं कर सकतीं और आपको अतिरिक्त समर्थन चाहिए, तो अपनी मां, बहन या किसी समझदार सहेली से इस बारे में बात करें, जो पूरे धैर्य से आपकी बातें सुनें और अपनी राय भी दें।

हंसी सबसे बड़ी दवा

याद है न, एक पुरानी कहावत कि 'हंसी सबसे बड़ी दवाई होती है'। यह सोलह आने सच है। हास्यप्रियता एक जानदार थेरेपी है, यह हमें बेहतर महसूस करने में मदद करती है और मन की नीरसता के बावजूद उसे प्रफुल्लित करने में अहम भूमिका निभाती है। यही काफ़ी नहीं, जब हम हंसते हैं, तो शारीरिक तौर पर भी बदलाव आते हैं – हम अपने चेहरे व शरीर की मांसपेशियां फैलाते हैं, हमारी नब्ज़ व रक्तचाप भी ऊपर जाते हैं और जब हम तेज़ी से सांस लेते हैं, जिससे हमारे टिशुओं को अधिक मात्रा में ऑक्सीजन पहुंचती है। यह एक तरह से हलके व्यायाम की तरह ही होता है![17] तो कुछ मज़ेदार कॉमिक बुक्स ले आएं या फ़नी मूवीज़ देखें और दिल खोल कर हंसें, ताकि हारमोनल बला से पीछा छुड़ा सकें।

---

17 मैलीसा नैकनामरा, इज़ लॉफ़्टर द बेस्ट मेडिसन?, http://www.cbnews.com/stories/2006/04/07/ health/webmd/main14811492.shtml, 7april, 2006

हो जाए एक कप

जब मैं गर्भ से हुई तो मेरी सबसे बड़ी चिंता यही थी कि मुझे अपनी सुबह की कॉफी छोड़नी होगी। आदर्श तौर पर पहली तिमाही में कॉफी, चाय व अल्कोहल जैसे उत्तेजक पदार्थों का सेवन नहीं करना चाहिए, किंतु सारी दुनिया में मेरे जैसी कॉफ़ी की शौक़ीन महिलाओं के लिए ख़ुशख़बरी यही है कि गर्भावस्था में प्रतिदिन तीन कप हलकी कॉफी लेने की इजाज़त है। मेरे लिए यह केवल कॉफ़ी का स्वाद लेना ही नहीं, मानो एक पूरा अनुभव होता है, जब मैं कॉफी के मग को दोनों हाथों में थाम कर अकेले बैठती हूं और ताज़ा ब्रिव कॉफ़ी की खुशबू को धीरे-धीरे भीतर ले जाते हुए स्वर्गीय घूंट भरती हूं तो बस, यह समय पूरी तरह से मेरा होता है।

कॉफी में पाई जाने वाली कैफ़ीन (कुछ मात्रा में चाय में भी होती है), ऊर्जा के स्तर में अचानक वृद्धि करती है। हारमोनल प्रभावों से घिरे मन और शरीर को कुछ समय के लिए, उससे बचाकर हमारे जीवन के बारे में सोचने व विचार करने का समय देती है। कई बार अकेले में चाय-कॉफी का एक प्याला समस्याओं को देखने के नज़रिए को ही बदल देता है। यदि आप भी खुद को काफ़ी घिरा हुआ और बेचैन पा रही हैं, तो शायद आपको भी एक कप कॉफी की आवश्यकता है।

नींद

एक आइरिश कहावत है कि डॉक्टरों की किताब के अनुसार एक अच्छी नींद व भरपूर हंसी सबसे बेहतर इलाजों में से हैं। हमें प्रायः मां व दादी, नानी यही कहती थीं, किंतु हमने कभी उनकी सुनी नहीं। अब पता चला कि मेडिकल लिहाज़ से भी यह कितना महत्त्व रखती हैं। ख़ासतौर पर जब आप पूरी तरह से थकी हुई व तनावग्रस्त हों, जैसे कि अब हैं, तो एक अच्छी नींद आपकी सौ समस्याओं का हल बन सकती हैं।

तो अपने फ़ोन को साइलेंट मोड पर डालें, घर के काम की चिंता छोड़ें। खाना बनाने, कपड़े धोने और डेडलाइन पूरी करने की चिंता छोड़कर मज़े से गहरी नींद लें।

< 10 >

थकान से थक चुकी हैं....

गर्भावस्था में थकान एक ऐसा लक्षण है, जो सचमुच बेहद थका देने वाला होता है। हममें से सभी इससे पहले एक सक्रिय व जीवंत जीवन जी चुकी होती हैं और अचानक हम उन नाजुक जीवों में बदल जाती हैं, जो बिना किसी बात के ही थक जाते हैं।

यहां आपको याद रखना है कि इस सुस्ती, आलस और थकान का कारण यह है कि शरीर को हमारे भीतर पल रहे नन्हे चमत्कार को रचने के लिए ओवरटाइम करना पड़ रहा है। यदि मेडिकल दृष्टि से देखा जाए, तो प्रोजेस्टोरॉन के स्तर में अचानक आने वाला चढ़ाव भी आपकी थकान का एक कारण हो सकता है। शरीर शिशु निर्माण के लिए कड़ी मेहनत कर रहा है, इसलिए आपके शरीर का मेटाबॉलिज़्म बढ़ गया है, तभी आपकी ऊर्जा का इतना क्षय हो रहा है। पहली तिमाही में प्लेसेंटा भी बनता है। यदि आप इसमें जी मिचलाना, उल्टी होना व बार-बार बाथरूम के चक्करों के साथ बेचैन रातें भी जोड़ दें, तो थकान तो होगी ही।

सबसे पहले तो थकान से लड़ने के बजाय मान लें कि आप थकी हुई हैं

मुझे याद है कि मैं किस तरह इस तथ्य को लगातार नकारती रही थी कि

मैं बिना कुछ किए कैसे थक सकती हूं और मैं इससे तब तक लड़ती रही, जब तक मैंने मान नहीं लिया कि मैं इतनी थकी हुई थी कि मुझे आराम की आवश्यकता थी। तब मैंने खुद को कम थका हुआ और पहले से कहीं तरोताज़ा पाया।

थकान को स्वीकारना एक अलग बात है, किंतु उसमें निरंतर खोए रहना अलग बात है।

प्रायः जब हमारा मन और शरीर हारमोनल बदलाव से घिरा होता है, तो हम स्वयं पर नियंत्रण खो देती हैं और आत्मदया व सहानुभूति के चंगुल में फंस जाती हैं। इससे स्वयं को बाहर निकालना बेहद कठिन होता है। यदि लगातार यही सोचती रहेंगी कि आप कितनी थकी हुई हैं, तो इससे थकान घटने के बजाय और बढ़ेगी व आपके आसपास के लोग भी आपसे खीझने लगेंगे। थकान को स्वीकारें, किंतु इसकी सोच को निरंतर अपने पर हावी न होने दें।

ज़रा सुनने की कोशिश करें कि आपका शरीर क्या कहना चाहता है।

यही वह समय है, जब आपको अपने लक्ष्य में थोड़ा बदलाव लाते हुए यह मानना है कि 'अर्ली टू बैड एंड लेट टू राइज़' आप जितनी नींद और आराम लेंगी, शिशु व आपके लिए उतना ही बेहतर होगा। सोते समय अपने पास तकिये रखें, ताकि आप अपने पेट, टांगों व जांघों को और आराम दे सकें। यहां तक कि पंद्रह-पंद्रह मिनट की झपकी भी आपके लिए काफ़ी सहायक हो सकती है। यदि आपको ऑफ़िस में अपने केबिन की विलासिता प्राप्त है, तो दरवाज़ा बंद करें और कुछ देर के लिए आराम लें या किसी ख़ाली कॉन्फ़्रेंस-कक्ष या फिर कार की सीट पर सिर टिकाकर भी आंखें मूंदी जा सकती हैं। आप कुर्सी के नीचे एक स्टूल रख कर, उस पर पांव ऊंचे करके बैठें, इससे आराम मिलेगा और गर्भावस्था के अंतिम महीनों में ओडिमा (सूजन) से भी छुटकारा मिलेगा।

स्वयं को प्राथमिकता दें।

सामाजिक वचनबद्धताओं से लेकर काम तक आप प्राथमिकता सूची में सबसे ऊपर हैं, इसलिए जो भी अनावश्यक हो उसे काट दें। इसमें आपके काम का भार भी शामिल है। अधिकतर नियोक्ता इस बारे में ग़ौर करते हैं और अगर आपने किसी को पहली तिमाही के दौरान कुछ नहीं बताया, तो आप कभी भी उन्हें भरोसे में लेकर अपनी स्थिति स्पष्ट कर सकती हैं। घर के काम को पड़ा रहने दें (या किसी को काम पर रख लें)। जरूरत से ज़्यादा सामाजिक होने से बचें और अगर घर में पहले से बच्चे हैं, तो उन्हें किसी दोस्त के घर भेजकर भी अधूरी नींद पूरी कर सकती हैं।

फल-सब्ज़ी व हाई-प्रोटीन स्नैक्स से शरीर को नियमित अंतराल पर ऊर्जान्वित करती रहें।

पर्याप्त मात्रा में पानी पीना न भूलें, ताकि शरीर में पानी की कमी न हो।

मुस्कराएं व सहन करें

क्योंकि यह निश्चित तौर पर कुछ समय की कहानी है। यदि यह पहली तिमाही की थकान है, तो पहली तिमाही जाते ही ख़त्म हो जाएगी। आप आने वाले तीन महीनों में स्वयं को पहले से कहीं ज्यादा ऊर्जान्वित पाएंगी। यदि आप प्रसव के समय के नज़दीक हैं और शिशु का भार काफ़ी अधिक है, तो आगामी दिनों के बारे में सोचें और हो सके, तो अपने शरीर को पूरा ध्यान व दुलार दें।

11

डिंक्स से सिल्कस् तक

पिछले सप्ताह मैं और मेरे पति कुछ मित्रों से मिले, जो चालीस साल के करीब हो चले हैं, उनके विवाह को दस साल से अधिक हो गए हैं और अभी तक कोई संतान नहीं है। वे ख़ासतौर पर डिंक्स (डबल इनकम, नो किड्स) की श्रेणी में आते हैं, दोनों ही व्यावसायिक तौर पर सफल हैं और बंबई के सबसे समृद्ध इलाकों में से एक में अपने आलीशान अपार्टमेंट में रहते हैं। उनका सामाजिक जीवन काफ़ी व्यस्ततापूर्ण है, वर्क एंड पार्टी हार्ड, साल में चार से छः बार विदेशों में अवकाश मनाते हैं और हाल ही में उन्होंने मर्सीडीज़ बेंज़ सी-क्लास भी ख़रीदी है। हम सोच रहे थे कि अगर उनकी पत्नी प्रेगनेंट हो गईं, तो क्या होगा? अगर हमारे बच्चे न होते, तो क्या हमारा जीवन भी वैसा ही होता?

इसमें कोई संदेह नहीं कि बच्चे हमारे जीवन को पूरी तरह से बदल देते हैं और यह बदलाव उनके जन्म से भी पहले आरंभ हो जाता है और हो भी जाना चाहिए। अचानक हम एक ऐसे जीव के लिए उत्तरदायी हो जाते हैं, जो अपने जीवन के लिए पूरी तरह से हम पर निर्भर करता है। हम उसके लिए कम-से-कम यही कर सकते हैं कि अपने जीवन में थोड़ा बदलाव या सुधार ले आएं, ताकि अपनी दुनिया में उसके लिए थोड़ी जगह बना सकें।

प्रेगनेंट होना कोई मज़ाक़ की बात नहीं है। हमें हारमोनल बदलाव के कारण लगातार थकान, चिड़चिड़ापन और बेचैनी महसूस होती है और अपने पेट के फैले उभार के साथ आकर्षण भी खोने लगता है। हाथ-पैर और चेहरे के अलावा शरीर के हर हिस्से में भी सूजन आ जाती है। हममें से कइयों को अपनी नौकरी छोड़नी पड़ती है, जिसकी वजह से हम खुद को नाकारा और सिर्फ़ बच्चे पैदा करने वाली मशीन मानने पर मजबूर हो जाती हैं। हम पब या नाइट क्लब नहीं जा सकतीं, हम नाच नहीं सकतीं और दिन के आख़िर में चिल्ड कार्डोनी लेने का तो सवाल ही नहीं पैदा होता। टीनएजर्स की तरह सेक्स को बैकसीट पर करने के बजाय हमारी सेक्स लाइफ़ ही बैकसीट पर आ जाती है। कुल मिलाकर कभी-न-कभी, ऐसा लगने लगता है कि इन सबका कोई फ़ायदा है क्या?

किंतु बदलाव भी हमेशा बुरे के लिए नहीं होता, ख़ास तौर पर तब, जब हमारी प्राथमिकताएं तेज़ी से बदलते हुए, हमसे हटकर हमारे भीतर बसी नन्ही-सी जान पर केंद्रित हो रही हों। अचानक ही लेटेस्ट जिमी चूज़ दिखाने से ज्यादा अहमियत इस बात की हो जाती है कि आप अपने पांव ऊपर रख लें, ताकि शिशु को तनाव महसूस न हो। साल की सबसे बड़ी पार्टी में दिखने के बजाय आप एक रात की भरपूर नींद को अहमियत देती हैं और अब वह मज़ेदार छोटी-मोटी गपशप भी उतना मज़ा नहीं देती, जितना आनंद ड्यू डेट और पहली यादगार किक की बात करने में आता है।

मुझे याद है कि किस तरह मेरे जीवन में एक नए तरह का ठहराव और बदलाव आ गया था। मैं गुस्सा होने से पहले ही थम जाती और सोचती कि इससे मेरे अजन्मे बच्चों पर ग़लत असर होगा। मैंने ड्राइविंग करना छोड़ दिया और बड़ी खुशी से पब्लिक ट्रांसपोर्ट पर भरोसा करने लगी, ताकि अपने शिशुओं को बंबई के घने ट्रेफ़िक के बीच, ब्रेक से अचानक लगने वाले झटकों से बचा सकूं। मैं अपनी मां के साथ अधिक वक़्त बिताने लगी व उनसे उनकी प्रेगनेंसी और अपने बचपन के बारे में बातें पूछती और अचानक मेरे साथ उनका जुड़ाव एक ऐसी महिला के रूप में हुआ, जिसने न केवल तीन बच्चों को जन्म दिया था, बल्कि उनका पालन-पोषण भी किया था। मैं अब इस बारे में ज्यादा सोच-विचार नहीं करती थी कि कौन किसके बारे में क्या सोचता है। मेरा अधिकतर समय अपने आप को एक मां और एक मनुष्य के रूप में सोचते हुए बीतता था।

समय के साथ ही मुझे एहसास हुआ कि मेरा जीवन एक नए मायने पाने तक, एक ताज़े पत्ते की तरह धीरे-धीरे लहरा रहा था। अब मैं एक बेहतर इंसान के तौर पर सामने थी और इसके लिए मुझे अपने अजन्मे शिशुओं पर धन्यवाद देना था।

पिता के भय

'हम प्रेगनेंट हैं,' आजकल शिशु के आगमन की सूचना देने के लिए प्रायः इसी वाक्य का प्रयोग किया जाता है, पूरी दुनिया में दंपत्तियों को एहसास हो गया है कि गर्भावस्था केवल महिलाओं को ही प्रभावित नहीं करती। वे दिन लद गए जब भावी पिता का अपनी पत्नी की गर्भावस्था से कोई लेना-देना नहीं होता था। आजकल तो डॉक्टर के पास जाने से लेकर अस्पताल का चुनाव करने व बेबी के पलंग का रंग चुनने और उसके इस दुनिया में आने के क्षणों में मौजूद रहने तक, पिता हर जगह साथ होते हैं।

तो इसमें हैरानी की कोई बात नहीं कि भावी पिता के जीवन में भी बदलाव आते हैं। ऐसा होता है कि पुरुष को उन बदलावों के अनुसार बदलने में समय लगता है, क्योंकि उनके शरीर के भीतर कोई नन्ही जान नहीं पल रही, जो उनके पेट को धीरे-धीरे फैलाव दे दे।

भावी पिता के मन में कई चिंताएं होती हैं और उनमें से सबसे पहली तो यही है कि शिशु के दुनिया में आते ही वे अपने साथी के जीवन में से धकेल दिए जाएंगे, तो यह भावी मां पर निर्भर करता है कि वह पति को भी इस प्रक्रिया में पूरी तरह से शामिल करने की कोशिश करे। एक शिशु से जुड़ी आर्थिक परेशानी भी चिंता का कारण बनती है। स्त्री रोग विशेषज्ञा की फ़ीस से लेकर अस्पताल के बिल तक और फिर आगे भी यह शिशु, परिवार की वित्तीय स्थिति डांवाडोल करता रहेगा। परिवार में एक शिशु का आगमन दिन-ब-दिन खर्चीला होता जा रहा है, किंतु उचित नियोजन के साथ आप व आपका साथी बड़ी आसानी से इस ख़र्च से पार पा सकते हैं।

अरे, मैंने और मेरे पति ने हम जैसे लोगों के लिए ख़ासतौर पर एक नया एक्रोनाइम बनाया है – सिंगल इनकम लविंग (अवर) किड्स – सिल्क!

‹ 12 ›

ज़रा सेक्स की बात हो जाए, बेबी!

प्रेम के रहस्य आत्मा में विकसित होते हैं
किंतु शरीर उनकी पुस्तक है।

जॉन डानी, एक्सटेसी

ज़रा इस दृश्य की कल्पना करें – मोमबत्तियों की धीमी रोशनी, लाल गुलाब, शैंपेन के जाम (सॉरी! संतरा, अंगूर या नींबू का रस)। साथी आपकी ओर बढ़ता है, आपको बेहद चाहत के साथ सिर से पांव तक देखता है। आप उसकी बांहों में समा जाती हैं...ओह! आपके पेट का उभार बीच में आ जाता है। मजबूरन आप पूरी तरह से बांहों में भी नहीं समा पातीं और सारा मूड चौपट हो जाता है।

परंतु यह सब इस तरह से भी नहीं होता।

प्रेगनेंट दंपत्ति (जी हां, दंपत्ति क्योंकि पिता भी मां की तरह इस प्रक्रिया से उतना ही संबंध रखता है)। प्रायः आने वाले शिशु पर इतने केंद्रित होते हैं कि यह भी भूल जाते हैं कि वे एक दंपत्ति हैं और आज वह इस रूप में कैसे आए हैं। कुछ पुरुषों को यह डर होता है कि अपने साथी या शिशु

को चोट पहुंचा देंगे और कुछ इसे अटपटा मानते हैं, क्योंकि उनकी कल्पना में शिशु उनकी जासूसी कर रहा है।

हालांकि गर्भावस्था के दौरान सेक्स पर बहुत कुछ लिखा जा चुका है – यह सुरक्षित है या नहीं, कितने पुरुष अपनी गर्भवती साथी के शरीर को आकर्षक पाते हैं या अनाकर्षक मुद्राएं, संकुचन, भ्रूण को हानि – यह अध्याय सेक्स के बारे में नहीं लिखा गया (यदि आपको लग रहा था कि यह सेक्स के बारे में लिखा गया है, तो आपको निराश करने के लिए माफ़ी चाहूंगी), यह गर्भावस्था की उस आध्यात्मिक आत्मीयता के बारे में है, जो सेक्स से कहीं परे होती है।

यद्यपि यह सब काफ़ी समय तक भारत में गुप्तावस्था में रहा, काम ऊर्जा व आध्यात्मिक संपर्क से बनने वाला संबंध किसी भी युगल के लिए सबसे शक्तिशाली संबंध होता है। जो कि गर्भावस्था में तो और भी सार्थक हो जाता है। जैसा कि डॉ. दीपक चोपड़ा अपने ब्लॉग इन्टेंट डॉट कॉम में लिखते हैं – 'काम ऊर्जा ब्रह्माण्ड की रचनात्मक व आदिम ऊर्जा है, दो शरीरों, दो आंतरिक प्राणों व आत्मा और आत्मा का मेल ही सच्चा मेल है। काम ऊर्जा एक पवित्र ऊर्जा है।'[18] यह इस हद तक पवित्र मानी गई है कि कुछ सभ्यताओं में तो गर्भवती महिला को पवित्र भी माना जाता है, क्योंकि उसने एक दिव्य आत्मा को शरण दी हुई है।

प्रेगनेंसी के दौरान आपको शारीरिक संबंध बनाने चाहिए या नहीं, यह काफ़ी हद तक आपकी निजी पसंद व सेहत पर निर्भर करता है (पहले अपने डॉक्टर से राय ले लें), आप अपने साथी के साथ कई तरीक़ों से अपने काम व अध्यात्म संबंध का उत्सव मना सकती हैं।

इस बारे में बात करें

खुलकर बात करने से मन शांत व सहज हो जाता है। दरअसल प्रकट करना भी अपने आप में कम सेक्सी नहीं होता। मसला छोटा हो या बड़ा, कई बार बात करने से ही उसका हल निकल आता है। जब हम अपनी भावनाएं व राय प्रकट करते हैं, तो बातों-बातों में कई ग़लतफ़हमियां दूर हो जाती हैं और मेरा मानना है कि हम दोनों के बीच व दूसरों के साथ दूरियां घटती हैं। प्रेगनेंसी वह समय है, जब आप व आपका साथी अनेक

18. दीपक चोपड़ा, सेक्स एंड स्पिरिच्युअलिटी,http://www.intentblog.com/archives/2005/06sex _and_spiritu.html,30 june 2005

नए व अद्भुत बदलावों से गुज़रेंगे, फिर ऊपर से आपके हारमोन और उलटी-सीधी फ़रमाइशें। नतीजन बहुत सारी ग़लतफ़हमियां, चीखना-चिल्लाना और आंसू।

तभी बहुत आवश्यक हो जाता है कि आप व आपका साथी गर्भावस्था के दौरान ईमानदारी के साथ संप्रेषण करे। यह मान कर न चलें कि आप जानते हैं कि साथी क्या चाहता है। आप कोई मन का हाल जान लेने वाले नहीं हैं। बदलाव और उथल-पुथल के इस दौर में बेहतर होगा कि आप खुल कर अपनी भावनाएं प्रकट करें व बांटें।

न कहने में भी कोई बुराई नहीं है। यदि आप थकी हुई हैं, उबकाई आ रही है या आप प्यार जताने के मूड में नहीं हैं, तो अपने साथी को न कह दें व उन्हें समझाएं कि इसमें उनका कोई दोष नहीं है। समय बदलने के साथ हालात पहले से बेहतर हो जाएंगे।

तीन से बनती है भीड़

जब आप दोनों ही माता-पिता बनने को लालायित हों, तो यह याद रखें कि भावी माता या पिता से अलग भी आपका कोई अस्तित्व है। यह भी ध्यान दें कि आपके बीच होने वाली हर बात में आने वाले शिशु या पेट का उभार का ही वर्चस्व न हो (नोट : शिशु के जन्म के बाद भी ध्यान रखें कि ऐसा न हो)। आपको याद रखना होगा कि इस शिशु के अलावा भी आप लोगों का क़ोई संबंध है। इस बदलाव और अनिश्चितता के दौर में तो उसे और भी देखरेख चाहिए। आपको अपने जीवन में साथी की भूमिका व महत्त्व को सुनिश्चित करना होगा, क्योंकि हो सकता है कि उसके मन में शिशु के आने के बाद परित्यक्त होने का भाव आ रहा हो।

मातृदेवी के बारे में सोचें

जी हां, आप बेशक दिखने में दरियाई घोड़े का बच्चा लगती हैं, पर आपको अपने बारे में ऐसा नहीं सोचना चाहिए। कृष्ण ने अर्जुन को भगवद्गीता में कहा – 'जो इसे नियंत्रित नहीं करते, मन उनके लिए शत्रु का काम करता है। स्वयं की एक मोहक मातृदेवी के रूप में कल्पना करते हुए मन को अपना मित्र बना लें। यह सृजन का प्रतीक है। इस तरह आप स्वयं को एक ऐसा कद्दू मानने से बच जाएंगी, जो कभी भी फट सकता है। आप

वही हैं, जो आप सोचती हैं, तो यदि आप स्वयं को अनाकर्षक मानते हुए पेश आएंगीं, तो ऐसा ही महसूस होगा, वहीं दूसरी ओर यदि आप स्वयं से अच्छी तरह पेश आएंगी (केवल त्वचा की मॉश्चराइज़िंग से ही बात बन जाएगी) और स्वयं को आकर्षक मानेंगी, तो बेशक आपके साथी को भी ऐसा ही लगेगा।

कुछ ख़ास

गर्भवती होने का यह अर्थ नहीं कि आपके जीवन से रोमांस का ही अंत हो गया और रोमांस का मतलब केवल चुस्त पोशाक और बाहर डिनर लेने जाना ही नहीं होता। गर्भवती होने के बावजूद आप अपने संबंध का रोमांस वापस ला सकती हैं। बस, रोमानी होने के बारे में अपनी मानसिकता को जरा-सा बदलना होगा। यदि आप एक साथ नाच नहीं सकते या मज़ेदार कैंपिंग सप्ताहांत पर नहीं जा सकते, तो क्या हुआ? आप कुछ समय एक साथ एकांत में बिताकर व साथी को उसके ख़ास होने का एहसास दिलाकर भी अपने प्यार को जीवित रख सकती हैं और रोमानी पलों का आनंद पा सकती हैं।

मालिश का जादू

'हम अकसर स्पर्श की ताक़त को नज़रअदाज़ कर जाते हैं... प्रेम की शक्ति के समर्थक व अमरीकी गुरु लियो एफ़. बुस्कागलिया लिखते हैं – किसी भी महिला से पूछें, वह आपको यही कहेगी कि जिस तरह पुरुषों के दिल तक जाने का रास्ता उनके पेट से होकर गुज़रता है। उसी तरह एक गहरी आरामदायक मालिश किसी भी स्त्री के दिल की कुंजी हो सकती है। मेरे अनुसार मालिश किसी भी स्त्री को दुलारने का सबसे दिलकश अंदाज़ है। सुपरमॉडल कुक पद्मा लक्ष्मी भी इससे सहमत दिखती हैं। वह लिखती हैं – 'मेरे लिए तेल की मालिश, गर्म पानी से स्नान, रात की अच्छी नींद, भीनी गंध, संगीत व मुलायम रेशमी कपड़े कामुकता का प्रतीक हैं।'

मालिश एक आत्मीय वातावरण से संपर्क स्थापित करने का अद्भुत उपाय है, जब आप गर्भावस्था की पीड़ाओं व तकलीफ़ों से गुज़र रही हों, तो ऐसे में इसका महत्व और भी बढ़ जाता है। हालांकि अपने साथी को यह बताना न भूलें कि वह आपके टख़नों की मालिश न करे। कहते हैं कि

इसके कारण गर्भाशय में निरंतर संकुचन हो सकते हैं। अगर उन्हें समझ न आए कि आप उनसे मालिश करवाना चाह रही हैं, तो बस, किताब के इस पन्ने को खोल कर रख दें और अच्छी तरह से हाईलाइट कर दें। उन्हें पता चल जाएगा कि आपका दिल क्या चाहता है।

दो के लिए मंत्रजाप

युगल या सामूहिक रूप से किया गया मंत्रजाप, चिकित्सकीय क्षमताएं भी रखता है और यह भारत, नेटिव अमरीका, सूफ़ी व ईसाई समाजों सहित दुनिया की सभी सभ्यताओं का एक अंग है। किसी चर्च में एक साथ लय में गाए जा रहे गीत के बारे में सोचें या मस्जिद से उठते नमाज़ के स्वरों को याद करें और आप जान जाएंगी कि मैं क्या बात कर रही हूं। रब्बी शीफ़ा गोल्ड अपने लेख 'चैंटिंग एज ए हीलिंग मोडेलिटी' में लिखती हैं कि, 'सामुदायिक जाप की कला में दोहरे केंद्र की आवश्यकता होती है – एक तो अपने गहन केंद्र के लिए तथा दूसरे उभर रही सामूहिक ऊर्जा के लिए। जब मंत्रजाप करने वाला खुले दिल से जाप करता है, तो वह अपने भीतर से समुदाय के लिए बहुत कुछ देने योग्य हो जाता है और उस समूह का सेवक बनने के बाद वह अपने ही दिल की भीतरी गहराइयों तक जा पाता है।'

प्रेगनेंसी के दौरान किया गया मंत्रजाप आप व आपके साथी के लिए एक संबंध विकसित करने का भरपूर अवसर होता है। आप मोमबत्तियां या अगरबत्तियां जलाकर या बस, एक साथ बैठकर भी जाप कर सकते हैं – इस तरह के जाप में जाप के तरीक़े से यह ज़्यादा मायने रखता है कि आप दोनों साथ हैं।

मैं आशा करती हूं कि यह अध्याय गर्भावस्था के दौरान आपके रोमांस को फलने-फूलने में सहायक होगा। इस तरह आप सही मायनों में अपने दिल व आत्मा सहित साथी से संबंध स्थापित कर पाएंगी।

< 13 >

बैली ब्यूटीफ़ुल

गर्भावस्था के इन स्ट्रैच मार्क्स को
सर्विस के दौरान मिले तमगे मानें।

जॉयसी आरमोर

एक गर्भवती के शरीर की उर्वरता के बारे में चाहे जितनी भी तारीफ़ें क्यों न लिखी गई हों, सच तो यही है कि चाहे हम अपने पेट के उभार और उसमें लातें चलाते शिशु से कितना भी स्नेह क्यों न करें, कभी-न-कभी तो हम स्वयं को मोटी भैंस व भद्दी मानने पर मजबूर हो ही जाती हैं। अचेतन तौर पर ही हमारे नितंबों की मटकन बत्तख की चाल में बदल जाती है और हमारे चुस्त कपड़े शरीर में फंसने से इंकार कर देते हैं, हमारा पेट किसी तरह क्लिंग फ़िल्म की तरह फैल जाता है और उस पर हलकी गुलाबी धारियां व पट्टियां-सी उभर आती हैं, मानो हमारे शरीर के लैंडस्केप पर नदियां व उसकी धाराएं प्रवाहित हो रही हों। हम अपने ऊपर ही हैरान होती हैं, दर्पण में स्वयं को देखकर पूछती हैं, 'क्या यह सचमुच मैं हूं?' उसी समय, किसी स्तर पर हम हैरान हो जाती हैं और सोचती हैं कि क्या यह शरीर फिर कभी हमारा हो पाएगा?

मेरा मानना है कि एक स्त्री होने के नाते हमें एक जीव को अपने शरीर में बसाने का विशेष अधिकार प्राप्त है। व्यक्तिगत व निजी स्तर पर हमें सृष्टि व एक-दूसरे मनुष्य की वृद्धि को प्रभावित करने का प्रत्यक्ष सम्मान प्राप्त है। जब हम यह बात इस नज़रिए से लेती हैं, तो गर्भावस्था के विभिन्न लक्षणों, जैसे स्ट्रैच मार्क्स, अफारा व दूसरे मसलों के कोई मायने नहीं रह जाते।

जैसा कि हमने कहा कि और अधिक आध्यात्मिक स्तर पर, हमारा शरीर उन वस्त्रों की तरह है, जिन्हें हम पूरे दिन के प्रयोग के बाद वाशिंग मशीन में फेंक देते हैं, फिर अगले दिन साफ़, ताज़े व नए वस्त्र धारण करते हैं। इसी तरह आत्मा भी एक जीवन-काल समाप्त होने के बाद अपने जीर्ण-शीर्ण रोगी शरीर को त्याग देती है और अगले जीवन-काल में नया भौतिक शरीर पाती है। निश्चित तौर पर हम अपने आप को एक गुलाबी सलवार-क़मीज़, नीले रंग की शिफ़ॉन की साड़ी या नीली जींस नहीं मानतीं, जिसे हम किसी ख़ास दिन पहन सकते हैं, तो हम अपने शरीरों के साथ स्वयं को इतना जोड़ कर क्यों देखते हैं?

हमारा यह शरीर नए रंग, रूप और आकार में कपड़ों के नए जोड़े से अधिक कुछ नहीं है (इन दिनों नए लेबल व बांड के साथ)। हम जो भी पहनते हैं वह हमारे भौतिक शरीर का प्रतिनिधित्व नहीं करता है, जिस तरह हमारा भौतिक शरीर (जो समय के साथ वृद्ध होता है), हमारे भीतर रहने वाली आत्मा की स्थायी व अपरिवर्तनीय प्रकृति से संबंध नहीं रखता। हम कितनी बार किसी 75 वर्षीय व्यक्ति को भी कहते सुनते हैं कि 'मैं तो अपने को 25 से ऊपर का नहीं मानता'। ऐसा इसलिए है कि चाहे उनका शरीर भले ही बूढ़ा हो गया हो (झुर्रियां व दुखते जोड़ों के साथ), परंतु उनकी आत्मा अभी भी युवा है।

चलिए, अपने गर्भवती शरीर की बात पर लौटते हैं। जब हम स्वयं को इतनी गहराई से अपने शरीर के साथ जोड़ना छोड़ देती हैं, तो हमें चीज़केक का एक फ़ालतू पीस खा लेने या छठा गुलाब जामुन निगल लेने पर भी चिंता नहीं होगी। हम यह स्वीकार करना सीखेंगी कि बदलता शरीर भी हमारे जीवन का ही एक हिस्सा है और उस शरीर से प्यार करना सीखेंगी, जो शिशु को जन्म देने के बाद से ऐसा नहीं रहेगा। हम अपने शरीर के स्ट्रैच मार्क्स को युद्ध में मिले उन घावों के निशानों की तरह

स्नेह से अपनाएंगी, जो हमने अपने जीवन की सबसे ख़ास व बड़ी चुनौती का सामना करते हुए पाए हैं। हम अपने जीवन के अस्थायित्व व आत्मा के स्थायित्व को जानने व मानने के बाद अपने जीवन व अपने बच्चों को कहीं बेहतर तरीक़े से अपना सकेंगी।

आप अकेले नहीं हो सकते, अगर आप उस व्यक्ति को चाहते हैं, जिसके साथ आप अकेले हैं।

डॉ वाइनी डायर

14

शाश्वत मित्र

पारंपरिक तौर पर मां को ही दाता व सुख-चैन देने वाली माना जाता है, किंतु कई बार ऐसे पल भी आते हैं, जब ये भूमिकाएं बदलती हैं और हम अपने बच्चों से ही संबल व शक्ति पाना चाहती हैं। ऐसा तब भी हो सकता है, जब वे अभी कोख में ही हों। यदि हम अपने भीतर पल रही उपस्थिति के प्रति सजग हों, तो गर्भावस्था से जुड़े दर्द, तकलीफ़ व परेशानियों के बावजूद शिशु को कोख में रखना एक प्यारा-सा एहसास हो सकता है। मेरी एक सहेली ने मुझसे पूछा था कि गर्भवती होने पर कैसा महसूस होता है, तो मैंने उससे कहा था कि फिर आप वास्तव में कभी अकेली नहीं रहतीं।

यदि इस विचार को आध्यात्मिक तौर पर विस्तृत किया जाए, तो हमें यह तथ्य स्मरण हो आता है कि वह ईश्वर/सर्वोच्च शक्ति या आत्मा सदैव हमारे साथ है, क्योंकि वास्तव में हम स्वयं ही आत्मा हैं। जैसे कि कृष्ण अर्जुन को गीता के नवें अध्याय के चौथे श्लोक में कहते हैं कि 'यह संपूर्ण संसार मुझमें व मेरे ही अप्रकट रूप में समाया है। सभी जीव मुझमें रहते हैं किंतु मैं उनमें नहीं रहता'[19] यदि सादा शब्दों में कहें, तो सर्वोच्च शक्ति/आत्मा/ब्रह्माण्ड/ईश्वर सभी वस्तुओं में विद्यमान है और सभी वस्तुएं (मनुष्य, जीव

19 स्वामी चिन्मायानंद, द आर्ट ऑफ मैन मेकिंग: 114 शॉट टॉक्स ऑन द भगवद्‌गीता, सेंट्रल चिन्मय मिशन ट्रस्ट, मुंबई।

कीड़े-मकोड़े, पेड़-पौधे, लकड़ी व मनुष्य द्वारा बनाई गई वस्तुएं) उसी संपूर्ण का एक अंश हैं, जो कि मनुष्य मात्र की कल्पना से भी कहीं विशाल है। इसका अर्थ है कि वह सर्वोच्च शक्ति हम सबमें समाई है, हमारे अजन्मे शिशु में भी है।

बच्चे चाहे कोख में ही क्यों न हों, उन पर भरोसा रखना सीखें और वे भी आपको कई अनमोल सबक दे सकते हैं। मुझे याद है, एक रात मेरे पति मोहित बाहर गए हुए थे और मैं छः माह के गर्भ भार से बुरी तरह थकी हुई और निस्तेज हो रही थी। टीवी पर कुछ भी मनोरंजक नहीं आ रहा था, कुछ समय पहले ही किताब भी पढ़ चुकी थी और मेरे सभी दोस्त उस रात पार्टी के लिए बाहर थे। मैं ख़ुद को काफ़ी अकेला और उदास पा रही थी कि अचानक मुझे अपने भीतर से ज़ोर से एक लात लगी। मानो मेरे बच्चे कह रहे हों "हाय, मम्मा! आप यह सोच कर दुखी न हों कि पापा आपके आसपास नहीं हैं। आप और हम सब इस ब्रह्माण्ड का ही एक हिस्सा हैं और आत्मा सदैव हमारे साथ है, हमारे भीतर है, तो आप अकेलापन कैसे महसूस कर सकती हैं?" तब मुझे एहसास हुआ कि मैं ख़ुद को अकेला मान कर कितनी बड़ी ग़लती कर रही थी। यहां वे दो अद्भुत शिशु मेरे साथ थे और जब वे दो दिल मेरे भीतर लगातार धड़कते हुए अपनी दिव्य उपस्थिति का एहसास दिला रहे थे, तो मैं अकेली हो भी कैसे सकती थी।

मैं अपने भीतर हो रही उस हलचल व सरसराहट को महसूस करते हुए चैन की नींद सो गई, जानती थी कि जब तक मैं उस सर्वोच्च शक्ति से अपना संबंध याद रखूंगी (एक सबक़ जो मुझे मेरे अजन्मे देवदूतों ने सिखाया था), तब तक मैं वास्तव में कभी अकेली नहीं हो सकती।

≺ 15 ≻

दोस्तों का दायरा

इस दुनिया में सबसे अकेली स्त्री वही है,
जिसकी कोई निकटतम महिला मित्र नहीं है।

जॉर्ज सेंटायाना,
द लाइफ़ ऑफ़ रीजन

कई बार हम अपने विवाह, काम और फिर अपने आने वाले मातृत्व में इतना उलझ जाती हैं कि ऐसे में अपनी महिला मित्रों को भूल जाना स्वाभाविक ही है। हमारा सारा जीवन अपने साथी और उसके साथ मिलकर सब काम करने में बीतता है, ऐसे में महिला मित्रों के साथ समय बिताना हमारी प्राथमिकता नहीं रहती। प्रारंभ में तो यह स्वाभाविक है, किंतु कुछ समय बाद हमें एक ऐसी महिला दोस्त की कमी महसूस होने लगती है, जो हमारे जीवन के उस हिस्से को समझ सकती है, जिसे पुरुष चाह कर भी समझ नहीं सकते।

गर्भावस्था के दौरान ऐसा ख़ासतौर पर होता है, एक ऐसा समय, जब हम इतनी स्त्रैण होती हैं कि केवल हमारे लिंग का ही कोई व्यक्ति यह समझ सकता है कि हमें किन हालात से गुज़रना पड़ रहा है। क्या हम

अपने साथी से यह समझने की उम्मीद रख सकती हैं कि क्यों हम बिना किसी कारण के फूट-फूट कर रो देती हैं, बिल्कुल हंसमुख और मज़ाकिया होने के कुछ मिनट बाद ही लाल-पीली कैसे हो जाती हैं या अपने शिशु की पहली किक को पेट में महसूस करके उसका जश्न मनाने के बजाय भयभीत क्यों हो जाती हैं? हर महिला अपने आप में अलग है, इसलिए गर्भावस्था के सभी पड़ावों पर उनकी प्रतिक्रिया भी अलग-अलग होती है और कभी-कभी ऐसी परिस्थितियों में उन्हें वही महिला समझ सकती है, जिसने वही सब झेला हो।

अगर आपको लगे कि अब आपके जीवन में ऐसी कोई महिला मित्र नहीं रही या आप अपनी गर्भावस्था के कारण काफ़ी अकेली हो गई हैं और किसी को नहीं जानतीं, तो डॉक्टर के यहां जांच के लिए आई दूसरी महिलाओं से बातचीत आरंभ करके मित्रता की जा सकती है। आपकी प्रीनैटल क्लास या गर्भवती महिलाओं के लिए व्यायाम-कक्षा भी संपर्क साधने की अच्छी जगह है। ये महिलाएं यहां उसी कारण से आई हैं, जिस से आप वहां गईं हैं, वे समझ सकती हैं कि आप इन दिनों किन हालात से गुज़र रही हैं। कभी-कभी वर्चुअल दुनिया से भी आपको काफ़ी मदद मिल जाती है। इंटरनेट पर स्पोर्ट ग्रुप्स और मम्मी/मम्मी टू बी ब्लागर्स भरे पड़े हैं। लॉग ऑन करें और कोई भी ऐसा ग्रुप तलाश लें, जो आपको पसंद आए। अगर उसमें आपको अपने इलाक़े के कुछ सदस्य भी मिल गए, तो हक़ीक़त में उनसे दोस्ती की जा सकती है और आप लोग मुलाक़ात भी कर सकती हैं।

अपनी मम्मा, सासू मां और परिवार की अन्य महिला संबंधियों से नए सिरे से जुड़ने का भी यही सही मौक़ा है। उन्हें एक ऐसी महिला के तौर पर लें, जो आप जैसे अनुभव से गुज़र चुकी हैं, इस तरह आपको उनके साथ अपना रिश्ता मज़बूत करने में मदद मिलेगी। वे आपके लिए अनुभव और बुद्धिमानी का अमूल्य ख़जाना भी हो सकती हैं (हालांकि हो सकता है कि कुछ बातें अप्रचलित हो चुकी हों, किंतु फिर भी उनसे ओल्ड वाइव्स टेल्स की तरह पेश आ सकती हैं)।

पुरानी दोस्ती की सबसे बड़ी खूबी यह होती है कि आप अधिकतर बीते वक्त में क़दम रखकर, ठीक वहीं जा सकती हैं, जहां से आपने छोड़ा था। यदि आप अपनी पुरानी सहेलियों के संपर्क में नहीं भी हों, तो भी उनके

साथ अपनी प्रेगनेंसी की ख़बर बांट कर नए सिरे से दोस्ती कर सकती हैं। ये वे लोग हैं, जिनके साथ आप किसी भी तरह की औपचारिकता के बिना आराम से समय बिता सकती हैं।

जब मैं गर्भवती थी, तो अचानक मुझे अपने आसपास सारी गर्भवती महिलाएं दिखने लगीं। हम एक-दूसरे को देखकर मुस्कराते, डॉक्टरों के बारे में बातचीत आरंभ होती, फिर ड्यू डेट और अस्पताल की बात करते-करते पता भी न चलता और हम एक-दूसरे को अपने नंबर दे देते, मिलने की योजनाएं बनतीं और हमारी दोस्ती हो जाती। आज इन महिलाओं के बच्चे मेरे बच्चों के मित्र हैं और उन्हें एक साथ खेलते देखना बहुत अच्छा लगता है। हम सबने एक-दूसरे को कॉलिक और कफ़, टिटनस शॉट्स और परेशानियों से जूझते देखा है और उन सबने निश्चित तौर पर मेरे जीवन और मातृत्व के अनुभव को समृद्ध किया है।

परिवार हो या सहेली, आयु अधिक हो या कम, इस समय आपके जीवन में महिलाएं ख़ासतौर पर महत्त्व रखेंगी। तो चाहे आप नए दोस्त बनाएं या पुरानी दोस्ती को ज़िंदा करें, आप भी जॉन लीनान की तरह गाएंगी – 'अपने दोस्तों की थोड़ी-सी मदद से ले लें...।'

आप स्वयं अपना परिवार नहीं चुनते।
वह आपके लिए ईश्वर की ओर से उपहार है,
जिस तरह आप उनके लिए हैं।

डेसमंड टूटू

‹ 16 ›

पारिवारिक बंधन

एक शिशु अपने साथ कई बदलाव लाता है और उनमें से एक बदलाव परिवार में लाता है। हम पहले ही इस बारे में चर्चा कर चुके हैं कि किस तरह गर्भावस्था भावी माता और पिता को एक डोर में बांधता है, किंतु यह आपके संयुक्त परिवार के दायरे तक जाने और उसे अपने शिशु तक लाने का भी सुनहरा अवसर होता है ।

कई महिलाओं का यह मानना होता है कि वे ही शिशु पर पूरा अधिकार रखती हैं, बेशक आप शिशु की मां हैं और आपको उससे कोई नहीं ले सकता, किंतु इस शिशु के जन्म के साथ, एक दादा, चाचा-चाची व दादी का भी जन्म होता है, वे भी इस शिशु से जुड़ाव रखते हैं, हो सकता है कि उनका लगाव आपके जितना न हो, पर बच्चे से उनके संबंध को नकारा तो नहीं जा सकता।

1996 में यूनाइटेड स्टेट्स की प्रथम नागरिक हिलेरी रोडम क्लिंटन ने 'इट टेक्स ए विलेज : एंड अदर लैसन्स चिल्ड्रन टीच अस' नामक शीर्षक से एक पुस्तक लिखी, जिसने नाइजीरिया की कहावत' ओरा ना आजू नवा' को लोकप्रिय बना दिया। इसका अर्थ होता है कि एक बच्चे के पालन-पोषण में पूरा समुदाय या गांव लगता है। यदि समाजशास्त्रीय नज़रिए से देखें, तो इस तथ्य को नकारा नहीं जा सकता कि बड़े परिवारों व समुदायों में पलने

वाले बच्चे एकल परिवारों में पले बच्चों की तुलना में कहीं सुरक्षित, बेहतर तरीक़े से समायोजित व बड़े होने पर एक सामाजिक तथा आत्मविश्वासी वयस्क के रूप में सामने आते हैं। दादा-दादी, चाचा-चाची व चचेरे भाई-बहनों की उपस्थिति बच्चे में अपनेपन की भावना को बढ़ाती है और उसे इस दुनिया में उसके स्थान के प्रति आश्वस्त करती है।

संबंधों के इस नेटवर्क की कुंजी आपके हाथों में है। एक भावी मां के रूप में, यह आप पर निर्भर करता है कि आप सब तक अपनी पहुंच बनाना चाहती हैं या अपने तक ही सीमित रहना चाहती हैं। वैसे मेरे हिसाब से यह एक बेहतर अवसर है जब आप स्वयं अपने माता-पिता, सास-ससुर और उन बूढ़ी बुआ/दादी/या किसी भी महिला संबंधी को बेहतर तरीक़े से जान सकती हैं, जिनका आना आपको दुखदायी लगता था।

जब मैं अपनी गर्भावस्था के दौरान तीन माह तक बेडरेस्ट पर थी, तो मेरे ससुर जी भी मेरी तरह पूरा एक महीना घर की चारदीवारी में बंधे रहे। हर सुबह ग्यारह बजे के क़रीब वे मेरे कमरे में आते और हम एक साथ कॉफी लेते। वे मुझे अपने बचपन और स्कूल में आई दिक़्क़तों के बारे में बताते, फिर हम दोनों मिलकर उनके आने वाले पोता-पोती के लिए नाम पसंद-नापसंद करते हुए नामों का अंबार लगा देते। कभी-कभी सासू मां भी शामिल हो जातीं और हम मिलकर मोनोपोली या स्क्रैबल खेलते और इस बात पर उलझते हैं कि बनाया गया शब्द सही था या नहीं।

मेरी मां हर कुछ दिन बाद घर के बने व्यंजनों के साथ मुझसे मिलने आतीं। एक साथ बैठकर चाय की चुस्कियां भरते-भरते वह मुझे अपनी हर गर्भावस्था और प्रसव के बारे में बतातीं। वह बतातीं कि उन्हें अपने पहले शिशु, फिर दूसरे और फिर दस साल बाद तीसरे शिशु, यानी मुझे जन्म देते समय कैसा महसूस हुआ था।

आज जब उस समय को मुड़कर देखती हूं, तो मुझे एहसास होता है कि चाहे मेरे विवाह को दो साल हो चुके थे, किंतु मुझे अपने नए परिवार को सही मायनों में जानने का अवसर तभी मिला और मैंने उन लोगों को नए सिरे से पाया, जिनके साथ मेरी पूरी ज़िंदगी बीतने वाली थी। बोर्ड गेमों पर लड़ना-झगड़ना, सासू मां द्वारा खोजी गई मेरे पति की बेबी बुक को पढ़ना, उनके जन्म से जुड़ी बातें सुनना और यह जानना कि वे कैसे शिशु थे, अपनी मां की कोख के दौरान, अपनी बातें जानना, बस, अपने

शिशुओं के माध्यम से उन सबको अपने साथ जोड़कर मैंने कितना कुछ पा लिया था।

इस बात का मोल मुझे तब पता चला, जब मेरे शिशुओं का जन्म हुआ। एक नई मां को अपने परिवार से जो सहारा मिलता है, उसका कोई मुक़ाबला नहीं हो सकता, चाहे वह उसकी मां हो, सासू मां, बहन या फिर शिशु से जुड़ा कोई भी व्यक्ति, जब मैं दो-पांच महीने के शिशुओं के साथ घर में बिना किसी मदद के रह गई, तो हर सदस्य मदद के लिए आगे आया। यहां तक कि मेरे ससुर जी भी शिशुओं को गाजर की प्यूरी खिलाते (नतीजन वह खुद भी उस प्यूरी में शराबोर हो जाते) और मैं जानती थी कि यह सब इसलिए था, क्योंकि मैंने अपनी गर्भावस्था के दौरान इन संबंधों को फिर से स्थापित किया था।

यदि परिवार के साथ आपके संबंध किसी ठहराव पर हैं, तो शिशु के आगमन की ख़बर से सब कुछ ठीक कर लेने के मौक़े से बढ़कर कोई मौका क्या होगा? बहुत कम ऐसे लोग होंगे, जो दादा-दादी या नाना-नानी बनने की ख़बर सुनकर भी पिघलेंगे नहीं और माफ़ नहीं करेंगे।

वैसे भी आप चाहे अपने या साथी के परिवार के बारे में जो भी भावनाएं क्यों न रखते हों, आप शिशु के लिए उसके दादा-दादी व पारिवारिक संबंध को नकार नहीं सकते। हमारे बुज़ुर्ग अपनी उपस्थिति व अनुपस्थिति दोनों से ही हम पर अपनी अमिट छाप छोड़ते हैं। जैसा कि महान नृविज्ञानी मारग्रेट मीड ने लिखा है – 'एक व्यक्ति को संपूर्ण मनुष्य बनने के लिए अपने दादा-दादी व नाना-नानी से लेकर अपने नाती-पोतों के साथ तक पहुंच बनाना चाहिए।'

‹ 17 ›

क्या आप अकेले संभाल रही हैं?

मां वह होती है, जो दुनिया में किसी का भी स्थान ले सकती है, परंतु उसका स्थान कोई नहीं ले सकता।

कार्डिनल मर्मीलाड

वेदांत अध्ययन के अनुसार प्रत्येक जिज्ञासु में अन्य गुणों के अतिरिक्त तितिक्षा का भी गुण होना चाहिए। तितिक्षा, यानी बिना किसी प्रतिक्रिया, शिकायत या दोषारोपण के असहायक लगने वाली परिस्थितियों को स्वीकारने व सहने की योग्यता। साफ़ शब्दों में कहें, तो जब आप अलग हालात से गुज़र रही हों, तो यह सब आपके रवैए पर निर्भर करता है।

अपने साथी के बिना गर्भावस्था का समय बिताना वास्तव में काफ़ी तनावपूर्ण हो सकता है, किंतु ऐसे में अकेले, भयभीत और अवसादग्रस्त होना स्वाभाविक है। चाहे आप अकेले ही इस अवस्था को संभाल रही हैं, किंतु ऐसा कोई कारण नहीं दिखता कि आपकी गर्भावस्था अद्भुत और ख़ास न हो, बस, आपके पास तितिक्षा या उचित रवैया होना चाहिए।

अपने ऊपर केंद्रित रहें

अपने व उस अजन्मे शिशु पर केंद्रित रहें, जो आपकी कोख में पल रहा है। अपने व शिशु के बारे में बुरा सोचने से न तो उसे कोई लाभ होगा और न ही आपको इसलिए पूरी हिम्मत के साथ आने वाले समय का सामना करने को तैयार हों ।

सकारात्मकता का वातावरण

अपने आसपास सकारात्मक माहौल बनाएं व ऐसे लोगों से दूर रहें, जो हमेशा आपको नीचा दिखाने के प्रयास में रहते हों। आप तो पहले से जानती हैं कि आपके हालात काफ़ी अलग हैं और ऐसे में कोई बूढ़ी आंटी अगर सहानुभूति की चाशनी में लपेट कर कहें कि यह सब तो आपके लिए कितना कठिन होगा या आप कितनी बहादुर हैं, तो इस बात से कोई मदद नहीं मिलने वाली। यदि हो सके, तो ऐसे लोगों की संगति से दूर रहें, यदि सामना हो भी जाए, तो मुस्कराते हुए अपने पेट पर बाज़ू की ढाल लपेट लें और आंटी को एहसास दिला दें कि आप मज़े में हैं। यदि आप ऐसा कहेंगी, तो ऐसा महसूस भी होगा।

आप अकेली नहीं हैं

हो सकता है कि आपको पता न हो, परंतु ऐसी अनेक महिलाएं हैं, जो आपके जैसे या फिर और भी बदतर हालात से गुज़र रही हैं। ऑनलाइन जाकर किसी ऐसी महिला से बात करें, जिसके हालात आपके जैसे ही हों, इस तरह अपनी जैसी मनःस्थिति वाली महिला से बात करके मन हलका होगा, फिर चाहे वह इंटरनेट पर ही क्यों न हो। कभी-कभी यहां असली और गहरी मित्रता भी हो जाती है।

एक सपोर्ट नेटवर्क बनाएं

अपने आसपास दोस्तों और संबंधियों का एक ऐसा सपोर्ट नेटवर्क तैयार करें, जो हर मुश्किल घड़ी में आपकी मदद कर सकें। ऐसे एक-दो मित्र या संबंधी हों, जिन्हें आप कभी भी फ़ोन कर सकें और दिन-रात कभी भी मदद मांग सकें। वे आपको बेहतर महसूस करने में मदद करेंगे। बेहतर

होगा कि यदि वे लोग डॉक्टर से मिलने के दौरान या फिर शिशु के जन्म के समय आपके पास रह सकें।

शिशु की तरफ दें ध्यान

सहारे और हौसले के लिए अपने भीतर पल रहे शिशु पर ध्यान दें। जिस तरह आप उसकी देख-रेख कर रही हैं, उसी तरह वह भी आपका ध्यान रख सकता है। उससे बातें करें, स्वयं को दिलासा दें कि आपके भीतर जो नन्ही जान पल रही है, उसके इस दुनिया में आते ही आप अकेली नहीं रहेंगी।

एक सर्वोच्च शक्ति

एक ऐसी सर्वोच्च शक्ति है, जो सदा आपकी मदद के लिए प्रस्तुत है। चाहे आप किसी भी धार्मिक मान्यता या अध्यात्म से क्यों न जुड़ी हों, यह विचार सबके लिए है। उस शक्ति में भरोसा रखें, यह समझने का प्रयास करें कि आप जिन हालात में हैं, उनके पीछे भी कोई-न-कोई कारण है और इससे आपको नई ताक़त और उम्मीद मिलेगी। हम अकसर थियोलॉजियन रीनहोल्ड नीबर की प्रार्थना 'सीरनिटी प्रेयर' पढ़ते हैं –

जिसके अनुसार –

गॉड, ग्रांट मी द सीरनिटी टू एक्सेप्ट
द थिंग्स आई केन नोट चेंज,
द करेज टू चेंज द थिंग्स आई कैन,
एंड द विज़्डम टू नो द डिफ़रेंस

अर्थात् – हे ईश्वर! मैं जिन चीज़ों को बदल नहीं सकता उन्हें उसी तरह स्वीकारने की शक्ति दे। जिन चीजों को बदल सकता हूं उन्हें बदलने की शक्ति दे और इन दोनों में अंतर जानने की बुद्धिमत्ता दे।

इस पर मनन करके ही जाना जा सकता है कि ये शब्द कितने सच्चे और सुंदर हैं। आप इस तथ्य को नहीं बदल सकतीं कि आप अकेली गर्भावस्था का सामना कर रही हैं, इस तथ्य को नहीं बदल सकतीं कि साथी आपके साथ नहीं है, परंतु आप इन्हें देखने का नज़रिया तो बदल ही सकती हैं – एक कठिन, तनावपूर्ण और पछतावे से भरा समय, जो कि वह नहीं है या फिर अपने भीतरी मातृत्व व शिशु से गहन आध्यात्मिक स्तर पर

संपर्क साधने का अवसर, एक ऐसा समय, जो केवल आपका और आपके भीतर पल रहे शिशु का है, ताकि आप दोनों ही एक नए स्तर पर पोषित हो सकें। चुनाव आपका है।

जब जोनेसेज़ से होड़ करने की कोशिश कर रही हो,
तो यह ध्यान रखें कि कहीं वह भी आपसे होड़
तो नहीं ले रहे।

इरमा बोमबैक

< 18 >

जब हो मेहता परिवार से मुक़ाबला

किसी भी स्त्रीरोग विशेषज्ञा के क्लीनिक के प्रतीक्षा-कक्ष का मानसिक चित्रण करें – चारों ओर उभरे हुए पेट ही दिखेंगे। गर्भ की विभिन्न अवस्थाओं वाली महिलाएं डॉ. की प्रतीक्षा करती दिखेंगी। कई तो थोड़े चिड़चिड़ी/कूल साथी या आलोचक/समर्थक सासू मां के साथ होती हैं, तो कई अकेली होती हैं। प्रायः महिला अपने साथ बैठी महिला से बात शुरू करने के लिहाज़ से पूछती है, "कितने सप्ताह हो गए?" जिससे पता चलता है कि वह इस सफ़र में कहां तक आ गई हैं। सामने वाली के जवाब के हिसाब से बात आरंभ करने वाली चेहरे पर आश्चर्य के भाव लाकर कहेगी "सच, तुम्हें देखकर तो पता ही नहीं चलता! ज़रा मुझे तो देखो..." या आंखों-ही-आंखों में पूरे कमरे में पेट के उभारों का जायज़ा लेते हुए हलका-सा भयभीत हो जाएंगी।

यहीं से वह खेल आरंभ होता है, जिसे मैंने मेहता'ज से मुक़ाबला का नाम दिया है। यह जोनेसेज़ का भारतीय संस्करण है। वह पेट के आकार से होते हुए इस बात पर आ जाती हैं कि आपने अस्पताल में कौन-सा कमरा आरक्षित करवाया था या आपके पिछले प्रसव में कितना समय लगा था (मतलब आपने प्रसव में जितनी ज़्यादा तकलीफ़ झेली, आप उतनी बड़ी शहीद हैं) या आपने अपने शिशु के लिए कौन-सी हाईचेयर ली है (मैं इस मामले में उन लोगों से नीचे ही थी, क्योंकि मैंने वे सब दूसरों से लिए थे) और यह सब शिशु के जन्म से पहले ही आरंभ हो जाता है। जिस

एक क्षण में शिशु का जन्म होता है, उसके बाद से वह माता-पिताओं के बीच प्रतियोगिता की वस्तु हो जाता है। मेरी एक सहेली ने बताया था कि उसके नवजात शिशु को पूरे अपगार अंक मिले थे (इस जांच में नवजात के स्वास्थ्य की जांच के लिए उसकी छवि, घड़कन, गतिविधि व श्वास आदि को देखा जाता है) मैं सोच रही थी कि मेरे शिशुओं को क्या मिला था, मानो हम टर्म टेस्ट के ग्रेडों की तुलना कर रहे थे और यहीं से सब कुछ और भी बदतर होता चला जाता है। जब आपका शिशु मुड़ना, हंसना, देखना, मुस्कराना व चलना सीखता है... यह सब यूं ही चलता रहता है।

भावी माता-पिता होने के नाते यह चुनाव हमारा अपना है कि हम इस चूहा-दौड़ का हिस्सा बनना चाहते हैं या नहीं हो सकता है कि आप भी इस किताब को पढ़ने के दौरान इस दौड़ में शामिल होने जा रहे हों। वैसे कहना ही आसान होता है, स्वयं को लगातार दूसरों से बेहतर दिखाने वाली इस दौड़ से दूर रह पाना काफी कठिन होता है। जब आप अपने शिशु को पुरानी, बदरंग व ख़स्ताहाल प्राम में पार्क ले जाती हैं, तो वहां हाई परफ़ॉरमेंस एल्यूमीनियम ग्रैंड टूर एल एक्स (आप मानें न मानें, मैं स्पोर्ट्स कारों की नहीं, बल्कि स्ट्रॉलरों की ही बात कर रही हूं) देख कर जलन होना तो स्वाभाविक ही है।

यहां याद रखने योग्य बात यही है कि आपके नितंबों का आकार (जब तक डॉक्टर आपको स्वस्थ मानते हैं) या शिशु के पलंग का ब्रांड ही एक बेहतर शिशु को जन्म देने या आपको एक बेहतर माता-पिता बनाने का मापदंड नहीं है। यहां केवल एक ही बात मायने रखती है, आपके शिशु के लिए आपका प्यार। चाहे आप उसे नए खिलौने, साज़ो-सामान या कपड़े ख़रीद कर नहीं दे सकते, जब तक आप उसे अपने पूरे मन से चाहते हैं, तब तब वह भी इस लगाव व प्रेम को अपने भीतर तक महसूस करता रहेगा।

≺ 19 ≻

दाईयों की कहानियां

जो गर्भवती महिला बार-बार अपना पेट मलती है,
हो सकता है कि उसका शिशु विकृत पैदा हो।

चीनी अंधविश्वास

निःसंदेह मैं स्वयं को अंधविश्वासी नहीं मानती, पर जब गर्भावस्था के दौरान आने वाले ग्रहण के समय खिड़कियां बंद करके घर में बैठने की बात आई, तो मैं आसानी से मान गई थी। मुझे यह भी सलाह दी गई थी कि मैं नेल फाइलर या सूई जैसी किसी भी नुकीली चीज को हाथ में न लूं, कुछ न काटूं और यहां तक कि टी. वी. भी न देखूं, क्योंकि हो सकता था कि उस पर कुछ हिंसक दृश्य आ जाते। मान्यता यह थी कि मैं उस समय जो भी करूंगी, उसका सीधा असर मेरे शिशु पर होगा, तो अगर मेरा हाथ कटता या सूई चुभती, तो शिशु के शरीर पर भी जन्म से ही कटने का निशान होता। बेशक उस समय मैंने दर्जनों कहानियां भी सुनीं कि किस तरह किसी गर्भवती ने ग्रहण के दौरान स्वेटर बुनते हुए खुद को सलाई चुभो ली थी या हाथ काट लिया था, तो उसकी चोट के निशान उसके नवजात के शरीर पर जन्म से ही थे। हालांकि मुझे यह सब सुन कर हंसी तो आई

थी, पर फिर भी मेरा एक हिस्सा ऐसा भी था, जो कोई ख़तरा मोल नहीं लेना चाहता था, इसलिए मैं सारा दिन बिस्तर में ही रही।

मुझे अपनी पूरी गर्भावस्था के दौरान कई टन सलाहों व अंधविश्वासों (इनमें से अधिकतर अनचाही थीं), से गुजरना पड़ा जो कि मेरे परिवार, मित्रों व यहां तक कि अजनबियों द्वारा भी मुझ पर थोपी गई थीं। अपने अजन्मे बच्चों को बुरी नजर से बचाने से लेकर उनका लिंग जानने तक के लिए कई पक्के उपाय व सलाहें दी गईं। हो सकता है कि मैं अपने हलके-फुलके ढांचे और बड़े से उभार के साथ काफ़ी नाजुक दिखती होऊंगी और उन्हें लगता होगा कि मुझे सलाह की काफ़ी जरूरत है या फिर अनुभवी मां, दादी-नानी या फिर परदादी होने के नाते उन्हें लगता होगा कि वे बेहतर जानती हैं।

तक़रीबन मैं विनम्रता से मुस्करा भर देती (हालांकि जब मुझे किसी ने सलाह दी थी कि मुझे गर्मियों में भी पैरों में जुराबें पहननी चाहिए, ताकि मेरे नाज़ुक अंगों की सुरक्षा हो सके, तो मेरे लिए हंसी रोकना मुश्किल हो गया था और मैं मन-ही-मन खूब हंसी थी), पर कभी-कभी तो दिल चाहता था कि मैं ज़ोर से चिल्लाऊं, 'यह मेरा शिशु और मेरा शरीर है। आप अपने काम से काम रखें।'

मुझे पूरा यक़ीन है कि आपको भी ऐसे ही अनुभव होते होंगे, जब चाहे-अनचाहे लोग सलाहें देने आ जाते होंगे। ख़ैर, सबसे पहले तो याद रखना होगा कि यह सब खिझाने वाला दिखने के बावजूद, उनकी बातों के भी मायने हैं और वे दिल से हमारा भला चाहते हैं, इसलिए कोई सलाह दे रहे हैं। यह भी न भूलें कि जिसे आप अपना शिशु मानती हैं, वह केवल आपका नहीं और भी कई लोग उससे भावनात्मक लगाव रखते हैं, वह किसी का पहला पोता या पोती हो सकता है, तो किसी का पहला भतीजा या भतीजी। उस अजन्मे शिशु के दूसरों के साथ भी कई नाते हैं। वे सब भी उसके लिए सबसे बेहतर ही चाहते हैं।

यही हमें अपने शिशु को केवल अपना मानने व अपने अहं से छुटकारा पाने का सबक लेना है। कई बार हम अपने तौर-तरीक़ों व विश्वासों के साथ काम करने पर इतने आमादा हो जाती हैं कि यह भी भूल जाती हैं कि हम अपने आसपास के लोगों को ठेस पहुंचा रही हैं। उनकी बातें सुनने में कुछ बुराई नहीं है। बस, हमें अपने अहं को परे रखकर उन्हें ध्यान से

सुनना है। यह भी हो सकता है कि आपकी किसी चिड़चिड़ी पुरानी आंटी के मुंह से कोई काम की बात निकल आए, जो आपके लिए फ़ायदेमंद हो। वैसे भी कोई यह करने का खेल तो है नहीं कि कौन सही है और कौन ग़लत है। यदि किसी बात से आपका व शिशु का भला होता हो, तो उसे अपनाने में क्या हर्ज है?

बेशक कई बार काफ़ी बेतुके और मज़ाक़िया सुझाव भी सामने आ जाते हैं, जैसे अगर आपकी मम्मी की मौसी के भतीजे की पत्नी की बहन कहती है कि पंखे के आगे सोने से आपका व शिशु का दम घुट जाएगा, तो आप मुस्करा कर उसकी सलाह को ख़ारिज कर सकती हैं। हालांकि अगर कोई ऐसी सलाह किसी निकटतम पारिवारिक सदस्य की ओर से हो, तो उसे संभालना थोड़ा मुश्किल हो जाता है। मैं ऐसी सलाहों के लिए हमेशा अपना ट्रंप कार्ड इस्तेमाल करती। जैसे ही मैं कहती कि मेरी डॉक्टर गाइनाकोलोजिस्ट ने मुझे ऐसा करने या न करने को कहा है, तो सब चुप हो जाते। हम लोग प्रायः डॉक्टरों को पूजते हैं, इसलिए जब आप डॉक्टर का नाम लेंगी, तो सबसे ज्यादा दखलअंदाजी करने वाला रिश्तेदार भी चुप्पी साध लेगा और डॉक्टर की कही बात नहीं काटेगा।

फिर ऐसे रिश्तेदारों व मित्रों की लंबी सूची सामने आती है, जो अपने छत्तीस घंटे लंबे पीड़ादायक प्रसव-काल व गर्भावस्था के दूसरे भयानक प्रसंग सुनाने से बाज़ नहीं आते। जहां तक इनसे निबटने का सवाल है, अपना सारा शिष्टाचार भुलाकर तत्काल कह दें, "मेरा बेबी सुन रहा है। कृपया डरावनी बातें न करें।"

अंत में यह भी याद रखें कि यह तो केवल यात्रा का आरंभ है। शिशु के जन्म के बाद तो आपको मिलने वाली सलाहें कई गुना होने वाली हैं। बेहतर होगा कि आप अभी से ऐसे लोगों व उनकी बातों की प्रतिक्रिया देना या उनसे निबटना सीख लें।

यहां आपके मनोरंजन के लिए पूरी दुनिया में गर्भावस्था से जुड़ी कुछ रोचक बातें व दाईयों की कहावतें व अंधविश्वास दिए जा रहे हैं –

- अगर कोई मां चाकू गिराती है तो लड़का होगा और अगर कैंची गिराती है, तो लड़की पैदा होने वाली है। (अमरीका)
- गर्भवती महिला जो भी उगाएगी, वह बहुत अच्छी तरह फलेगा-फूलेगा। (यूरोप)

- जो नवजात पैदा होते ही बाईं करवट लिटाए जाते हैं, वे बेढंगे होते हैं। (जर्मनी)
- माता-पिता में से किसी को भी सीढ़ियों के ऊपरी हिस्से पर नहीं बैठना चाहिए, किसी भी तरह का रास्ता रोकने से प्रसव का समय लंबा हो सकता है। (मलेशिया)
- बेरीज़ के कारण जन्म से होने वाले निशान हो सकते हैं। (नेटिव अमरीका)
- भावी मां को अपने प्रसव के समय से कुछ समय पहले अपने पीछे तीन बार नमक फेंकना चाहिए, ताकि प्रसव में आसानी हो सके। (यूके)
- अगर मां के प्रसव में समय लग रहा हो, तो उसे वह पानी पीना चाहिए, जिसमें उसकी सासू मां के पैर का अंगूठा डुबोया गया हो। (भारत)
- यदि कोई गर्भवती मां स्वस्थ शिशु चाहती है, तो उसे बाथरूम की सफ़ाई पर ध्यान देना चाहिए, ताकि शौचालय के देवता के प्रति आदर-मान प्रकट हो सके। (जापान)
- गर्भवती महिलाओं को चिड़ियाघर नहीं जाना चाहिए, क्योंकि शेर व चीते किसी गर्भवती को देखते ही गुस्से में आ जाते हैं। (यूके)

जीवन तब हमेशा स्थिर व समृद्ध होता है,
जब आप कुछ घटने या जन्म देने की प्रतीक्षा में होती हैं।

ई. बी. व्हाइट, चारलोट्'स वैब

≺ 20 ≻

एक उद्देश्य का समय

गर्भावस्था या गर्भवती होने की ख़बर हम सबके लिए किसी लंबे समय से प्रतीक्षित घटना के रूप में सामने नहीं आती। हममें से कुछ के लिए मां बनने की यह ख़ुशी, थोड़े से पछतावे, जानी-पहचानी ज़िंदगी को छोड़कर नई ज़िम्मेदारियों में घिरने की निराशा के साथ आती है। इसके साथ ही 'फॉरवर्ड सोच' वाले समाज की ओर से एक मां को आदर-मान न दिए जाने की बात भी सामने आती है। कोई महिला, जो केवल मॉम या हाउसवाइफ़ है, उसे समाज में कोई ख़ास मान नहीं मिलता (हालांकि आजकल ऐसी महिलाओं के लिए होममेकर शब्द का प्रयोग होने लगा है कि शायद उनकी दिन-रात और चौबीस घंटे की इस नौकरी को थोड़ी इज़्ज़त दी जा सके)।

जब मुझे पहली बार पता लगा कि मैं जुड़वां को जन्म देने वाली हूं, तो मुझे मानना पड़ेगा कि मेरी पहली प्रतिक्रिया काफ़ी सदमे से भरपूर रही और फिर थोड़ा डर भी लगा। मैं उनतीस साल की आयु के साथ कैरियर के अहम मोड़ पर थी और ख़ुद को कॉन्फ़्रेंसों में और महिला अधिकारों पर गर्मागर्म बहसों के बीच घिरा देखती थी। ऐसे में किसी शिशु के लिए कोई जगह नहीं थी, दो की तो बात ही छोड़ दें। बेशक प्रकृति मुझसे कहीं बेहतर जानती थी। उसने मुझे आने वाले तीन माह तक बिस्तर पर डाल दिया। मैंने अपनी नौकरी छोड़ दी, जिसके दौरान मुझे एक ऐसा कार्य-भार निभाना था, जहां मीटिंगों में शामिल होने के लिए सारे शहर में घूमना

पड़ता, जबकि मैं अपने लिविंग रूम में चलने तक के हाल में नहीं थी। ऐसे हालात में नौकरी छोड़ना ही जायज़ था।

इस तरह मेरी जिंदगी हाई-पावर और हाई-स्ट्रेस से उस मोड़ पर आ गई, जहां मैं आधा घंटा अख़बार पढ़ने में बिताती, एक और आधा घंटा क्रॉसवर्ड और बाकी बचा समय पढ़ने, टी.वी. देखने और ज़िंदगी के मायनों के बारे में सोचने में बिताती। जल्दी ही मैंने स्वयं से यह पूछना आरंभ कर दिया कि क्या मैं वास्तव में मातृत्व के योग्य थी? मेरी उस समय की सोच के हिसाब से मैंने तब तक अपने बेडरेस्ट को सही मायनों में नहीं समझा था और मेरे हिसाब से सारा दिन बिस्तर में बेकार पड़े रहने की कोई तुक नहीं थी। मैं खुद को बेकार और नाकारा मानती और ऐसा लगता कि मेरा समय बरबाद हो रहा था। मैं हैरानी से सोचती कि बिस्तर में पड़े-पड़े अपने भ्रूणों की संभाल करके मैं इस दुनिया में क्या योगदान दे रही थी?

इसी बेचैनी और नाकारा से लगने वाले भाव के दौरान हमने गीता की कक्षा में जीवन के अर्थ पर चर्चा की, जहां मैंने कुछ दिन पहले ही जाना आरंभ किया था। हमारे टीचर ने कहा कि गीता के अनुसार, उस सर्वोच्च शक्ति, ईश्वर, ब्रह्माण्ड व प्रभु से एकाकार होना ही हमारे जीवन का परम उद्देश्य है। हम अपने भीतर छिपी दिव्यता को पहचान कर ही ऐसा कर सकते हैं। अचानक ऐसा लगा कि जैसे मुझे कहीं से प्रेरणा मिली हो। दिव्यता या यूं कहें कि दो दिव्य जीव मेरे गर्भ में पल रहे थे और मैं इस बात पर सिर धुन रही थी व शिकायत कर रही थी कि उनकी मौजूदगी ने मुझे बांध दिया। मैं भी कितनी मूर्ख थी! मैंने कैसे नहीं जाना कि यह तो मेरी अपनी वृद्धि और उनके उद्भव के लिए एक अद्भुत अवसर था। मैंने उद्देश्य शब्द का अर्थ तलाशा, तो पाया, वह वस्तु जिसके लिए कोई प्रयास करता है या कुछ ऐसा, जिसके लिए किसी का अस्तित्व होता है।

अपने दो शिशुओं को जन्म देने के लिए ही मेरा अस्तित्व था। उस दौरान वही मेरा उद्देश्य था। मैं यूं निठल्ली नहीं बैठी थी, मैं तो ऐसे दो नन्हे जीवों का पोषण कर रही थी, जो आने वाले समय में दुनिया में दो विशेष व्यक्तियों के रूप में सामने होंगे। अचानक मैंने अपने आपको देखने का नज़रिया बदल दिया।

मैं अपनी ही नज़रों में एक बेकार, कुंठित और तेज़ी से फैलते पेट के बजाय दिव्यता की अभिभावक हो गई थी। मैं समझ गई कि अब अपने

शिशुओं की देख-भाल करने के लिए मुझे अपनी देख-रेख करनी होगी, उचित समय पर खाकर उन्हें पोषण देना होगा, सकारात्मक बातों के बारे में पढ़ना व सोचना होगा। अब पूरा आराम लेते हुए स्वयं को मानसिक, शारीरिक, भावनात्मक और आध्यात्मिक तौर पर जीवंत बनाना ही मेरे जीवन का उद्‌देश्य था।

मेरे जीवन के उद्‌देश्य में उसी तरह बदलाव आया था, जैसे हम सबके जीवन में समय-समय पर बदलाव आते रहते हैं। मैंने तय किया कि मैं अपनी सारी ऊर्जाएं इसी उद्‌देश्य के लिए लगा दूंगी। इस बात के लिए कुंठित महसूस नहीं करूंगी कि मैं इस दुनिया में अपना योगदान नहीं दे पा रही, क्योंकि मैं जानती हूं कि मैं सबसे बढ़िया और बेहतर योगदान दे रही हूं। उन क्षणों में उसे पहचान कर जीना ही मेरे जीवन का उद्‌देश्य था।

गर्भवती की कोख में आत्मा तुरिया अवस्था में रहती है।
उस अवस्था से माया इसे उठाकर चेतना प्रदान करती है...
इस प्रकार पवित्र ग्रंथों का यह कथन पूरी तरह से सत्य है।

तिरुमंतिरम, 460[20]

---

20 तिरुमंतिरम एक धार्मिक काव्यात्मक ग्रंथ है ; जो कि तिरुमुलर द्वारा लिखा गया। इसमें तीन हज़ार से अधिक श्लोक शामिल हैं, जो आध्यात्मिकता, नीति व भगवान शिव की स्तुति के विभिन्न पहलुओं से संबंध रखते हैं।

21

विशेष रूप से चुना गया

क्या आपने कभी भी अपने फैले उभार को देखकर सोचा कि आपके भीतर पल रही नन्ही-सी जान वास्तव में कौन है? ये आपके भीतर कहां से आई? आप दोनों एक कभी न टूटने वाले मज़बूत बंधन में कैसे बंधे हैं कि आपको लगता है कि आप तो इस शिशु को बहुत पहले से, बहुत लंबे अर्से से जानती हैं ?

इसे समझने के लिए हमें पुनर्जन्म की अवधारणा को जानना होगा, जिसने एक लंबे अरसे से सारी दुनिया को आकर्षित कर रखा है। हालांकि यह हिंदू, जैन, सिख व बौद्ध धर्म की रहस्यमय सभ्यताओं का अंग रहा है, किंतु हम इसे लोकप्रिय संस्कृति के वाहकों, यानी फिल्मों व उपन्यासों आदि के माध्यम से ही जानते हैं।

चलिए आरंभ से बात करें...

यदि मूल तत्व की बात करें, तो – हम सब आत्मा हैं, उस परमात्मा (प्रभु/ईश्वर/महाचेतना/ब्रह्माण्ड या आप उसे जिस भी नाम से पुकारना चाहें) का एक हिस्सा हैं। दिव्यता ही हमारी मूल प्रकृति है और इसकी पहचान ही हमारे अस्तित्व का एकमात्र उद्द्देश्य है। जिस तरह हम रोज़ नए वस्त्र पहनते हैं, उसी तरह हम नए जीवन धारण करते हैं और यही पुनर्जन्म है।

पुनर्जन्म हमें इस भौतिक जगत के कुछ सबक़ सीखने व उन वासनाओं से मुक्त होने का अवसर देता है, जिसकी जड़ें हमें इस धरती से बांधे रखती हैं, ताकि हम अपनी अखंड दिव्यता को पहचान कर अधिक गति से निर्वाण पा सकें। जैसे कि मेरे रेकी टीचर कहते हैं, प्रत्येक जीवन एक पाठशाला जाने की तरह है, जहां हम कुछ नए सबक़ सीख कर अपने अंतर्लोक में जाते हैं, जहां सभी आत्माएं जन्म से पूर्व और मृत्यु के बाद रहती हैं।

यह तब तक जारी रहता है, जब तक हम जीवन के विश्वविद्यालय तक नहीं पहुंच जाते, यदि दूसरे शब्दों में कहें, तो हमारे लिए तैयार सबक़ नहीं ले लेते व अपनी सभी सांसारिक वासनाएं व इच्छाएं समाप्त नहीं कर देते। तब हमें अपनी उस अनिवार्य दिव्यता का आभास होता है और हम उस महाचेतना से एकाकार होकर, शुद्ध परमानंद व निर्वाण का अनुभव करते हैं।

आत्मा की तलाश

जो भी जन्मा है, उसकी मृत्यु अनिवार्य है
और जो भी मर गया है उसका जन्म भी फिर से होगा।

भगवद्गीता (अध्याय 2, श्लोक 27)

हर जन्म के साथ हमें आध्यात्मिक तौर पर उभरने का अवसर मिलता है और हमें उस समय उचित परिस्थितियों की आवश्यकता होती है, ताकि इस प्रक्रिया में मदद मिल सके। इस धरती पर प्रवेश से पहले, एक आत्मा (कुछ के अनुसार अपने देवदूतों व मार्गदर्शकों के साथ) अपने लिए माता-पिता चुनती है। यह अपने जीवन का एक ख़ाका भी खींचती है, जिसमें उसके मित्र, कैरियर व विवाह आदि शामिल होते हैं। एक रोचक बात यह है कि हमारे सभी जीवनों में अनके ब्ल्यूप्रिंट होते हैं; ये हमारे भाग्य हैं। हम अपनी इच्छा से अ, ब या स कोई भी ख़ाका चुन सकते हैं। इस प्रकार आत्मा अपने लिए ऐसे माता-पिता, परिवार, घर व हालात चुनती है, जो उसे उसकी वासनाएं मिटाने और निर्वाण की ओर उसकी यात्रा को गतिमान करने में सहायक हो सकें।

जैसा कि जॉन वान ऑकेन अपने निबंध 'पास्ट लाइव्स एंड प्रेज़ेंट रिलेशनशिप्स' में लिखते हैं – 'देहधारी माता पिता... इस तथ्य को प्रभावित करते हैं कि उनके भीतर कैसी आत्मा प्रवेश करेगी। उनके दैनिक विचार इच्छाएं व उद्‌देश्य ही उस आने वाली आत्मा को उनकी ऊर्जाओं के प्रति प्रतिक्रिया देने को प्रोत्साहित करते है। मां के लिए तो यह ख़ासतौर पर सत्य है। गर्भधारण काल के दौरान उसकी रोजमर्रा की गतिविधियां व आंतरिक विचार ही चुंबक की तरह आत्मा को अपनी ओर खींचते हैं।"

वे कहते हैं कि अनेक आत्माएं किसी एक भावी मां के लिए आकर्षित हो सकती हैं, किंतु उनमें से किसी एक या दो (जैसा कि मेरे मामले में हुआ) को ही माता की कोख पाने का मौक़ा मिलता है। जो आत्माएं चुनी नहीं जातीं, वे आने वाले दूसरे गर्भकाल में सामने आती हैं और पहले आने वाली आत्मा के भाई-बहन के तौर पर जन्म लेती हैं।[21]

आध्यात्मिक जागरण

तो हम इस जानकारी को किस रूप में लें कि यह हमारे जीवन को सार्थक व समृद्ध बना सके? हमें यह स्वीकारना व समझना होगा कि हम ब्रह्माण्ड के ढांचे का एक हिस्सा हैं और इसके प्रति आभार प्रकट करना होगा। हमें यह समझना होगा कि इस धरती के करोड़ों लोगों में से उस ख़ास आत्मा का माता-पिता बनने के लिए चुना गया है, जो कि हमारे पुत्र या पुत्री के रूप में सामने आने वाली है। जब हम इसे समझ लेते हैं, तो दुनिया को देखने का नज़रिया ही बदल जाता है।

मैंने अपनी वेदांत कक्षा में सबसे पहले इस अवधारणा के बारे में सुना था। यह तब की बात है, जब मैं सही मायनों में दो शिशुओं को जन्म देने के इस विचार को अपना नहीं पा रही थी और उनसे कोई लगाव भी नहीं हुआ था। जब समझ आया कि मुझे तो इन दो शिशुओं की मां के रूप में चुना गया था और यह गर्भावस्था केवल जैविक कारण से नहीं थी, तो मुझे समझ आ गया कि भावी बच्चों के जीवन में मेरी क्या भूमिका होने वाली थी। वही एक क्षण था, जब से मैं अपने शिशुओं को चाहने लगी थी।

---

21 जॉन वान ऑकेन, पास्ट लाइव्ज़ एंड प्रेज़ेंट रिलेशनशिप्स, http://www.edgarcayce.org/ps2 soul_life_past_lives.html

हमें इस बात का भी एहसास होना चाहिए कि प्रेगनेंसी व मातृत्व (या पेरेंटहुड, पापा क्यों पीछे रहें) हमारे अपने आध्यात्मिक उद्भव का एक बढ़िया अवसर होता है। सैम्युअल सेगेन अपनी पुस्तक 'अवेकनिंग द थर्ड आई' में इस अवधारणा के बारे में लिखते हैं – "गर्भावस्था आध्यात्मिक वृद्धि के लिए अच्छा अवसर है। इस दौरान प्रबुद्ध पाठन के अलावा अंतर्दृष्टि व बोध को जागृत करने के लिए भी कार्य किया जा सकता है। शिशु मां के विचारों व भावों के प्रति इतना संवेदनशील होता है कि वह उनसे निश्चित तौर पर प्रभावित होता है, गर्भावस्था के दौरान आध्यात्मिक केंद्र मां के भीतर बड़े बदलाव ला सकता है।[22]

एक बार इस विचार को जानने-समझने के बाद हम स्वयं ही अपने कर्मों व शब्दों के प्रति सजग हो जाते हैं। हमें एहसास होता है कि भावी माता-पिता के रूप में हम केवल शिशु को ही जन्म देने में सहायक नहीं हो रहे, हमें स्वयं भी आध्यात्मिक रूप से समृद्ध होने का अवसर मिल रहा है। यही समझ गर्भावस्था को मानव शरीर के लैंगिक व जैविक कर्म से एक ऐसे असवर व सुविधा में बदल देती है, जिसके माध्यम से हम अपने व अपने भीतर पल रहे जीव के जीवन को कहीं बेहतर बना सकते हैं।

कैथी औडेनीनो अपनी पुस्तक 'द जर्नी होमः अवर इवोलविंग कांशसनेस में लिखती हैं, "जब माता-पिता बच्चे के पालन पोषण की भूमिका को स्वीकार लेते हैं और अवचेतन रूप से उसे समझ भी लेते हैं, तो प्रत्येक माता-पिता अपने बच्चे को सकारात्मक या नकारात्मक शिक्षण के लिए चुन सकता है... माता-पिता और बच्चे एक साथ सीख सकते हैं या यह तय कर सकते हैं कि वे एक साथ न सीखें।"[23]

---

22 सैम्युअल सेगेन, अवेकनिंग द थर्ड आई, क्लेयरविज़न स्कूल फ़ाउंडेशन, जून 1997।

23 कैथी ओडेनिनो, द जर्नी होम : अवर इवोलविंग कांशसनेस, जॉय पब्लिकेशंस, फरवरी 1999।

यदि मुझे इस जीवन को फिर से जीने का अवसर मिलता, तो मैं गर्भावस्था के नौ माह से दूर रहने के बजाय इसके एक-एक पल का पूरा आनंद लेती और खुद को एहसास दिलाती कि मेरे भीतर पल रहा आश्चर्य ही जीवन में एकमात्र अवसर है, जब मैं ईश्वर के किसी चमत्कार में अपना सहयोग दे सकती हूं।

इरमा बोमबैक

22
आंतरिक संस्कार

भारतीय पौराणिक गाथाओं में माता-पिता के प्रभाव से संबंधित अनेक कथाएं मिलती हैं, फिर चाहे वह प्रह्लाद हो या फिर अभिमन्यु। प्रह्लाद एक नन्हा बालक था, जिसने अपनी मां की कोख से ही विष्णु जी की तपस्या करने की प्रेरणा ली, क्योंकि उसकी मां अपने गर्भकाल में पूरे नौ माह तक नारद मुनि के आश्रम में रहीं और आध्यात्मिक पठन-पाठन में मन रमाया, अपने जन्म के बाद भी प्रह्लाद वे संस्कार नहीं भूला। अभिमन्यु ने महाभारत के युद्ध में चक्रव्यूह भेदा, क्योंकि जब उसके पिता अर्जुन ने अपनी गर्भवती पत्नी को व्यूह भेदने के बारे में बताया था, तब वह अपनी मां की कोख में था या फिर परीक्षित (जो खोजबीन करता है), जिसने भगवान कृष्ण के उस प्रकाश की खोज में ही अपना पूरा जीवन लगा दिया, जिसने मां उत्तरा की कोख में उसकी रक्षा की थी।

दूसरी सभ्यताओं में भी अजन्मे शिशु पर माता-पिता के प्रभाव के साक्ष्य मिलते हैं। 500 ई. पू. में बुद्धिमान चीनी दार्शनिक कन्फ़्यूशियस ने कहा था कि भ्रूण के वातावरण से शिशु के व्यवहार का पता लगा सकते हैं। पचास वर्ष बाद चीनी सभ्यता ने औपचारिक तौर पर शिशु के जन्म से जुड़े विचारों, जैसे भ्रूण की सेहत, आहार, भावनात्मक व उत्तेजक प्रभाव व संगीत आदि के बारे में विस्तार से व्याख्या की। उसी समय भारत में, शल्य चिकित्सा के जनक सुश्रुत ने कहा कि अजन्मा शिशु पहली तिमाही के अंत तक संवेदना

ग्रहण करने लगता है और पांचवें माह तक उसके मस्तिष्क का विकास होने लगता है। 600 ई. पू. तक तालमुदिक लेखन में भ्रूण की सजगता के संदर्भ मिलते हैं और 1000 ई. पू. तक चीनियों ने समाज में जन्म से पूर्व की चीनी कला को अपना लिया था। वे इसे ताई-क्यो[24] कहते थे।

जन्म पूर्व सजगता, प्रभावों व अध्ययनों पर हुए मेडिकल शोधों से साफ़ हो गया है कि आठ सप्ताह की गर्भ आयु में ही भ्रूण स्पर्श के प्रति संवेदनशील होता है। चौदह सप्ताह तक (पीठ व सिर के ऊपरी हिस्से को छोड़ कर) इसका अधिकतर शरीर स्पर्श के लिए प्रतिक्रिया देता है और यह छत्तीस सप्ताह में शारीरिक गतिविधियों व हृदय गति में बदलाव के साथ प्रकाश के लिए भी प्रतिक्रिया देता है। छत्तीस सप्ताह की गर्भ आयु में यह भेदक शिक्षा पा लेता है। जन्म के तुरंत बाद जन्मपूर्व अनुभवों की स्मृति मौजूद होती है। मिसाल के लिए, नवजात अपनी मां के मुख से कोई अनजानी लोरी सुनने के बजाय वह लोरी सुनना पसंद करता है, जो कोख के दौरान सुनता था। वैज्ञानिकों ने शोध के दौरान यह भी पाया कि जिन नवजात शिशुओं की माताएं अपनी प्रेगनेंसी के दौरान लगातार कोई टी.वी. धारावाहिक देखती रही थीं, उनके नवजात शिशुओं ने जन्म के बाद उस थीम पर अपनी प्रतिक्रिया दी, वे उसे सुनते ही रोते-रोते चुप हो गए, पहले से चुस्त हुए और उनके दिल की धड़कन व गतिविधियों में भी बदलाव आया, जबकि अनजानी थीम का संगीत बजाने पर ऐसा नहीं हुआ।[25]

वैसे तो गर्भावस्था के दौरान सुना गया संगीत, पढ़ी गई किताबें व अनुभव अजन्मे शिशु को प्रभावित करते हैं, किंतु उनके लिए हमारी भावनाएं व रोचक रूप से हमारे साथी की भावनाएं अधिक मायने रखती हैं। माता-पिता की प्रत्येक भावनात्मक गतिविधि शिशु को प्रभावित करती है।

हमें आरंभ से ही दादी-नानी कहती आई हैं कि इस दौरान खुश रहें, हो सके, तो धार्मिक साहित्य पढ़ें और कोई भी तनाव न लें। यहां उनकी बातों में वाक़ई दम था। अजन्मे शिशु पर मां के तनाव के अनेक विपरीत

24 ताई क्यो एक प्राचीन चीनी पद्धति का नया रूप है, जिसमें गर्भवती महिला व शिशु के स्वास्थ्य की वृद्धि व तनाव का स्तर घटाने पर बल दिया जाता है, अब यह जापानी सभ्यता का स्वीकृत अंग है। ताई-क्यो माता-पिता व समुदाय की ओर से एक प्रिय व सचेतन सहभागिता को प्रोत्साहित करता है। यह हर तिमाही के दौरान बच्चे की बदलती ज़रूरतों पर ध्यान देते हुए, प्रेगनेंसी व शिशु के जन्म को एक प्राकृतिक व पवित्र घटना के रूप में लेता है।

25 डेविड हार्टमेन, डियाने जिंबेरॉफ़, मेमोरी एसेस टू अवर अर्लियेस्ट इनफ्ल्यूएंसेज़, जर्नल ऑफ हार्ट-सेंटर्ड थेरेपीज़, सितंबर 2002।

प्रभावों का अध्ययन किया गया है। अब हम जानते हैं कि यहां तक कि गर्भधारण से पहले भी मां की मनःस्थिति शिशु के चरित्र को प्रभावित करती है। शिशु के जन्म के बाद भौतिक व भावानात्मक प्रभाव दोनों ही साफ़ दिखाई देते हैं।[26]

दरअसल यह बात भी मायने रखती है कि हम अपने शिशुओं के बारे में क्या सोचती हैं। हमारे भीतर पल रही नन्ही-सी जान से कुछ भी तो छिपा नहीं रहता। वह हमारे मन की हर बात जानती है। चाहे प्रेगनेंसी नियोजित हो या अनियोजित, इच्छा से हो या फिर असुविधा लगे, हमारा अजन्मा शिशु जान सकता है कि हम उसके प्रति क्या रवैया रखती हैं और यह उसके पूरे जीवन को प्रभावित करने वाला है।

यहां माता-पिता का परस्पर संबंध भी एक महत्त्वपूर्ण कारक है। यदि स्नेह व समर्थन से बना है, तो नतीजे भी अनुकूल ही होंगे। यदि मां अजन्मे शिशु के लिए स्नेह व पोषणपूर्ण भावनाएं रखती है, तो जीवन के बड़े-से-बड़े तनाव का भी कोई बुरा असर नहीं होगा।[27]

ये सभी किस्से, मान्यताएं, शोध व तथ्य एक ही सत्य की ओर ले जाते हैं कि प्रेगनेंसी के दौरान हम जो भी कहेंगी, सुनेंगी, सोचेंगी व करेंगी, हमारा शिशु भी वही करेगा। ख़लील जिब्रान के शब्दों में – जैसे ही हमारे बच्चे जन्म लेते हैं, 'वे आपके बच्चे नहीं रहते।' वे अपना जीवन जीते हैं, उनकी अपनी वासनाएं और भाग्य होता है। हमारे पास उनकी सहायता करने का यही एक अवसर है, उन्हें कुछ अतिरिक्त दे पाने का मौक़ा है। बस, हमें यही करना है कि हम प्रसन्न रहें, स्वस्थ रहें और अजन्मे शिशु से स्नेह रखें – वे जीव जिनका जीवन, हार्दिक रूप से हमारी मृत्यु तक हमसे जुड़ा रहेगा या हो सकता है कि उसके बाद भी...।

---

26 Ibid

27 हेरॉल्ड ई बटरम, एम.डी., रिचर्ड पिकोला, एम.एच.ए.,अवर टॉक्सिक वर्ल्डः हू इज लुकिंग ऑफ़्टर अवर चिल्ड्रन?,फ़ोरसाइट/अमरीका फाउंडेशन फॉर प्रीकंसेप्शन केयर।

<23>

शाइनी हैप्पी पीपल

हम सब ऊर्जा-पुंज हैं। सब कुछ ऊर्जा है। सब कुछ!

रहोंडा बायरने, द सीक्रेट

यदि हम इस कथन को सत्य मान लें, तो हमारे आसपास और हमारे भीतर सब कुछ ऊर्जा है – आप जो पुस्तक पढ़ रही हैं, उसका काग़ज़; जिस कुर्सी पर बैठी हैं और यहां तक कि आपके विचार भी, जब आप इन शब्दों को पढ़कर इनका अर्थ जानने का प्रयास कर रही हैं। क़रीब तीन साल पहले मैंने स्वामी चिन्मयानंद की 'ए मैन्युअल ऑफ़ सेल्फ़ अनफ़ोल्डमेंट' पढ़ते हुए नोट्स में लिखा था – 'हम सब वास्तव में रिक्त स्थान के साथ ऊर्जा के पैकेट हैं।' जहां एक ओर सुनने में यह जटिल और विचित्र लगता है, वहीं दूसरी ओर यह एक ख़ूबसूरती से कहा गया सादा सत्य है।

यदि हम सब ऊर्जा ही हैं, तो सकारात्मक और नकारात्मक ऊर्जा में उपविभाजित होना ही होगा। उदाहरण के लिए जब हम क्रोध या ईर्ष्या का अनुभव करते हैं, तो हमारे भीतर से नकारात्मक ऊर्जा झलकती है और जब हम शांत, सहज, आनंदित और स्नेहमग्न होते हैं, तो हम सकारात्मकता की तरंगें प्रवाहित करते हैं।

मैं भी पहले इसे सही नहीं मानती थी और मुझे विश्वास है कि आपमें से बहुत से लोग भी नहीं मानते होंगे, किंतु क्या आप स्पष्ट कर सकते हैं कि हम कुछ ख़ास लोगों की उपस्थिति में इतना सहज और प्रसन्न क्यों महसूस करते हैं, जबकि कुछ लोगों से मिलते ही हमें बेचैनी क्यों महसूस होने लगती है? मुझे आज भी याद है कि जब मैं सात-आठ साल की थी, तो एक सहेली के घर जाकर मुझे बड़ा असहज-सा लगता था और मैं वहां से झट भाग आती थी। मैं एक ऐसी महिला को जानती हूं, जिससे मिलने के बाद मैं खुद को काफ़ी थका हुआ महसूस करती हूं, क्योंकि उसके आसपास का माहौल काफ़ी नकारात्मक होता है और कुछ ऐसे भी लोग हैं, जिनसे मिलते ही मैं सकारात्मक और जीवंत अनुभव करती हूं।

हम सभी अपने आसपास रहने वाली इस ऊर्जा से प्रभावित होते हैं। इसका अर्थ है कि जब हम अपने परिवार, मित्रों व प्रिय पात्रों से घिरे होते हैं, तो उनकी सकारात्मक ऊर्जा निश्चित तौर पर हमसे टकराती है और दुर्भाग्यवश यह नकारात्मक ऊर्जा के लिए भी उतना ही सच है। जब आप प्रेगनेंट होती हैं, तो शिशु पर भी इसका प्रभाव पड़ना स्वाभाविक ही है।

स्वयं को नकारात्मक ऊर्जा से बचाने के अनेक उपाय हो सकते हैं, जो कि कुछ तो वैध जान पड़ते हैं और कुछ उतने ही अवास्तविक हैं, किंतु आपके लिए उन लोगों और स्थानों से दूर रहना ज़्यादा महत्त्व रखता है, जो आपकी सारी सकारात्मकता और जीवंतता सोख लेते हैं। यदि व्यावहारिक तौर पर देखें तो आपका शरीर पहले से ही एक शिशु के पालन पोषण के लिए अतिरिक्त मेहनत करके थक रहा है, ऐसे में आपके लिए यही बेहतर है कि आप उन लोगों और स्थानों से दूर ही रहें, जो आपको और भी निढाल कर देते हों। यदि कहीं आप नकारात्मकता के जाल में फंस गईं, तो यह अवसाद न केवल आपके लिए अवांछित होगा, बल्कि आपकी सकारात्मक सोच और भावना की राह में बाधा देगा।

तो 'शाइनी हैप्पी पीपल' से घिरी रहें, बेकार की बातें सुनने के बजाय प्रेरणादायक साहित्य पढ़ें, अपने मन, शरीर व आत्मा को आनंदमग्न रखने के लिए सूर्यास्त के समय समुद्र के किनारे टहलें, एक सुगंधित मोमबत्ती जलाएं, कोई मंत्रपाठ करें या कुछ भी ऐसा करें, जो आप व आपके जीवन में शांति ला सके और आश्वस्त कर सके कि आपके आस-पास की सारी ऊर्जा शिशु के लिए सकारात्मक, शांतिपूर्ण व पोषक हो।

जब योग के माध्यम से शरीर की बुद्धिमत्ता का
जागरण होगा, तो यह महिला को उसकी पूरी गर्भावस्था
के दौरान सहायक होगा, वह पहले की तुलना में स्वयं को
अपने अधिक समीप पाएगी। अपनी ही प्रकृति के निकट
आने के बाद वह जन्म की गतिविधि आरंभ होने पर उसके
प्रवाह में बहने के लिए तैयार हो पाएगी...
सारी सृष्टि उसके साथ है, क्योंकि वह स्वयं एक
जीवन के आने का माध्यम बन रही है और जब उसके
प्रेम के प्रतिदान का समय आएगा, तो वह उन शांत व
प्रसन्नतापूर्ण क्षणों में स्वयं वहां होगी, ताकि अपनी
नन्ही-सी जान से पूरे आदर व विस्मय से मिल सके।

फ्रेडरिक लेबोयर

इनर ब्यूटी, इनर लाइटः योग फॉर प्रेगनेंट वूमन

24

योगा मम्मा

योग को जीवन के एक ऐसे संपूर्ण पक्ष के रूप में परिभाषित किया गया है, जो आरोग्य व उपचार देने के साथ-साथ रूपांतरण भी कर सकता है। यह विशेष तौर पर गर्भावस्था में होता है, जब गर्भवती माता योगासन, प्राणायाम व ध्यान का अभ्यास करती है, तो उसके शिशु पर उसका प्रत्यक्ष प्रभाव होता है। योग-साधक पूरे विश्वास से कहते हैं कि योग करने वाली मांओं के शिशु दूसरे शिशुओं की तुलना में कहीं शांत, स्वस्थ व प्रसन्न होते हैं, क्योंकि योग शिशु को शारीरिक, मानसिक, भावनात्मक व आध्यात्मिक रूप से भी प्रभावित करता है।

योग गर्भावस्था का बढ़िया व्यायाम है, जिसे अधिकतर डॉक्टर स्वीकृति देते हैं। वैसे यदि आप भी योग करना चाहें, तो बेहतर होगा कि पहले अपने डॉक्टर से राय ले लें व किसी प्रशिक्षित योग प्रशिक्षक के मार्गदर्शन में ही योग करें, जिसके साथ आप सहज महसूस कर सकें। कई प्रशिक्षक जन्म-पूर्व योग के विषय में विशेषज्ञता रखते हैं, यदि उनके साथ सत्र ले पाएं, तो अधिक सार्थक होगा। जो महिलाएं गर्भधारण करने से पहले ही योगाभ्यास करती आ रही हैं, वे तो उसे वैसे ही कर सकती हैं, किंतु यदि आपने विशेष तौर पर गर्भकाल के लिए योग कक्षाओं में दाख़िला लिया है, तो हो सकता है कि आपको कुछ ख़ास क़िस्म के आसन करने की मनाही हो।

योग मां व शिशु को कई स्तरों पर प्रभावित करता है। यह ध्यान

के अभ्यास का पहला चरण है, हमें आसन के माध्यम से अपने व्यक्तित्व के राजसिक पहलू को शांत करना है व मन को तैयार करना है कि वह शांतिपूर्वक बैठ कर ध्यान पर केंद्रित हो सकें। जब योग के दौरान शरीर धीरे से गतिशील होता है, तो मन को भी उसी लय के अनुसार चलना पड़ता है। जब हमें किसी ख़ास हिस्से पर केंद्रित होने को कहा जाता है, तो मन की सारी ऊर्जाएं उसी ओर लग जाती हैं और हमारी एकाग्रता की शक्ति का विकास होता है। योग के निरंतर अभ्यास से मन को तब तक स्थिर करें, जब तक वह बिना गति के स्थिर होना न सीख ले।

जब कोई गर्भवती स्त्री योगाभ्यास करती है, तो उसे अपने शरीर को बेहतर तरीक़े से समझने में मदद मिलती है। जब वह विभिन्न आसनों में गतिशील होते हुए शरीर को खिंचाव देती है, तो शिशु की गति व वृद्धि के लिए स्थान बनता है।

जब श्वास भटकती है तो मन भी अस्थिर होता है,
किंतु श्वास स्थिर होने पर मन भी स्थिर हो जाता है।

हठयोग प्रदीपिका (हठयोग पर संस्कृत निर्देशिका)

योग विभिन्न चक्रों पर काम करते हुए ऊर्जा को निर्देशित करता है। चूंकि मां दो लोगों के लिए श्वास ले रही है। इसलिए प्राणायाम के अभ्यास से शरीर में जाने वाली ऑक्सीजन की मात्रा बढ़ती है, जिससे उसकी ऊर्जा के स्तर में वृद्धि होती है। पतंजलि के 'योगसूत्र' में प्राणायाम की परिभाषा देते हुए कहा गया है कि यह श्वास का नियमन व नियंत्रण है, जिसे आसन की स्थिरता के बाद पाया जाता है। सादा शब्दों में कहें, तो इसका अर्थ है, श्वास का नियंत्रण, ताकि मन व शरीर को शुद्ध करके ध्यान के लिए तैयार किया जा सके। शास्त्रों के अनुसार पहले तीन माह में विकसित हो रहे शिशु के पास अपनी प्राण ऊर्जा नहीं होती और वह पूरी तरह से मां के प्राण पर निर्भर होता है, अतः गर्भावस्था के प्रारंभिक महीनों में मां के लिए पर्याप्त प्राणायाम का अभ्यास काफ़ी महत्त्वपूर्ण हो जाता है।[28]

---

28 स्वामी मुक्तानंद, नव योगिनी तंत्र (योग फॉर वूमन), योग पब्लिकेशन्स ट्रस्ट, मुंगेर, बिहार 2006

योग का अद्‌भुत प्रभाव तो आध्यात्मिक स्तर पर देखने में आता है और किसी भी अन्य आध्यात्मिक अभ्यास की तरह यह धीरे-धीरे आपकी चेतना में प्रवाहित होता रहता है, जब तक कि यह आपके संपूर्ण का ही एक अंश नहीं हो जाता। योग करने का सबसे बड़ा परिणाम तो यह होता है कि आपके भीतर रिलैक्स होने की योग्यता आ जाती है। जब हम भाग-दौड़ भरी ज़िंदगी से बचकर शांत व एकांत भाव से बैठते हैं और अपने गतिमान शरीर पर केंद्रित होते हैं, तो मन स्वतः धीमा पड़ जाता है, सांस गहरी चलने लगती है और हम पूर्ण विश्राम के सही मायने जान पाते हैं। इससे हमें अपने भावों को बेहतर तरीक़े से जानने व समझने में मदद मिलती है, ख़ासतौर पर जब हम गर्भावस्था के बदलावों से गुज़र रही होती हैं। जब शरीर के साथ-साथ मन भी शिथिल होता है, तो हम बदलाव को स्वीकारने के लिए पहले से कहीं आग्रही होती हैं और काफ़ी बेहतर तरीक़े से उसका सामना भी कर पाती हैं।

महिला की गर्भावस्था एक ऐसा समय होता है, जब वह स्वयं तथा अपने शिशु से जुड़ाव बना सकती है और योग इस आंतरिक संपर्क को साधने में सहायक होता है। जब हमारा मन शांत होता है, तो शिशु स्वयं को बेहतर तरीक़े से प्रकट कर पाता है। इस गहन शिथिलता के दौरान ही हम स्वयं से तथा अपने भीतर पल रहे शिशु से आत्मीय संबंध स्थापित कर पाती हैं। हम शिशु के साथ चलती हैं, उसके साथ सांस लेती हैं और इससे हमारा आध्यात्मिक नाता और भी सुदृढ़ हो जाता है।

योग कहता है कि हमारे पास अपने शिशु को सकारात्मक स्पंदन व कंपन भेजने की शक्ति भी होती है। यह दर्शाता है कि हमारा शरीर ध्वनि कंपनों के मेल से बना है। जब कोई गति करता है, तो इससे होने वाले कंपन से ध्वनि उत्पन्न होती है। हो सकता है कि यह उस बारंबारता पर हो, जिसे मनुष्य के कान न सुन सकते हों, किंतु एक ध्वनि तो होती ही है। विभिन्न ढांचों से विभिन्न ध्वनियां उत्पन्न होती हैं और शरीर में विभिन्न ढांचे बनते हैं। ये कंपन सक्रिय चक्रों पर निर्भर करते हैं। अतः योगाभ्यास से अधिक भी ध्वनियां उत्पन्न की जा सकती हैं, जो एमनियोटिक द्रव्य में शिशु द्वारा महसूस की जाएं। शिशु जिस एमनियोटिक द्रव्य की थैली में रहता है, वह पानी से घिरी होती है और पानी में ध्वनि तेज़ी से गति करती है, अतः ये कंपन आसानी से उस तक पहुंच जाते हैं।

योग के साथ-साथ गर्भावस्था के दौरान वैकल्पिक चिकित्सा के तौर पर रेकी को भी लिया जाता है।

रेकी एक जापानी शब्द है, जिसका अर्थ है ब्रह्माण्डीय जीवन बल ऊर्जा (भारतीय सभ्यता में 'प्राण' व चीनी सभ्यता में 'की')। यह मूल रूप से वैदिक थी, किंतु इसके खो जाने के बाद बुद्ध ने इसे पुनः प्रतिष्ठित किया, फिर सन् 1800 के दशक के अंत में एक जापानी प्रोफ़ेसर डॉ. मिकाओ युसूई ने इसे पुनर्जीवन दिया।

रेकी में ऊर्जा आरोग्य के सिद्धांत का प्रयोग होता है। इसमें हाथों द्वारा ब्रह्माण्डीय जीवन बल ऊर्जा को हस्तांतरित किया जाता है। कोई भी रेकी सीख सकता है। हम स्वयं ही अपने चिकित्सक बन सकते हैं। जब हम अपने या किसी दूसरे व्यक्ति के शरीर पर अपनी हथेली रखकर ब्रह्माण्ड को हमारे माध्यम से सफ़ेद आरोग्यकारी ऊर्जा निर्देशित करने को कहते हैं, तो हम उस ऊर्जा के संवाहक हो जाते हैं, जो पहले हमें आरोग्य व शुद्धि प्रदान करती है और फिर उसे जिसे हम रेकी दे रहे हैं। उच्चस्तरीय रेकी में सुदूर बैठे व्यक्ति को भी रेकी दी जा सकती है। रेकी की सबसे बड़ी विशेषता यह है कि यह कोई हानि नहीं करती, ब्रह्माण्डीय जीवन बल ऊर्जा का प्रवाह स्वयं ही व्यक्ति की आवश्यकतानुसार स्वचालित होता है।

गर्भावस्था में भी रेकी का प्रयोग करते हुए आप स्वयं को तथा शिशु को ऊर्जा, प्रकाश व आरोग्य प्रदान कर सकती हैं। भौतिक स्तर पर रेकी के प्रयोग से आपके शरीर में होने वाली सूजन, दर्द व बेचैनी को भी राहत मिलेगी। कई डॉक्टर तो प्रसव के दौरान भी रेकी के प्रयोग का परामर्श देते हैं, उनका मानना है कि उस दौरान रेकी देने से प्रसव पीड़ा में आराम आता है तथा प्रसव सुरक्षित रूप से हो जाता है। रेकी मां व नवजात के बीच भावनात्मक व आध्यात्मिक संपर्क को गहन बनाती है। चूंकि गर्भावस्था के दौरान आपके पूरे शरीर में परिवर्तन आता है, अतः ब्रह्माण्डीय जीवन बल ऊर्जा का प्रवाह आपके शरीर की ऊर्जा को संतुलित करते हुए आराम और शांति का एहसास दिलाता है।

संगीत आत्मा की भाषा है, यह जीवन के रहस्य
को सामने लाते हुए शांति प्रदान करता है
तथा संघर्ष को समाप्त कर देता है।

खलील जिब्रान

< 25 >

संगीत तथा शिशु

हम सबके पास अपने प्रिय गीत व धुनें होती हैं, जो हमारा मूड बदलने या हमें शांत करने की क्षमता खती हैं। वे हमें अतीत की भूली-बिसरी यादों में भी ले जाती हैं, चाहे पूरा दिन कितना भी ख़राब क्यों न रहा हो, वे हमारे दिल और दिमाग़ को शांत कर देती हैं। गीत व संगीत उपचारक भी माने जाते हैं, क्योंकि वे हमारे स्वर को मुक्त करने के साथ-साथ हमें भय व बाधाओं से भी आज़ाद कर देते हैं। यही संगीत का जादू है और हमारी कोख में पल रहे शिशु भी इससे अछूते नहीं रहते।

गर्भ के तीसरे सप्ताह में ही शिशु में सुनने की इंद्रिय पैदा होती है और भ्रूण में सबसे पहले यही इंद्रिय विकसित होती है। यह गर्भकाल के सोलहवें सप्ताह तक काम करने लगती है। तब शिशु कुछ भी सुनने पर प्रतिक्रिया देता है। चौबीसवें सप्ताह तक शिशु सक्रिय रूप से सुनने लगता है। संभवतः जन्म से पूर्व यही इंद्रिय सबसे अधिक विकसित होती है।[29]

गीत व संगीत भावी मां व शिशु को विभिन्न प्रकार से प्रभावित करते हैं –

---

29 सारा शाहिदुल्लाह एंड पीटर हैपर, हीयरिंग इन द फ़ीटसः प्रीनेटल डिटेक्शन ऑफ डेफ़नैस, इंटरनेशनल जर्नल ऑफ़ प्रीनेटल एंड पेरिटल स्टडीज़,1992

एक अपनेपन का एहसास

जब कोई भावी मां अपने शिशु को लोरी सुनाती है, तो वह उसके साथ एक जान-पहचान क़ायम कर रही है, स्नेह व उष्मा की स्मृतियां रच रही है। अब अध्ययनों के माध्यम से हम यह भी जान सकते हैं कि शिशु में भी जन्म-पूर्व स्मृतियां विकसित होती हैं। वे जन्म से पहले सुने गए गीत व संगीत को पहचान सकते हैं। जब वही गीत उन्हें जन्म के बाद सुनाए गए, तो उन्हें वही भावनात्मक आराम मिला, जो कि मां की कोख में मिला करता था। मां की आवाज़ सुनकर शिशु के मन में भरोसा पैदा होता है कि वह सुरक्षित है और साथ ही एक अपनेपन की भावना भी विकसित होती है, जो उसके सभी भावी संबंधों की आधारशिला बनती है।

मनपसंद संगीत

ज़रा उस प्रेमगीत को तो याद करें, जिसे आप लाखों बार सुनने पर भी बोर नहीं होतीं या वह धुन जो आपको सख़्त नापसंद थी। हम सभी की तरह शिशु भी पसंद-नापसंद संगीत पर अपनी प्रतिक्रिया देते हैं व अपनी गतिविधियों के माध्यम से हमसे बात करते हैं। जब बहुत ही शांत संगीत बजाया जाता है, तो उनकी हृदय गति व शरीर की गतिविधियां भी शांत हो जाती हैं और अचानक लय-ताल में तेज़ी आने से शिशु व्याकुल हो जाते हैं, वे अपनी मां के पेट में लातें चलाकर व हिलडुल कर इस बात का संकेत भी दे देते हैं। शोधकर्ताओं ने पाया कि प्रेगनेंसी के लिए चुने गए संगीत को नियमित अंतरालों पर दोहराया जाना चाहिए और जब उसे मां पसंद करने लगेगी, तो वही आनंद व उमंग शिशु तक भी पहुंचेगी।

शिशु के साथ नाता

शिशु के लिए गाकर आप उससे बहुत ही प्यारा व मीठा संबंध स्थापित कर सकती हैं। जब मां तुतला कर अपने बच्चों के साथ बात करती है, तो यह मां व शिशु के बीच पहला संवाद होता है। (हाई पिच बेबी टॉक-हालांकि शिशु के जन्म से पूर्व ऐसा करना, मुझे तो मूर्खतापूर्ण लगता था, पर यदि आपको इसमें आनंद आता है, तो इसे ज़रूर करें)। जब कोई मां अपने शिशु के लिए गाती है, तो वह उसे अपना प्रेम व स्वीकृति देते हुए अपने दिल व घर में उसका स्वागत करती है। लंदन में प्राइमाल हैल्थ रिसर्च सेंटर के

डॉक्टर माइकल ओडेंट के अनुसार "संगीत भ्रूण को एंद्रिक उत्तेजना देता है और गाने से गर्भवती मां की भावानात्मक अवस्था में सुधार होता है, जो गर्भ में शिशु की वृद्धि तथा विकास को प्रभावित कर सकता है।"[30]

तनाव मिटाने वाला

काओहूसियंग मैडिसन विश्वविद्यालय के नर्सिंग कॉलेज के शोधकर्ताओं ने अध्ययन किया, जो कि क्लीनिकल नर्सिंग जर्नल में प्रकाशित हुआ था। इसके अनुसार संगीत प्रेगनेंट महिलाओं को अनुभव होने वाले तनाव, उद्वेग व अवसाद को भी घटाने में सहायक होता है। शोधकर्ताओं ने ताइवान में 236 गर्भवती महिलाओं पर अध्ययन करने पर पाया कि जो महिलाएं दो सप्ताह तक प्रतिदिन 30 मिनट तक संगीत सुनती थीं, उनके तनाव, उद्वेग व अवसाद का स्तर काफी घट गया, जबकि संगीत न सुनने वाली महिलाओं के साथ ऐसा नहीं हुआ।[31] संगीत विज्ञानियों का मानना है कि संगीत मस्तिष्क के थैलमिक क्षेत्र को प्रभावित करता है, जो कि दर्द पर नियंत्रण रखता है और उस पर बेहतर तरीक़े से क़ाबू पाने में सहायक होता है।

किंतु हमें इसे प्रमाणित करने के लिए और अधिक शोधों की आवश्यकता नहीं है। जब मैं जुड़वां बच्चों के साथ गर्भवती थी, तो मैंने पाया कि मॉर्निंग सिकनेस और शाम की थकान के लंबे समय के बाद संगीत ही मुझे शांत कर पाता था।

आध्यात्मिक संपर्क

कुछ संगीत थेरेपिस्ट का मानना है कि सात स्वर मानव शरीर के सात चक्रों से जुड़े हैं। कोई निश्चित राग सुनने अथवा गाने से निश्चित चक्र सक्रिय होता है। उदाहरण के लिए प्रजनन अंगों के समीप स्वाधिष्ठान चक्र सेक्स चक्र के नाम से भी जाना जाता है। यह शिशु में यूरिनरी सिस्टम को विकसित करने के लिए उत्तरदायी होता है। यही उमंग व सृजनशीलता का भी आधार है। अतः जब कोई गर्भवती महिला राग दरबारी गाती है (इस

30 रशेल फोर्डर, द हीलिंग पावर ऑफ़ सौंग, टेलीग्राफ़, 17 अक्टूबर 2005,(http://www.telegraph.co.uk/health/main.jhtml?xml=/health/2005/10/17hmusic17.xml)

31 कैरोलाइन विल्बर्ट, म्यूज़िक रिड्यूसेज़ प्रेगनेंसी स्ट्रेस, वेबएमडी, 2008 http://www.webmd.com/baby/news/20081008/music-reduces-pregnancy-stress

चक्र से संबंधित राग), तो वह शिशु को सकारात्मक तरंगें देते हुए, उसके शरीर के इस अंग व व्यक्तित्व के विकास में सहायक होती है।

गीत व संगीत ऐसी कड़ियां हैं, जिन्हें हम अपनी अगली पीढ़ी को सौंपते हैं। इसे हमें सिखाना नहीं पड़ता, बस, हम इसे यूं ही जाने जाते हैं। अपने शिशु के लिए गाकर हम उन्हें अतीत से जोड़ते हैं, जैसे, लोरी जो आपकी मां ने आपके लिए गाई या उनकी मां ने उनके लिए या फिर आपके साथी के जन्म-स्थान से जुड़ा कोई लोकगीत। उनके लिए नई परंपराएं विकसित करें (कौन कहता है कि आप जैज़ या बॉलीवुड सोंग नहीं गा सकतीं?) और इस प्रकार इस दुनिया में आने के लिए उनका स्वागत करें।

≺ 26 ≻

पुस्तक पढ़ने का आनंद

एक सही मायनों में अच्छी किताब मुझे पढ़ने से कहीं ज़्यादा बेहतर सबक़ देती है। मुझे इसे झट से नीचे रख कर इसके संकेतों के आधार पर चलना आरंभ कर देना चाहिए। मैंने जो आरंभ पढ़ने से किया था, उसका अंत उसे लागू करने में होना चाहिए।

हेनरी डेविड थोरो

प्रायः गर्भावस्था दादी-नानी के बहुत सारे नुस्ख़ों, बहुत सारी सलाहों व परामर्शों से घिरी होती है, जिनमें से कुछ पूरी तरह से बचकानी, कुछ व्यावहारिक, तो कुछ बेतुकी होती हैं और हम उनमें से अधिकतर को मानने से इंकार कर देते हैं। बस, एक सलाह मुझे बहुत पसंद आई, वह थी, सही तरह की किताबें पढ़ने की सलाह।

जैसा कि मैंने पिछले अध्याय में कहा कि पारंपरिक मान्यता कहती है कि गर्भवती मां को पूरे नौ माह तक सकारात्मक विचारों से घिरा रहना चाहिए, जिनमें भगवद्गीता, कुरान, बाइबिल व किसी भी धार्मिक ग्रंथ का

पठन-पाठन शामिल हो सकता है, क्योंकि इन सबका भावी शिशु की प्रकृति पर गहरा प्रभाव पड़ता है।

मेरी अपनी आध्यात्मिक यात्रा तब आरंभ हुई, जब मेरे बच्चों को मेरी कोख में आए मुश्किल से एक सप्ताह ही हुआ होगा। मेरी सासू मां कुछ समय से मुझे वेदांत पर होने वाले लेक्चरों में शामिल होने को कह रही थीं और मैं उन्हें काम और दूसरी व्यस्तताओं का बहाना बनाकर टाल देती। उन्होंने मुझे सूचना दी कि उस सप्ताह युवाओं के लिए एक स्टडी ग्रुप का आरंभ होने वाला था और जाने (अब मैं इसे दैवीय मध्यस्थता का नाम दे सकती हूं) किस प्रेरणावश जॉइन करने के लिए मान गई।

इसके बाद एक ऐसी ख़ूबसूरत यात्रा का आरंभ हुआ, जिसने न केवल मुझे वेदांत ग्रंथों में छिपी अथाह बुद्धि और विवेक की बातों को समझने में मदद की, बल्कि मैं अपने आपको भी काफ़ी गहराई तक समझ सकी। यह सही मायनों में एक आंतरिक यात्रा थी और मैं आशा करती हूं कि यह सदा यूं ही इस व अगले जन्मों तक भी निरंतर चलती रहेगी।

कहते हैं कि एक-सी प्रवृति के लोग एक-दूसरे को अपनी ओर खींचते हैं और जब आप आध्यात्मिक पथ पर आगे बढ़ते हैं, तो आप अपनी जैसी रुचि और झुकाव वाले लोगों के संपर्क में आते हैं। मैंने पाया कि उन ग्रंथों को पढ़ने के अलावा मैं दूसरी आध्यात्मिक शिक्षाओं, दर्शनों व अभ्यासों में भी रुचि लेने लगी थी, जिन पर मैं पहले इतना ध्यान नहीं देती थी।

नतीजन मैं पहले से कहीं शांत, सहज और जाग्रत होती चली गई, किंतु यही काफ़ी नहीं था। बाद में मैंने जाना कि दादी-नानी का कहा ग़लत नहीं था। मेरी इस शिक्षा का मेरे बच्चों पर गहरा असर हुआ। उन्होंने बहुत ही शांत और सहज भाव से जन्म लिया। यह केवल एक गर्वीली मां का निरीक्षण नहीं था, प्रायः सभी ने यही कहा। कभी-कभी मुझे महसूस होता कि मेरी अपनी मानसिक शांति और शिक्षा का प्रभाव उन तक भी पहुंचा था या यह भी हो सकता है कि जब वे मेरे गर्भ में थे, तो उस दौरान मेरे द्वारा पढ़े गए वे शब्द किसी तरह उनके भीतर तक भी गए हों और उन्हें इस संसार में आने के लिए तैयार कर रहे हों।

मुझे याद है, मेरे जुड़वां अभी कुछ ही दिन के थे और उनमें से एक लगातार रोए जा रहा था। मेरी आंखें अधूरी नींद से इतनी बोझिल थीं कि मैं कह नहीं सकती। एक नई मां होने के नाते मैं उसे गोदी में ले

कर झुलाना, दुलारना और थपथपाना जैसे सभी उपाय आज़मा चुकी थी। आख़िरी उपाय के तौर पर मैं गायत्री मंत्र का जाप करने लगी, ताकि शिशु के साथ-साथ खुद को भी संयत कर सकूं। आश्चर्य, कुछ ही मिनटों में पूरी तरह से शांत और नींद में डूबा शिशु मेरी गोद में था।

तब मुझे एहसास हुआ कि वेदांत ने मुझे कितना साहस और विश्वास दिया था और देता आ रहा था, हर तरह की चुनौती से लड़ने का साहस और यह भरोसा कि मेरे बच्चे मेरे लिए ब्रह्माण्ड की ओर से एक वरदान हैं व मैं अपनी पूरी योग्यत से उन्हें संभाल सकती हूं।

आज हमारे पास सरल भाषा में लिखे आध्यात्मिक साहित्य का अभाव नहीं है। रॉबिन शर्मा की 'द मोंक हू सोल्ड हिज़ फ़रारी' हो या फिर दीपक चोपड़ा या लुईस हे की किताबें, यहां तक कि गर्भवती महिलाओं के लिए अलग से भी अनेक पुस्तकें लिखी गईं हैं। यहां आपको पूरी पुस्तक पढ़ने की आवश्यकता नहीं होती, बस, एक ही पृष्ठ पूरे दिन के लिए सकारात्मकता व शांति प्रदान करने में सहायक होता है। प्रयास यही हो कि आपके शिशु की आध्यात्मिक शिक्षा जितनी जल्दी हो सके, आरंभ हो जाए।

यहां मेरी कुछ मनपसंद किताबों व दूसरों द्वारा भावी माताओं के लिए सुझाई गई किताबों के नाम दिए गए हैं –

द मौंक हू सोल्ड हिज़ फ़रारी, रॉबिन शर्मा

द अल्केमिस्ट, पॉउलो कोएलो

कैन हील योअर लाइफ़, लुईस एल. हे

लैटर्स फॉर एमिली, कैमरॉन राइट

ट्यूजडेज़ विद मॉरी, मिच एल्बम

अनडूइंगः रिटर्निंग टू सिंपलीसिटी, रुडाइट जे. एमिर

साइलेंट सर्च , स्वामी ईश्वरानंद

लैट लाइफ़ फ़्लो, रमेश एस. बालसेकर

ऑटोबायोग्राफ़ी ऑफ ए योगी, परमहंस योगानंद

सिंपल एबन्डेंसः ए डे बुक ऑफ़ कंफ़र्ट एंड जॉय, साराह बान ब्रीथनाक

रिफ़लेक्शंस फ़ॉर एक्सपेक्टेंट मदर्स, एलन स्यू स्टर्न

सोल स्टोरीज़, गैरी ज़ुकाव

द अल्टीमेट गिफ़्ट, जिम स्टोवाल

सिंकरोडेसिटी, दीपक चोपड़ा

100 प्रामिसेज़ टू माई बेबी, मल्लिका चोपड़ा

द रोड लैस ट्रैवल्ड, एम. स्कॉट पैक

द प्रोफ़ेट, खलील जिब्रान

ओनली लव इज़ रियल, ब्रीयान वीस

द सीक्रेट, रौंडा बाइर्ने

कन्वरसेशन विद गॉड, नील डोनाल्ड वाल्श

लर्निंग फ़्राम द हार्ट, डेनियल गॉटलीब

बर्थ इंडिया[32] टीम ने सही मायनों में आध्यात्मिक और जानकारी से पूर्ण गर्भावस्था के लिए निम्नलिखित पुस्तकों की अनुशंसा की है –

द थिंकिंग वूमेंस गाइड टू प्रेगनेंसी, हैंसी गोर

मिसकांसेप्शंस नाओमी वूल्फ

स्पिरिचुअल मिडवाइफरी, इना मे गेस्किन

इना मेस गाइड टू चाइल्ड बर्थ, इना मे गेस्किन

चाइल्ड बर्थ विदआउट फ़ीयर, माइकल ओडेंट एंड ग्रांटली डिक रीड

बर्थ विदआउट वायलेंस, फ्रेडरिक लीबॉयर

द वूमनली आर्ट ऑफ़ ब्रेस्टफ़ीडिंग, ला लीके लीग्यू

हार्ट एंड हैंडस, एलिज़ाबेथ डेविस

बर्थिंग फ़्राम विदइन, पाम इंग्लैंड

32 बर्थ इंडिया एक ग़ैर-सरकारी संस्था है, जो सभी पृष्ठभूमियों से आई भारतीय महिलाओं के उन मुद्दों पर ध्यान देती है, जो सी-सेक्शन व ग़ैरज़रूरी मेडिकल मध्यस्थता से उन्हें, उनके बच्चों व परिवारों को नुक़सान पहुंचाते हैं।

नृत्य व रीति-रिवाज समुदाय उत्पन्न करते हैं,
वे लोगों को भौतिक व आध्यात्मिक तल पर
एक साथ लाते हैं। समुदाय की इस सहभागिता में
कोई भी अकेला नहीं रहता। हम एक ही यात्रा के
सहयात्री हो जाते हैं।

आइरिस जे. स्टीवार्ट,
सैकर्ड वूमन, सैकर्ड डांसः अवेकनिंग स्पिरिचुअलिटी
थ्रू मूवमेंट एंड रिचुअल

≺ 27 ≻

जन्म का नृत्य

इन दिनों गर्भवती मांओं के दायरे में 'बी' से आरंभ होने वाले शब्द का काफ़ी चलन है – यह बूटीज़, बोटल और बिब से परे और कहीं इतर, ऐंद्रिय व वक्रीय है, हम बैली डांस की बात कर रहे हैं।

अतीत के पन्नों में...

मध्य-पूर्व तथा उत्तरी अफ़्रीका का यह मूल पारंपरिक रक़्स (नृत्य) शरकी (प्राच्य), यानी प्राच्य नृत्य कहलाता था। यह स्त्री प्रधान समाजों से जुड़ा है तथा मातृत्व व नारीत्व का उल्लास अपने ही तरीक़े से प्रकट करता है। माना जाता है कि जिप्सियों ने इस पूर्वी जगत के लेबनान, तुर्की, मिस्र व मोरक्को आदि देशों में फैलाया, यह नारी को एक देवी के रूप में मान देता है, जो जीवन के सृजन का चमत्कार रचती हैं।

बैली डांसिंग उर्वरता व जन्म का नृत्य है, इसकी प्रवाहशील गतिविधियां संकुचन व शिशु के जन्म व सिर पर पानी से भरा घड़ा ले जाती स्त्रियों के पारंपरिक कार्यों का प्रतीक है। इसमें महिलाएं नंगे पांव नाचती हैं, जिससे

धरती से उनका प्रत्यक्ष संबंध स्थापित होता है।[33] आज भी उत्तरी अफ़्रीका के एक बर्बर कबीले में बैली नृत्य के माध्यम से गर्भावस्था व शिशु के जन्म का समारोह मनाया जाता है। समुदाय की महिलाएं एक तंबू में एकत्र होती हैं और गर्भवती को घेर लेती हैं, फिर वे भावी मां सहित धीरे-धीरे ताल के साथ नाचती हैं। उद्देश्य यही है कि उसे अपने ही शरीर की गतिविधियों की नक़ल उतारने में सहायता मिल सके। जब वे स्वयं को नृत्य के लिए समर्पित कर देती हैं, तो प्रसूता संकुचन के विरुद्ध जाने के बजाय धीरे-धीरे गति करती है और आसानी से शिशु को जन्म देती है।

एक चिलियन बैली डांस टीचर वैरोनिका सीमस डिसूज़ा मुंबई में ही रहती हैं तथा यह नृत्य सिखाती हैं। उनके अनुसार इन समुदायों की महिलाएं कहीं अधिक मुक्त मन की होती हैं, क्योंकि वे मुक्त रूप से स्वयं को प्रकट कर सकती हैं। उनके अनुसार, बैली डांस महिलाओं को सशक्त बनाता है, क्योंकि वे अपने शरीर के प्रति सचेत होकर उस पर निपुणता पा लेती हैं। वे अपने शरीर को उसी रूप में स्वीकारती हैं, जैसा कि वह है तथा अपनी सुंदरता के प्रति आश्वस्त होती हैं।

पूरे नौ माह तक अपने ही तरीक़े से करें नृत्य

किसी भी गर्भवती महिला के मन में सबसे पहले यही प्रश्न आएगा कि क्या यह डांस उसके व उसके शिशु के लिए सुरक्षित है। जी हां, आप इसे आरंभ करने से पहले अपने डॉक्टर की राय भी ले सकती हैं, किंतु नॉरफ़ॉल्क के ईस्टर्न वर्जीनिया मेडिकल स्कूल में मैटरनल-फ़ैटल मेडिसन की सहायक प्रोफ़ेसर डॉ. सू कैली सेध का कहना है कि गर्भावस्था के दौरान सप्ताह में पांच दिन हलके प्रभाव वाले व्यायाम करने की सलाह दी जाती है। उनके अनुसार, बाक़ी व्यायामों के अलावा श्वास लेने की कला का अभ्यास भी प्रसव के लिए अच्छी तैयारी में से एक है।[34]

बुनियादी बैली डांस कुछ वैसे ही होते हैं, जैसे कि लामेज़ कक्षाओं

---

33 एनी डिक्सी, बैली डांसिंगः शेक इट,शेक इट बेबी, 21 फरवरी, 2004, http://www.timesonline.co.uk/tol/life_and_style/health/alternative_medicine/article1024304.ece

34 एलिज़ाबेथ सलेमी, नॉट यूअर मॉम'स लामेज़ क्लास, 23 अगस्त, 2007 http://www.time.com/time/magzine/article 0,9171,1655705,00.html

में सिखाए जाते हैं। इनसे ऐसी कई मांसपेशियों की कसरत हो जाती है (पेलविस, पेट का निचला हिस्सा, जाघों का भीतरी हिस्सा), जिन्हें प्रसव के दौरान काफ़ी मेहनत करनी होती। इससे वह पोश्चर बनाने में भी मदद मिलती है, जो कि गर्भवती मां के लिए गर्भावस्था के अंतिम चरण में बहुत मायने रखता है, क्योंकि उस समय गर्भ-भार बहुत अधिक हो जाता है। बैली नृत्य आपके उदर की मांसपेशियों को ताक़तवर बनाते हुए शिशु का भार उठाने में सहायक होगा तथा गर्भ की आरंभिक अवस्था में दर्द की शिकायत भी नहीं होगी। बॉडी आइसोलेशन व्यायाम (जहां आप शरीर का एक ही हिस्सा हिलाती हैं) द्वारा शरीर के किसी एक अंग के लिए अधिक केंद्रित व सजग होती हैं, यह भी प्रसव के दौरान पीड़ा में सहायक होगा।

इस लास्यमयी नृत्य को अपना कर आप अपने फैलते नितंबों, विशाल छातियों व मोटी कमर के बावजूद स्वयं से स्नेह जता सकती हैं, ख़ासतौर पर उस समय, जब आप खुद को बहुत विशाल व भद्दा महसूस कर रही हैं।

जो स्त्री अपने शरीर से संपर्क साधती है, वह अपने शिशु से भी संपर्क साधती है। अपनी कोख में दिव्यता को धारण करने वाली स्त्री जब इस नृत्य के आध्यात्मिक पक्ष को पहचान लेती है, तो वह अपनी आध्यात्मिकता, लैंगिकता व सच्चे संपर्क को इसके माध्यम से प्रकट कर सकती है। आइरिस जे. स्टीवर्ट 'सेकर्ड वूमेन सेकर्ड डांस' में लिखते हैं – 'प्रत्येक महिला का अपना नृत्य होता है, उसके जीवन में लैंगिकता का उत्सव तथा पीड़ा व आनंद का अनुभव।' जन्म व जीवन के इस नृत्य के माध्यम से अपने भीतर छिपी पवित्रता तक जाने का मार्ग पा लें।

< 28 >

भाई-बहनों के आपसी संबंध

कल्पना करें कि आप एकमात्र हैं, जो सबके आर्कषण का केंद्र हैं। अपने आसपास की दुनिया में स्पॉटलाइट आप पर ही पड़ रही है। कल्पना करें कि आप अपने माता-पिता, दादा-दादी, चाचा-बुआ सभी की देख-रेख और स्नेह के साए में पल रहे हैं और जानते हैं कि केवल आप ही उनके जीवन की इकलौती रोशनी हैं, फिर कल्पना करें कि अचानक एक नन्हा-सा रोता-बिसूरता बेबी आपको आपके स्थान से हटाने आ जाता है।

जिस भी बच्चे के घर में नया भाई-बहन पैदा हुआ हो, उसके मन में कुछ ऐसी ही भावनाएं होती होंगी। जब हमारे बच्चे यह समझते हैं कि हम कोई नया शिशु घर में लाने वाले हैं, तो ऐसे में उनकी ओर से थोड़ा-सा विद्रोह और चिड़चिड़ाहट स्वाभाविक ही है, किंतु हमें यह भी याद रखना चाहिए कि यह एक ख़ुशी का मौक़ा है और हमें अपने बच्चे को भी इस मौक़े में ख़ुशी मनाने के लिए शामिल करना होगा।

चित्रों के माध्यम से करें बात

अपने बच्चे के बचपन की तस्वीरें लें, अपने साथी की तस्वीर और उस बेबी के जन्म की तस्वीरें भी पास ही रखें। उसे बताएं कि उसके जन्म के बाद आपने क्या महसूस किया था। किस तरह मां बनते ही आप रोमांचित हो उठी थीं। उसे बताएं कि आपने किस तरह उसके आने की तैयारी करते हुए

नैप्पी ख़रीदे थे और नन्हे मोज़े बुने थे। उससे कहें कि वह भावी शिशु के लिए सामान ख़रीदने और तैयारी करने में आपकी मदद करे। इस प्रक्रिया में उसे शामिल करें, ताकि वह भी आने वाले शिशु से जुड़ाव महसूस कर सके। आप उसे अपने और अपने भाई-बहनों के बचपन की तस्वीरें दिखाकर भी समझा सकती हैं कि कोई भाई/बहन होने से कितना अच्छा लगता है और आप लोग आज भी पक्के दोस्त हैं।

थोड़ा समय निकालें

कई बार आपको ऐसा महसूस होगा कि बच्चा जरूरत से ज़्यादा बचकाना बर्ताव करते हुए खिझा रहा है। बेशक इससे आप भी खीझेंगी और कई बार परेशान भी होंगी और शायद दो हाथ भी लगा सकती हैं, पर इस समय उसे आपकी ज़्यादा ज़रूरत है, चाहे आप आने वाले शिशु के भार से दोहरी-तिहरी हो रही हों या फिर कई सारे कामों की लिस्ट सामने हो, पर आपको उसे ढेर सारा दुलार और पुचकार देनी होगी। अपनी व्यस्तता के बीच भी उसे गले से लगाने के लिए पांच मिनट का समय अवश्य निकालें। उसे बताएं कि आप उसे कितना चाहती हैं और आपके जितने भी बच्चे क्यों न हों, वही आपका पहला बेबी रहेगा। चाहे यह सब कहने में कुछ ही मिनट लगेंगे, पर इससे उसे एक लंबी राहत मिलेगी।

डॉक्टर के पास जाते समय

अपनी गाइनो और सोनोलॉजिस्ट से पूछें कि क्या आप मुलाक़ात और सोनोग्राफ के दौरान बच्चे को साथ ले जा सकती हैं। अपने नन्हे भाई-बहन के दिल की धड़कन सुनने और सोनोग्रॉफ़ी मशीन पर उसका रूप देखने से बच्चा शिशु से जुड़ेगा और उसके आने की सूचना से डरने के बजाय उसके आने का इंतज़ार करेगा। अगर बच्चा छोटा है, तो आप उसे डॉक्टर किट भी उपहार में दे सकती हैं, ताकि वह आपका ब्लडप्रेशर देख कर आपको स्टेथोस्कोप से जांच सके।

यह उसका शिशु है

उससे कहें कि उसका बेबी आने वाला है, इससे एक स्वामित्व का भाव पैदा होगा और उनका आपसी संबंध गहरा हो जाएगा। परिवारजन व मित्रों

से भी यही कहें कि वे शिशु के बारे में इसी तरह बात करें। उसे कहें कि आने वाला शिशु कितना क़िस्मतवाला है कि उसे उसके जैसा बड़ा भाई या बहन मिलेगी।

किसी शिशु से मिलवाएं

अगर आप किसी ऐसे परिवार को जानती हैं, जहां किसी शिशु का जन्म हुआ हो, तो अपने बच्चे को उनके घर ले जाएं। आप उससे कह सकती हैं, "हमारे यहां भी ऐसा ही नन्हा-सा बेबी आएगा।" उसे बेबी के नन्हे हाथ-पैर दिखाएं। लड़कियां तो ख़ासतौर पर नन्हे बेबी पसंद करती हैं और बड़े शौक़ से मदद के लिए आगे आती हैं।

चर्चा करें

बच्चे ऐसी बातों में काफ़ी रुचि लेते हैं कि नन्हा बेबी कहां सोएगा और क्या खाएगा। अगर वह अलग कमरे में सोता है, तो उसे कहें कि पापा उसके साथ सोएंगे, क्योंकि आप नहीं चाहतीं कि शिशु के रोने से उसकी नींद ख़राब हो। अगर आप नए शिशु के सोने के लिए नई जगह बनाने जा रही हैं, तो बच्चे की मदद लें और उससे कहें कि वह आने वाले भाई-बहन के लिए नाम चुने। कई बार बच्चे यह भी चाहेंगे कि शिशु का नाम उनके प्रिय कार्टून पात्र के नाम पर रखा जाए, अगर वे शिशु के नाम के लिए 'नॉडी', 'बार्नी' या 'विनी द पू' जैसे नाम सुझाएं, तो आप हैरान न हों। बच्चे से कहें कि चाहे आप शिशु का मिकी-माउस या ऐसा ही कोई नाम नहीं रख सकतीं, परंतु आपके बच्चे या शिशु के नाम के अक्षर या ध्वनि एक-सी हो सकती है।

भय का सामना

कई बार हम भूल जाती हैं कि केवल हम ही मॉर्निंग सिकनेस और थकान से नहीं जूझ रहीं, जो कि प्रेगनेंसी का एक हिस्सा है, बच्चा भी मां को लगातार बीमार और थका हुआ देखकर घबरा जाता है। उनके लिए तो मां एक ऐसा व्यक्ति है, जो कभी बीमार नहीं होती, कभी नहीं थकती और न ही उसकी ऊर्जा कभी ख़त्म होती है, तो अगर वह आपको टॉयलेट बाउल में सिर डाले, अलग-सी डरावनी आवाज़ें निकालते सुने, तो उनका डर और

चिंता स्वाभाविक ही है। जब भी तबीयत संभले, तो उसे कहें कि आप बिलकुल ठीक हैं और आपका शरीर उस नए बेबी के लिए जगह बना रहा है। उसे तसल्ली दें कि आपको कुछ नहीं होगा और इसी से उसे काफ़ी राहत और सुरक्षा का एहसास होगा।

उसकी देखभाल की योजना

जब भी नए शिशु के जन्म की योजना बना रही हों, तो अपने बच्चे के लिए भी योजना बनाना न भूलें। जब आप अस्पताल में होंगी, तो वे अकेले होंगे और उन्हें यह नहीं पता होगा कि क्या होने जा रहा है या नए भाई-बहन के आने से उनके जीवन में कौन से बदलाव आने वाले हैं। किसी मित्र या परिवार के किसी सदस्य को उसकी देख-रेख के लिए चुनें, जो आपके अस्पताल जाने से लेकर लौटने तक उसके साथ हो, इस तरह आपका व आपके साथी का बोझ भी घटेगा। यह कोई प्यारी बुआ, दादी या फिर निकटतम मित्र हो सकती है, जिसके साथ वह सहज महसूस करे। आप उस व्यक्ति से सारी बातचीत पहले से कर लें कि वह बच्चे को खेल के मैदान में ले जाने, मूवी दिखाने और डिनर के लिए किसी रेस्त्रां में ले जाने की ट्रीट भी देगा, ताकि बच्चे को अकेलापन महसूस न हो। आप अपने बच्चों के नाम कोई पत्र भी लिखकर उस व्यक्ति को दे सकती हैं। उसे कहें कि शिशु के जन्म के बाद बच्चों को वह पत्र दे, जिसमें लिखा हो कि आप उनसे कितना प्यार करती हैं और वे कैसे आपके लिए हमेशा ख़ास रहेंगे।

एक पौधा लगाएं

अमरीकी कवयित्री लूसी लारकोम लिखती हैं – 'जो एक पौधा रोपता है, एक आस रोपता है।' बच्चे को जन्म-चक्र के बारे में समझाते हुए एक साथ मिलकर एक पौधा लगाएं। इस तरह आप दोनों का नाता और भी गहरा होगा। जैसे-जैसे आप दोनों पौधे को बढ़ते देखेंगे, उसे अपने भीतर पल रहे शिशु के साथ जोड़ पाएंगे। जैसे उसे बाग़बानी की ज़िम्मेदारी देते हुए आप यह भी कह सकती हैं कि एक बड़ा भाई होने के नाते आप उसी की मदद पर निर्भर होंगी, ताकि शिशु की अच्छी देख-रेख हो सके।

कहानियां

'बच्चे अपने माता-पिता की गोद में ही पाठक बनते हैं।' – एमिली बुकवाड। कहानियों के माध्यम से आप बच्चे को परिवार में आने वाले नए सदस्य के बारे में बता सकती हैं। इस थीम से जुड़ी अनेक पुस्तकें बाज़ार में उपलब्ध हैं। आप चाहें तो मन से भी बच्चे के बारे में कहानी बनाकर सुना सकती हैं, जैसे कैसे उसकी मम्मा-पापा ने बताया कि उसके घर में नया बेबी आने वाला है, उसने क्या महसूस किया, उसने किससे इस बारे में बात की और कैसे अंत में वह नए शिशु के लिए दुनिया की सबसे अच्छी बहन साबित हुई! अगर बच्चे का जुड़ाव आपके या आपके साथी के भाई-बहन से है, तो वे भी बता सकते हैं कि जब उन्हें बचपन में दूसरे भाई-बहन मिले, तो उन्होंने कैसा महसूस किया था और वे उनके लिए क्या मायने रखते थे। आप जो भी किताब चुनें, उसे एक साथ पढ़ने से आपको व बच्चे, दोनों को ही अच्छा लगेगा, तो कोई प्यारा-सा कोना तलाशें और बच्चे को आने वाले शिशु के बारे में क़िस्से सुनाएं, इससे न केवल आप दोनों का रिश्ता मज़बूत होगा, बल्कि बेबी भी यह सब सुनेगा।

29

दूसरी बार मां बनना

अपने दिल में प्रत्येक व्यक्ति यह जानता है
कि वह अपने-आप में अनूठा है, इस धरती पर एकमात्र,
विविधता में एकता के इस सुंदर उदाहरण के बीच
ऐसा कोई अवसर कभी नहीं आता कि उसके
जैसा कोई दूसरा पैदा हो पाएगा।

फ्रेडरिक नीत्शे

आप दूसरी, तीसरी या फिर चौथी बार (मेरे हिसाब से आप इसके बाद रुक सकती हैं) मां बनने जा रही हैं, जो कि निश्चित तौर पर पहले अनुभव से बिल्कुल अलग होगा। पहली बार में तो सब कुछ ही ख़ास लगता है। आपकी पहली गर्भावस्था है, आप आकर्षण का केंद्र हैं, आपका साथी और सभी सदस्य आपको प्यार देते हैं और आपके ऊपर शिशु का सामान तैयार करने और उसके आने के बाद की तैयारियों के अलावा कोई ख़ास ज़िम्मेदारी भी नहीं होती। मुझे कहा गया कि दूसरा अनुभव तो पूरी तरह से अलग होता है, इस अनुभव को अलग बनाने वाला नटखट वही है, जो

सारा दिन आपके सारे घर में डोलता फिर रहा है और चौबीस घंटे आपकी ओर से सार-संभाल चाहता है।

कई बार, दूसरी बार मां बनने के दौरान आने वाले शिशु के लिए उत्साहित होना कठिन हो जाता है। यह तो कुछ ऐसा ही है, मानो कोई पहले से जानता है कि उपहार के डिब्बे से क्या निकलने वाला है और सरप्राइज़ की कोई गुंजाइश नहीं है। मैं यह सोच कर हैरान रह जाती हूं कि मेरी मम्मा ने किस तरह 38 साल की आयु में दो बच्चों को जन्म देने के बाद मुझे जन्म दिया और जहां तक मैं याद कर सकती हूं, वह हमेशा मेरे और मेरे जीवन के बारे में उत्साहित और उमंग से भरपूर रहीं।

अगर हम याद रखें कि इस संसार में आने वाली हर आत्मा अद्वितीय होती है और अपनी वासनाओं और ब्लूप्रिंट के साथ आती है, हमारे हर बच्चे का जन्म किसी-न-किसी कारण से हुआ है। हो सकता है कि वे हमें कुछ सिखाने आए हों या फिर खुद कुछ सीखने। तब हम उन्हें पहले से कहीं बेहतर मान देना सीख सकेंगे और हर नए जन्म के अवसर को, केवल गर्भावस्था और जन्म की प्रक्रिया के तौर पर न लेते हुए, इस रूप में लेंगे कि हम एक नए असाधारण जीव को धरती पर लाने जा रहे हैं, जिसका अपना ही जीवन होगा और जो अपने ही बनाए ढांचे पर चलेगा।

तो अगर आप दूसरी या तीसरी बार मां बनने जा रही हैं, तो यही सोचकर मन को तसल्ली दें कि आप पहले से उस रास्ते को जानती हैं और आपको पता है कि वह रास्ता कहां जाता है। इसके साथ ही इस संसार में आने वाले अपने शिशु के अद्भुत रूप को भी स्वीकारें, जो कि आपके दूसरे बच्चे की तरह नहीं होगा, जो किसी की तरह नहीं, बस, अपनी तरह ही होगा। जैसे कि आध्यात्मिक गुरु और न्यू एज लेखक एलीन कैडी लिखते हैं – 'एक मनुष्य अपने आप में एक व्यक्तिगत जीव होता है। अद्भुत और दोहराव से कहीं परे।

‹ 30 ›

अनुभवी मॉम

गर्भावस्था... शायद कोई सोच सकता है
कि दूसरी बारी में तो आप विशेषज्ञा हो जाएंगी।
क्यों, क्या मैं ग़लत थी?

मीशा मुलिंग्स

मैं अपनी एक सहेली से मिलने गई, जो अपनी दूसरी गर्भावस्था के पांचवें माह में थी। वह काफ़ी थकी हुई दिख रही थी। उसने लंच की तैयारी की। अपनी दो साल की नटखट बिटिया के पीछे भागती फिरी और फिर एक ट्राइसिकल उठा ली, जिससे उलझ कर मैं गिरने ही वाली थी और इसके साथ ही वाशिंग मशीन में कपड़े भी धोने के लिए डाल दिए। उसकी पहली गर्भावस्था वाली चमक जा चुकी थी, उसकी आंखों में अब वह संतुष्टि भरी चमक नहीं थी, जो पहले शिशु को कोख में रखने के दौरान देखने को मिलती थी। अब तो वह बुरी तरह से टूटी और थकी दिख रही थी, जो किसी आदर्श आनंददायक गर्भवती महिला की छवि से काफ़ी अलग थी।

वह बिसूरने लगी, "समझ नहीं आ रहा कि मुझे हुआ क्या है? मैं हमेशा थकी हुई रहती हूं। बस, मौक़ा पाते ही मेरे आंसू टपकने लगते हैं।

मैं ग़ुस्से में हूं और जी करता है कि इस बच्चे को हमेशा के लिए पेट से निकाल दूं। कभी-कभी तो जी में आता है कि काश, ऐसा हुआ ही न होता! मैंने उसे कहा कि वह थोड़ा सब्र करे और अपने डॉक्टर से इस बारे में बात करे। उसने ऐसा ही किया और अगले दिन जब उसका फ़ोन आया, तो वह काफ़ी शांत और संतुष्ट लगी। उसने कहा कि डॉक्टर के अनुसार दूसरी बार मां बनने वाली हर स्त्री के साथ ऐसा ही होता है और केवल वही इन लक्षणों का शिकार नहीं थी। उसे एक और राय भी मिली कि उसे अपने लिए थोड़ा समय निकालना चाहिए। थोड़ा ब्रेक लेना चाहिए और जो जैसे हो रहा हो, उसे वैसे ही होने देना चाहिए।

हम प्रायः अपने लिए काफ़ी कठोर हो जाती हैं। हमें लगने लगता है कि अगर हमने कोई काम न किया, तो उसके कारण आसमान टूट पड़ेगा। हम खुद पर काम का काफ़ी बोझ डाल लेती हैं और वही शिशु को भी नुक़सान पहुंचाता है। हमें खुद को इजाज़त देना चाहिए कि बैठकर टीवी देखें, कुछ पढ़ें या आकाश में उमड़ते बादल देखते हुए चाय की चुस्कियां भरें। मैंने इजाज़त शब्द का प्रयोग इसलिए किया, क्योंकि मैं जानती हूं कि मां होने के नाते हम खुद को इन विलासिताओं का हक़दार नहीं मानतीं। मैंने अपनी पुस्तक के एक अध्याय को ही नाम दिया है कि 'अपनी क़द्र करें'। हम अपने प्रियजन की ज़िंदगियां बेहतर बनाने में इतनी मग्न होती हैं कि अपने जीवन को बेहतर बनाने के बारे में भूल ही जाती हैं। दरअसल हमारी व्यस्तता हमें खुद से ही दूर ले जाती है।

तो बहुत ज़रूरी है कि हम खुद को थोड़ी ढील देते हुए, अपने बारे में बनी अवास्तविक अपेक्षाओं से आज़ाद करें और जीवन को उसी के अनुसार चलने दें। नतीजन, चाहे घर के बने खाने के बजाय बाहर से लाने की बात हो या घर की सफ़ाई के लिए नौकर रखने की या फिर अपनी थकान को पहचान कर बच्चों को मित्र के घर भेजने की बात, हमें अपने साथ इंसानियत बरतते हुए जानना चाहिए कि हमारा शरीर एक बेबी बनाने के लिए ओवरटाइम कर रहा है और ऐसे में कई बार निढाल हो जाना स्वाभाविक ही है। जब हम स्वयं को ऐसा करने की इजाज़त देती हैं, तो ऐसा लगता है, मानो कंधों से कोई बोझ उतर गया हो। हम आसानी से खुलकर चैन की सांस ले सकती हैं। ऐसा करने पर ही हम अपने प्रति और अपने भीतर पल रहे जीव के प्रति दयालु हो सकती हैं।

पीड़ा व आनंद, अंधकार व प्रकाश की तरह
एक-दूसरे पर सफलता पाते हैं।

लारेंस स्टर्न

≺ 31 ≻

नो पैन, नो गैन

युवती मांओं के किसी भी समूह में आप प्रसव शब्द का नाम लें, तो आप पूरे दिन के लंबे प्रसव, सही तरह से टांके न लगाने वाले अनाड़ी डॉक्टर, काम न आने वाले एनस्थीसिया आदि की भयंकर कहानियों से घिर जाएंगी। अंत में आप यही सोचती रहेंगी कि क्या यह सब सचमुच वास्तविक है

प्रसव के दौरान कष्ट क्यों होता है?

प्रसव के दौरान सही मायनों में गर्भाशय की परीक्षा होती है। इसे स्वयं को अपने आप को इतना ज़्यादा सिकोड़ना पड़ता है कि शिशु नीचे की ओर आने लगे। आपकी मांसपेशियां कड़ी मेहनत कर रही हैं, आपका शरीर खुल रहा है और शिशु के प्रसव के लिए परिवर्तन हो रहे हैं। यद्यपि यह मांसपेशीय गतिविधियां शरीर की स्वाभाविक प्रतिक्रिया हैं, किंतु ये काफ़ी दर्दनाक हो सकती हैं, जो कई बार असहनीय भी हो सकती हैं।

आप क्या कर सकती हैं?

कई महिलाओं को लगता है कि उनका शिशु फंस जाएगा, इससे वे अधिक तनाव में आ जाती हैं, जिससे संकुचन और भी तेज़ हो जाते हैं

और प्रसव पहले की तुलना में अधिक कठिन हो जाता है। यह सोचने की कोशिश करें कि गर्भाशय कोई पिंजड़ा नहीं, जिसमें शिशु फंसा हुआ है, प्रसव पीड़ा इसलिए हो रही है, ताकि गर्भाशय अपना आकार बदल सके और शिशु आपकी गोद में आ सके। जैसा कि हम पहले भी कह चुके हैं कि संकुचन से लड़ने के बजाय दर्द को स्वीकारने और मांसपेशियों को राहत देने का प्रयास करें, इससे काफ़ी मदद मिल सकती है।

यदि आप इन सब के लिए पहले से तैयार होंगी, तो इससे भी काफ़ी मदद मिलेगी। प्रसव के वीडियो देखने से और उसके बारे में पढ़ने से आपको अंदाज़ा हो जाएगा कि वास्तव में क्या होने वाला है। प्रसव के बारे में मांओं से सुनें, हालांकि अधिकतर मांएं प्रसव पीड़ा के बारे में भयानक क़िस्से ही सुनाती हैं, चाहे उनका प्रसव इतना डरावना न रहा हो। ऐसे क़िस्से एक कान से सुनें और दूसरे कान से निकाल दें। उन्हें अपने दिमाग़ पर हावी न होने दें।

मेडिकल प्रगति को लाख-लाख शुक्रिया! अब हमारे पास अद्भुत एपीड्यूरल है। बस, पीठ में एक इंजेक्शन और सब ठीक हो जाएगा, किंतु इसके बावजूद आप चिंतित या भयभीत हो सकती हैं, फिर चाहे वह डर एपीड्यूरल का ही क्यों न हो।

मैंने पाया कि मंत्र जाप भी तनाव भगाने और अपने आप को मानसिक तौर पर सशक्त बनाने का अच्छा तरीक़ा है। जब मुझे एपीड्यूरल दिया जा रहा था, तो मैंने कस कर अपने पति का हाथ पकड़ लिया था (बाद में उन्होंने मुझे बताया कि मेरी पकड़ इतनी सख़्त थी कि शायद मेरी एक दो हड्डियां तोड़ ही दी होंगी) और महामृत्युंजय का जाप करने लगी। यह शक्तिशाली मंत्र भगवान शिव का प्रतीक है, जो निर्भीकता व ज्ञान के प्रतीक हैं। शाब्दिक रूप से यह मृत्यु का सामना करने में सहायक होता है (मृत्यु अर्थात् मौत और जय अर्थात् विजय, मौत पर जीत), किंतु यदि आध्यात्मिक तौर पर इसका अर्थ देखा जाए, तो यह अहंकार की मृत्यु तथा इस बात का सूचक है कि हम इस शरीर से परे हैं। इसी ज्ञान ने मुझे अपने शिशुओं के जन्म के समय होने वाली हर पीड़ा को सहन करने में सहायता की, इसमें ऑपरेशन के बाद लगने वाले टांके भी शामिल थे। यदि आप मंत्र जाप नहीं कर सकतीं, तो कोई बात नहीं, आप उन्हें सुन सकती हैं या ऐसा ही कोई मन को शांत करने वाला संगीत सुन सकती हैं।

यदि आपने कभी किसी प्रसूता को शिशु जन्म के बाद देखा हो, तो उसके चेहरे पर पीड़ा या तकलीफ़ के कोई भाव नहीं होते। उसके चेहरे पर एक शाश्वत आभा होती है, मानो पीड़ा तो कोई पुरानी बात हो गई हो। तभी आप जान पाती हैं कि इस प्रसव पीड़ा का भी एक उद्देश्य है, इस तरह प्रकृति हमें सराहती है कि हमने कितने प्यारे करिश्मे को जन्म दिया है।

आपने हमें आशा व गर्भ में पल रहा
जो नन्हा-सा जीव दिया है।
वह बहुत ही नाज़ुक और कोमल है,
वह ख़तरों व मौत से भी अछूता नहीं है।
हे, प्रेम के देवता, जीवन के सर्जक, हमारी प्रार्थना सुनो!
हम इस शिशु को सच्चे दिल से चाहते हैं।
कृपया हमारे शिशु को पूरा पोषण प्रदान करो।
इसे अपने स्नेह के आशीर्वाद के साथ जीवन की प्रसन्नताएं
व रहस्य भी प्रदान करो!
हमें हमारे सपने पूरे करने की अनुमति दो।
एक शिशु, जिसे हम सारी खुशी से संभाल सकें,
उसे सब कुछ सिखाते हुए मार्गदर्शन दे सकें।
हमारे परिवार को अपना आशीर्वाद दें!
आमीन्!

विएना कॉब एंडरसन[35]

---

35 विएना कॉब एंडरसन, प्रेयर्स ऑफ अवर हार्ट्स इन वर्ड एंड एक्शन, क्रासरोड पब्लिशिंग कंपनी, 1991

32

आशीर्वाद वर्षा

सदियों से ही बेबी शॉवर की यह प्रथा अधिकतर समुदायों में प्रचलित रही और परिवार के रीति-रिवाजों व अनुष्ठानों से जुड़ी रही है। भले ही अब वह उस लोकप्रिय सामाजिक अनुष्ठान का रूप ले चुकी है, जहां महिलाएं एक साथ मिल कर दूध की नन्ही बोतलों से वोदका और मार्टिनी गटकती हैं और टॉयलेट पेपर के इस्तेमाल से खेल खेलती हैं, ताकि मां के पेट में पल रहे शिशु के बारे में अनुमान लगा सकें। पारंपरिक तौर पर गर्भावस्था के सातवें माह में, गोद भराई की इस रस्म में एक धार्मिक अनुष्ठान होता है, जिसमें ईश्वर से मां के सुरक्षित प्रसव तथा भावी शिशु के स्वस्थ होने की प्रार्थना की जाती है। प्राचीन मिस्री व ग्रीक तथा कुछ समकालीन आध्यात्मिक अभ्यासों का मानना है कि जब भावी मां भ्रूण की पहली हलचल को भीतर महसूस करती है, तो इस दौरान भ्रूण में आत्मा का प्रवेश होता है और एक ख़ूबसूरत प्रकाश-रज्जु उन्हें जोड़ती है और इसी समय आने वाले शिशु के लिए उत्सव मनाया जाता है।

अनेक परिवार (जिनमें मेरा परिवार भी शामिल है) शिशु के आने से पहले किसी भी तरह का धार्मिक समारोह नहीं करना चाहते। उनका मानना है कि वास्तविक प्रसंग से पूर्व जन्म का उत्सव मनाना अशुभ होगा और वे नहीं चाहते कि मां व उसके अजन्मे शिशु पर किसी बुरी नज़र का साया पड़े।

यदि इस अंधविश्वास को एक ओर रख दें, तो वास्तव में यह एक बड़ा प्यारा समारोह होता है, जहां गर्भवती को पूरे दुलार और लाड़ के साथ अपने परिवार की महिलाओं व मित्रों के साथ समय बिताने का अवसर मिलता है। यह आवश्यक नहीं आप इसे पारंपरिक तौर पर ही मनाएं – यह एक पार्टी हो सकती है और इसमें भी बेबी बोटल मार्टिनीज़ चल सकती हैं, किंतु यह याद रखें कि सब लोग यहां क्यों एकत्र हुए हैं और इसे एक आध्यात्मिक स्पर्श देने से यह आपके व मेहमानों के लिए और भी सार्थक हो जाएगा।

इस पुस्तक के शोध के दौरान मुझे कई मांओं से बात करने का अवसर मिला और दुनिया-भर के अनेक रीति-रिवाजों व अनुष्ठानों को जानने का मौक़ा भी मिला, जिनमें से कुछ पारंपरिक थे, कुछ नए युग के व कुछ घरेलू थे, जिन्हें गर्भवती महिलाओं ने स्वयं ही (शिशु के जन्म से पूर्व उत्सव मनाने के लिए) अपने व प्रियजन के लिए चुना था।

आशीर्वाद समारोह

नवाजो के पारंपरिक गीत आरोग्य, सृजन, शांति व तालमेल से संबंध रखते हैं।[36] मेरे अनुसार तो यह किसी भी प्रेगनेंट महिला को आदर-मान देने का सबसे प्यारा व मीठा-सा तरीक़ा है। मातृत्व के मुहाने पर खड़े होने के बावजूद हम यह भूल जाती हैं कि हमारे भीतर से प्रेम की छिपी ताक़त उभरने वाली है। उत्तरी अमरीका का नेटिव अमरीकन क़बीला नवाजो संभवतः इसे पहचानता है, तभी तो वे गर्भवती को मान देने वाला यह समारोह मनाते हैं, क्योंकि वह मातृत्व की ओर बढ़ रही है, जो कि जीवन के रूपांतरकारी बदलावों में से है।

आशीर्वाद समारोह एक पवित्र व सुरक्षित वातावरण रचते हैं, जहां भावी माता शिशु के जन्म व अपने मातृत्व से जुड़ी चुनौतियों व खुशियों को जान सकती हैं...यह ब्लेसिंग काफ़ी हद तक बेबी शॉवर से अलग होता है, क्योंकि इस दौरान भावी माता को केंद्रित करते हुए एक साथ समर्थन व समारोह का आध्यात्मिक व पवित्र समय व्यतीत किया जाता है।[37]

---

36. http://en.wikipedia.org/wiki/blessingway

37. याना कोर्टलैंड, बार्ब ल्यूक, डोना मिलर वाटलेट, मदर राइज़िंगः द ब्लेसिंग-वे जर्नी इनटू मदरहुड, सेलेशियल आर्ट्स, 2006

किसी भी धर्म या अध्यात्म से जुड़ी महिला के लिए ब्लेसिंग – वे या आशीर्वाद समारोह मनाया जा सकता है, फिर चाहे वह किसी भी धर्म या अध्यात्म को भी न मानती हो। इस बात से भी कोई अंतर नहीं पड़ता।

आशीर्वाद समारोह के उपाय

कविता, प्रार्थना व वचन

पारंपरिक तौर पर इनमें प्रार्थनाएं व सकारात्मक कथन शामिल होते हैं। भारतीय परंपरा में किसी भी नवविवाहिता को सौ पुत्रों की मां बनने का आशीर्वाद दिया जाता है। इस समारोह में उपस्थित मेहमान भावी माता के लिए कोई कविता या फिर आशीर्वाद कह सकते हैं।
(संकेतः आप किसी सहेली से कह सकती हैं कि वह इन सबको एक जगह नोट कर ले, ताकि आप उसे यादगार के तौर पर संभाल कर रख सकें)।

स्नेह का दायरा

सभी मेहमानों से कहें कि वे आपके लिए कोई मोती ले कर आएं। अपने पास बहुत से धागे व लेस तैयार रखें व उनसे कहें कि वे अपने मोती उसमें पिरो दें। वे मोती पिरोने के दौरान आपके व आपके शिशु की सलामती के लिए प्रार्थना भी कर सकते हैं। प्रसव के दौरान उस माला को पहनें, ताकि आप स्नेह, शक्ति व प्रार्थना के दायरे से घिरी रहें।

मोमबत्तियों से चमकती रोशनी

यह भी बर्थ बीड्स जैसा ही उपाय है। हर मेहमान से कहें कि वह आपके शिशु व आपकी सलामती की दुआ के लिए एक मोमबत्ती साथ लाएं, फिर उन्हें एक साथ उस कमरे में जला दें, जहां यह समारोह मनाया जा रहा है। इससे वातावरण पवित्र हो जाएगा। आप मेहमानों से यह भी कह सकती हैं कि वे अपनी मोमबत्ती वापस ले जाएं और जब उन्हें पता चले कि आप प्रसव पीड़ा में हैं, तो वे उसे जला दें, ताकि उनकी दुआ व प्रार्थनाएं आप तक पहुंच सकें।

पेट पर मेहंदी

भारत, पाकिस्तान व अरेबिया सहित उपमहाद्वीप के अनेक भागों में दुल्हनें अपने हाथों में विवाह से पहले मेहंदी रचाती हैं। आप भी दुल्हन के हाथ व पैरों पर बनने वाले उन बेलबूटों के डिज़ाइन से अपने पेट पर मेहंदी रचा सकती हैं।

प्रेम के बीज

यदि मुझे पता चले कि कल मेरी मौत हो जाएगी,
तो मैं आज एक पेड़ रोप दूंगा।

स्टीफ़न जिराड

अपने मेहमानों से कहें कि वे अपने साथ किसी पौधे का बीज लाएं या आप ही कुछ मौसमी फूलों के बीज व मिट्टी से भरे गमले तैयार रखें। हर मेहमान अपना बीज रोपते हुए आपके व आपके शिशु के लिए प्रार्थना करे। ये पौधे आपके आशीर्वाद समारोह की सुखद स्मृतियों के रूप में बड़े होंगे।

और अब थोड़ी मौज-मस्ती के लिए...

मम्मी मेकओवर

इस समय बेशक आप खुद को ग्लैमरस या सुंदर मानने के बजाय भद्दी व विशाल मान रही होंगी। मुझे याद है कि मैं तो भूल ही गई थी कि मैं एक महिला थी, मैं खुद को बीच पर पड़ी व्हेल जैसा मानने लगी थी। इस समय तो हमें मम्मी मेकओवर की ज़रूरत होती है, ताकि हम खुद को दुलार व सुंदरता के बीच पा सकें।

नेटिव अमरीकी भारतीयों के क़बीले में एक रिवाज होता है, जहां 36 सप्ताह की गर्भवती को क़बीले से दूर ले जाते हैं, फिर वहां कोई उसकी मालिश करती है, तो कोई बाल संवारती है और फिर उसे नए कपड़े और गहने पहना कर वापस लाया जाता है। क़बीले में उस महिला की नए रूप में यह वापसी, उसकी नई भावी भूमिका की प्रतीक होती है।

आप भी अपनी सहेलियों के साथ घर या स्पा में मम्मी मेकओवर

पार्टी कर सकती हैं। आप मालिश, मेनीक्योर या पेडीक्योर करवा सकती हैं या अपनी सहेलियों से बाल संवारने को कह सकती हैं। कई सभ्यताओं में भावी मां के पैरों पर सुगंधित तेलों से मालिश की जाती है। बस, आपको किसी भी तरह अपनी उस अवस्था का आनंद उठाना है, जो आपको एक उर्वर मातृदेवी के रूप में सामने लाती है।

भाग-3

एक जीवन का जन्म

जन्म को अब जीवन के प्रत्येक दिन से अलग एक प्रक्रिया के तौर पर नहीं, बल्कि उसके मूल सहित देख सकते हैं। किसी भी शिशु के जन्म की सबसे बड़ी तैयारी यही होगी कि अपने भीतर से उस जन्म को उभरने की अनुमति दी जाए... तब जन्म सार्वजनीन लय के साथ कंपित होने वाला एक समारोह होगा, जो नीचे है, वही ऊपर है, उस सही तालमेल को जानने का क्षण, ब्रह्माण्डीय नृत्य से एकाकार हो जाने का क्षण।

मारिया रोजेनस्टोन

शिशु का जन्म किसी भी महिला के लिए गहन आध्यात्मिकता का आरंभ हो सकता है।

रॉबिन लिम

33

हैप्पी बर्थडे

अंततः वह दिन आ ही पहुंचा। आज आप माता-पिता के रूप में दीक्षित होने जा रहे हैं, एक ऐसा दिन, जिसे आप कभी नहीं भूलेंगी, क्योंकि आज के बाद आपका जीवन हमेशा के लिए बदल जाएगा। आप इस तरह प्यार करना सीखेंगी, जैसा आपने कभी किया ही नहीं। उन सब बातों की चिंता किया करेंगी, जिन्हें आप कोरी मूर्खता मानती थीं। अब कई तरह के उतार-चढ़ावों का गहराई से सामना करना सीखेंगी। एक मां होने के नाते आप उस नन्ही-सी जान के प्रति पूरी तरह से ज़िम्मेदार हैं, जो आपके भीतर से पैदा होगी। हालांकि आने वाले सालों में हो सकता है कि वह आपसे दूर भी चली जाए, किंतु आप एक अदृश्य प्रेम की डोर से उससे शारीरिक, भावनात्मक और आध्यात्मिक तौर पर जुड़ी रहेंगी।

पुराने समय में जब कोई गर्भवती मां प्रसव करती, तो वह पसीने से लथपथ होकर चिल्लाती और दाई घर में उसके शिशु के जन्म में सहायक होती। अब शिशु का जन्म एक ऐसा विषय है, जिस पर काफ़ी विचार किया जाने लगा है। अब यह किसी नारी के जीवन की महज़ एक प्रक्रिया नहीं रही, इसे मां व शिशु के लिए एक अवसर के समान माना जाता है, जिसे पूरे आदर-मान से मनाया जाना चाहिए। मेडिकल मध्यस्थता ने अब यह संभव कर दिया है कि मां को कोई दर्द महसूस न हो, वह अपने शिशु के प्रसव के दौरान चाहे, तो सजग व सचेत रहे या फिर सो जाए।

इसके साथ ही, हिप्नोबर्थिंग व वाटर बर्थिंग जैसी प्राकृतिक बर्थिंग तकनीकों के कारण प्राकृतिक रूप से शिशु के प्रसव का आंदोलन तेज़ी से आगे बढ़ा है। एक प्रसव के क़रीब स्त्री इन पर विश्वास रखते हुए अपने शरीर से जुड़ी जन्म देने की इस प्रक्रिया के आनंद की सहभागी हो सकती है। महिलाएं दाईयों व डॉला की मदद से अपने शिशुओं के जन्म के लिए घर का चुनाव भी कर रही हैं, जहां वे स्वयं को आरामदेह, सुरक्षित व स्नेह के घेरे में घिरा पाती हैं।

भावी मां होने के नाते आपको यह भी चुनाव करने का पूरा अधिकार है कि आप अपने बच्चे को किस माध्यम से इस संसार में लाना चाहती हैं। कई बार महिलाओं को गहरे पारिवारिक दबाव का सामना करना पड़ता है और इसके साथ ही दर्दनाक प्रसव की नकारात्मक कहानियां भी जुड़ी होती हैं। उस दर्द और जटिलता की संभावना ही उन्हें अस्पताल में प्रसव कराने के लिए मजबूर कर देती है। हालांकि उसके सिवा और भी कई विकल्प मौजूद हैं और आपको अपने शिशु को इस धरती पर लाने के लिए सबसे बेहतर उपाय चुनने का पूरा हक़ है।

अस्पताल में प्रसव

व्यक्ति को आधुनिक स्वास्थ्य सेवाओं की उच्चतर अपेक्षाओं के साथ-साथ मनुष्य की आत्मा को सम्मान देने की आवश्यकता के बीच निरंतर संतुलन बनाए रखना होता है। जन्म के साथ भी विशेष रूप से ऐसा ही है।

बेनिग मॉगर

भावी माताएं प्रसव के लिए विशेष रूप से अस्पताल का ही चयन करती हैं। माएं घर पर प्रसव कराने, किसी छोटे नर्सिंग होम में जाने या वैकल्पिक गैर-मेडिकल प्रसव तकनीकों को अपनाने के बजाय अस्पताल जाना ही सुरक्षित महसूस करती हैं, क्योंकि वहां एक फ़ोन पर किसी भी क्षेत्र के डॉक्टर को बुलाया जा सकता है और सभी मेडिकल उपकरण भी मौजूद होते हैं।

प्राकृतिक व आध्यात्मिक बर्थ प्रेक्टिशनरों का मानना है कि अस्पताल जन्म की इस प्रक्रिया का अमानवीयकरण कर देते हैं। वे इसे एक आध्यत्मिक अनुभव के बजाय मेडिकल प्रक्रिया में बदल देते हैं।

मेरी कहानी

जुड़वां की मां होने के नाते मैं जानती थी कि मेरे लिए प्राकृतिक प्रसव होने के विकल्प काफी सीमित थे, इसलिए जब मेरे डॉक्टर नें मुझे सी-सैक्शन के लिए समय और तारीख़ दी, तो मैं मान गई। मुझे पता ही नहीं था कि मेरे पास कौन से दूसरे विकल्प हो सकते थे, इसलिए मैंने डॉक्टर के फ़ैसले को मानते हुए सी-सैक्शन के लिए हामी भर दी।

मेरी गर्भावस्था काफ़ी उतार-चढ़ावों से भरपूर रही। पहले काफ़ी समय तक बेडरेस्ट रहा और फिर सामान्य रूप से जीने की इजाज़त मिली। जुड़वां बच्चों को गर्भ में धारण करने के कारण मुझे काफ़ी संभल कर रहना पड़ता था। मेरा शरीर काफ़ी विशालकाय था और आख़िरी कुछ समय तक आते-आते तो मुझे ऐसा लगने लगा था कि मैं अपने ही शिशुओं के भार से फट जाऊंगी, किंतु वेदांत के अध्ययन ने मुझे इन सब के बीच भी जीने की शक्ति दी और एक मां होने के नाते मेरे नज़रिए को ही बदल दिया। मैं सूजन से भारी पैरों और निद्राहीन रातों की शिकायत से उठकर उस समझ व प्रशंसा के भाव तक आ गई थी, जो मुझे एहसास दिलाता था कि मैंने दिव्य प्रकृति के जीवों को अपने गर्भ में धारण किया हुआ है।

जिस दिन मेरे शिशुओं का जन्म हुआ, उससे एक दिन पहले मैं अपने पति के साथ अस्पताल चली गई। हम अपने बच्चों से मिलने के लिए बेहद उत्सुक थे। उस रात मैं सो नहीं सकी। खनखनाते बैडपान व दूसरे अस्पताल के उपकरणों के शोर के साथ क़दमताल करती मेरी उत्तेजना और चिंता ने उस रात मुझे पलक तक नहीं झपकाने दी।

अगले दिन उठी, तो उत्सुक किंतु आश्चर्यजनक रूप से शांत थी। एनस्थीसिस्ट मेरे पास आए और मुझे एपीड्यूरल देने के लिए तैयार किया। ज्यों ही उन्होंने मेरी पीठ में सुई चुभाई, मैंने अपने पति का हाथ कसकर पकड़ लिया और मन-ही-मन महामृत्युंजय मंत्र का जाप करने लगी, ताकि मुझे अपने शिशुओं को इस संसार में सुरक्षित रूप से लाने की शक्ति मिल सके।

जल्दी ही ऑपरेशन थियेटर में जाने का समय भी आ गया। वह गंदी नीली दीवारों वाली ठंडी और कीटाणुरहित जगह थी। एक बहुत पुराने से स्टीरियो सिस्टम पर गायत्री-मंत्र बज रहा था। एयरकंडीशनिंग इतनी तेज़ थी कि मैं ठंड से कांपने लगी। मेरे बाल-रोग विशेषज्ञ एक पुराने पारिवारिक मित्र थे, उन्हें लगने लगा कि मैं डर से कांप रही थी।

एनस्थीसिया देने वाले डॉक्टर ने मुझे जो एपीड्यूरल दिया, उसका कोई असर नहीं हुआ और जैसे ही डॉक्टर ने मेरे पेट पर चाकू रखा, मैं दर्द से चिल्ला उठी। पांच बार एपीड्यूरल देने पर भी जब बात नहीं बनी, तो मैंने जनरल एनस्थीसिया देने को कहा। मैं थकी हुई थी और काफ़ी सर्दी महसूस कर रही थी। बस, मैं अपने शिशुओं को देखना चाहती थी।

एक घंटे बाद उठी, तो पता चला कि मैंने एक बेटे और बेटी को जन्म दिया था। हर कोई मुझसे पहले ही यह बात जानता था। मैंने उन्हें जन्म लेते हुए नहीं देखा था। मैं उस नई मां के आनंद को अनुभव नहीं कर सकी थी, जो उसे शिशु को अपने भीतर से उभरते देखकर महसूस होता है, न ही मैं इस पल को उनके पिता के साथ बांट पाई थी।

मुझे व्हील कुर्सी पर बाहर लाया गया, मैं अब भी काफी उलझन में और उखड़ी हुई थी। बाहर प्रतीक्षा करते पति से मिली और उनका हाथ थामा। हम प्रसन्न होने पर भी उदास थे कि हम दोनों ने ही अपने दो नन्हे करिश्मों को इस संसार में क़दम रखते नहीं देखा था।

मुझे मेरे कमरे में ले जाया गया और कुर्सी से उठा कर पलंग पर तक़रीबन पटक ही दिया। मुझे याद है कि उस समय मेरे टांकों में कितनी टीस उठी थी। मैं होश में आने के एक घंटे बाद भी अपने शिशुओं को नहीं देख सकी थी। मुझे याद है कि किस तरह अर्द्धबेहोशी में ही मैंने बच्चों को मेरे पास लाने की ज़िद की थी। मुझे अब भी याद है कि किस तरह नर्स मेरे निप्पलों को ज़ोर से दबाती थी, ताकि उनमें दूध उतर सके और मेरे पूरे शरीर में दर्द की लहर दौड़ जाती थी। जितनी बार मुझे स्तनपान कराना होता, यही प्रक्रिया अपनाई जाती, क्योंकि मेरे स्तनों में दूध नहीं उतर पा रहा था।

अस्पताल के अगले तीन दिन काफ़ी भयंकर रहे। हमें रात की पाली के लिए जो नर्स दी गई थी, उसे खांसी थी और वह हमेशा मुंह पर मास्क

लगाए रखती। जब वह बाथरूम जाने के बहाने से पचास मिनट के लिए ग़ायब हो जाती, तो हम दोनों दो रोते शिशुओं के साथ अकेले रह जाते। मेरे टांकों में दर्द था और मैं लपक कर रोते शिशुओं को चुप कराने के लिए उठ नहीं सकती थी। दोनों को अलग-अलग पालनों में लिटाया गया था और वे एक-दूसरे के लिए ज़ार-ज़ार रोते। जब मैं उन्हें घर लाई, तो मुझे इस ग़लती का एहसास हुआ और मैंने उन्हें एक ही पालने में सुलाया। वे दोनों फिर से एक-दूसरे का साथ पाकर बड़ी शांति से मीठी नींद सो गए। अस्पताल में मैंने डॉक्टर से विनती की कि वह मुझे घर जाने दें, जहां मेरी अस्पताल से कहीं बेहतर देखभाल हो सकती थी।

आज तक मेरे मन की इच्छा अधूरी है कि काश मैं अपने बच्चों को इस धरती पर जन्म लेते देख पाती। यदि मैं कभी दूसरे बच्चे को जन्म देने के बारे में सोचती भी, तो शायद उसका यही कारण होता।

घर में प्रसव

मदर यशोदा इज़ रेस्टलैस टूडे,
फॉर ए सेकेंड शी इज़ इन द कोर्टयार्ड,
इन एनोदर सेकेंड शी वाक्स इनटू द हाउस,
एंड द नेक्सट सेकेंड शी क्लाइम्ब्स ऑनटू द रूफ़।
शी टेक्स ऑफ़ हर ब्लाउज़ एंड क्लोथ्स
एंड हेंग्स देम ऑन ए रोप, शी अनब्रेड्स हर हेयर।
इन द वी ऑवर्स ऑफ़ द मॉर्निंग, ए सन इन बॉर्न टू हर।
द अंबिलिकल कॉर्ड इज़ कट विद ए गोल्डन नाइफ़
एंड द बेबी इज़ बाथ्ड इन ए सिल्वर पॉट।
द बेबी इज़ लैड डाउन इन ए विनोइंग
बॉस्केट मेड ऑफ़ रीड्स
पर्ल्स आर आफ़र्ड इन आब्लेशन।

द बेबी इज़ ड्रैस्ड इन यलो सिल्कन क्लोथ्स
एंड इज़ लैड डाउन अपोन ए थ्रोन।

सोहर या पारंपरिक भारतीय जन्म–गीत[38]

(माता यशोदा आज बहुत बेचैन हैं। वे एक पल के लिए आंगन में जाती हैं और दूसरे ही पल घर में चली जाती हैं, फिर वह छत पर चढ़ जाती हैं। वह अपने अंग-वस्त्र और दूसरे वस्त्र उतार देती हैं। उन्हें रस्सी पर टांग कर अपनी चोटी खोल देती हैं। सुबह-सुबह वे एक पुत्र को जन्म देती हैं। गर्भनाल को सोने के चाकू से काटा जाता है और शिशु को चांदी के पात्र में नहलाते हैं। उसे सरकण्डे से बने सूप में लिटाया जाता है। उस पर मोती वारे जाते हैं। शिशु को पीले रेशमी वस्त्र पहना कर राजसिंहासन पर लिटाया जाता है।)

कहते हैं कि घर वहीं होता है, जहां दिल होता है और हमारे दिल प्रायः बच्चों के बिना न के बराबर होते हैं। घर में शिशु का प्रसव इन दोनों के मेल का विकल्प हो सकता है। शिशु को घर के परिचित वातावरण और उष्मा के बीच जन्म दें।

भारत में पारंपरिक तौर पर, घर में ही दाई या मिडवाइफ़ की मदद से शिशु के प्रसव की परंपरा रही है। यह अभ्यास आज भी कई उपमहाद्वीपों के कई हिस्सों में जारी है। आज जब महिला घर में ही प्रसव कराने के विकल्प को चुनती है, तो उसके साथ एक मिडवाइफ़, एक डॉला होती है, यह अनुभवी प्रसव सहायिका मां को प्रसव से पहले, उसके दौरान या उसके बाद भी शारीरिक व भावनात्मक समर्थन देने के अलावा जानकारी देती रहती है। यदि आवश्यकता आन पड़े, तो डॉक्टर को भी फ़ोन करके बुलाया जा सकता है। होमबर्थ की योजना में अस्पताल के बजाय घर में ही प्रसव होता है। घर में आत्मीयजन के बीच जाना-पहचाना स्नेही वातावरण व शिशु के जन्म के समय के माहौल पर नियंत्रण आदि कुछ ऐसे कारण हैं, जिनकी वजह से पूरी दुनिया में महिलाएं होमबर्थ के विकल्प को चुनने लगी हैं। कइयों का यह भी मानना है कि इस आरामदेह और परिचित

---

38 लक्ष्मी जी तिवारी, सोहर : चाइल्ड बर्थ सोंग्स ऑफ जॉय, सोनोमा स्टेट यूनिवर्सिटी, रोहनर्ट पार्क, सी , 94928, http://www.nanzan-u.ac.jcp/SHUBUNKEN/publications/afs/pdf/a690.pdf

वातावरण में मां और बच्चे को कम तनाव का सामना करना पड़ता है और मां की तकलीफ़ भी घटती है।

जो महिलाएं घर में प्रसव का विकल्प चुनती हैं, उनके पास फार्माक्युटिकल पेन रिलीफ़, फार्माक्युटिकल लेबर इंडक्शन, आपातकालीन प्रसव के साधन व मेडिकल उपकरण, नवजात की गहन देखभाल व्यवस्था तथा अन्य आपातकालीन स्थितियों से बचाव के उपाय नहीं होते। वे इन सबसे परे जाकर दवाई-रहित प्राकृतिक प्रसव के लिए ही ये विकल्प चुनती हैं। यदि आपकी प्रेगनेंसी लो-रिस्क श्रेणी में आती है, तो उचित देख-रेख के साथ आकस्मिक योजना के साथ घर में प्रसव करा सकती हैं, विश्व स्वास्थ्य संगठन भी इसके पक्ष में है।

नोट – हाई-रिस्क प्रेगनेंसी में इस तरह के होमबर्थ की सलाह नहीं दी जाती। ऐसा कोई भी विकल्प चुनने से पहले कृपया डॉक्टर की सलाह लें और ध्यान दें कि आपको लगातार मेडिकल बैकअप मिलता रहे। आपके लिए यह जानना भी महत्त्व रखता है कि इस तरह का विकल्प आपके लिए है भी या नहीं – आप कितना दर्द सह सकती हैं, अस्पताल के बजाय आप घर में कितना आरामदेह महसूस करेंगी और सबसे अहम बात यह कि प्रसव के दौरान आप होमबर्थ में आरामदेह महसूस करेंगी या नहीं? आपको व आपके परिवार को यह जानना भी ज़रूरी है कि कब तक घर में प्रसव सुरक्षित है और किस हद के बाद अस्पताल ले जाना पड़ सकता है।

नवीना की कहानी

मेरे लिए मां बनने का समाचार अनापेक्षित था। मैं अभी एक मां बनने के लिए तैयार नहीं थी; मेरा पूरा संसार मैं, मेरा और मुझ तक सीमित था। मैं नवविवाहिता थी और पूरी तरह से प्यार में खोई थी कि अचानक पता चला कि मैं मां बनने वाली थी। पहले तीन माह तो मुझे स्वयं को यही समझाने में लगे कि मैं अब एक भावी मां थी, किंतु आरंभ से ही यह बात तो मेरे लिए स्पष्ट थी कि मेरे शिशु का जन्म घर में ही होगा। मेरे पति ने भी पहले एक होमबर्थ में सहायता की थी, इसलिए मुझे इस विचार को और भी मज़बूत करने में मदद मिल गई।

मैंने स्वयं को अपने शिशु के जन्म के लिए तैयार करना आरंभ कर

दिया। अपने खानपान के हिसाब से शरीर की ताल और लय को परखा और पाया कि शरीर जितना मेरे हिसाब से चलेगा, गर्भावस्था उतनी ही स्वस्थ रहेगी व प्रसव में उतनी ही आसानी होगी। मैं सुबह 12 बजे तक केवल फल ही खाती। 12 से 8 के बीच मैं नियमित भोजन लेती और उसके बाद कुछ नहीं खाती। यदि मैं अपने को भूखा महसूस करती तो स्नेक के साथ फल ले लेती। मैंने अपने आहार में काफ़ी मात्रा में फल व सब्ज़ी शामिल किए और इसके साथ ही नारियल पानी और बादाम भी लेती। इस दौरान मैं अनाज, जंकफ़ूड, तेल, चीनी, दूध और डेयरी उत्पादों से दूर रही। मेरा मानना है कि प्रकृति ने नारी के शरीर को जन्म देने के अनुकूल बनाया है और इस तरह का भोजन मेरे जैविक ढांचे के अनुकूलन में सहायक था। मानो मैं अपने शरीर के तंत्र को संपूर्ण बना रही थी।

अपनी पूरी गर्भावस्था के दौरान मैंने योग किया, संगीत सुना और अपने परिवार व मित्रों के स्नेह की छाया में आनंदित होती रही। यह तो गर्भावस्था का एक अनिवार्य अंग है, प्रायः आधुनिक महिलाओं को गर्भावस्था के दौरान यह नहीं मिल पाता।

अंततः मेरे शिशु के जन्म का दिन आ पहुंचा। प्रसव कक्ष पूरी तरह से तैयार था, मोमबत्तियों की धीमी रोशनी चारों ओर थी और मोगरे की गंध ने वातावरण को दिव्य बना दिया था। ओम का जाप धीमे स्वर में गूंज रहा था और मैं तैयार थी। मैं उस समय उपस्थित होने के लिए अपने परिवार व मित्रों में से आठ लोगों को चुन चुकी थी, जिसमें सीताबाई भी शामिल थी, थाणे की वह अशिक्षित दाई अपने हाथों से 1200 शिशुओं का प्रसव करा चुकी थी।

साढ़े पांच बजे मुझे प्रसव पीड़ा आरंभ हुई और सारे घर में चुप्पी छा गई। शिशु को जन्म देने का समय समीप था। पृष्ठभूमि में काफ़ी कुछ चल रहा था, पर वह सब कुछ शांत व निःशब्द था। ऐसा लग रहा था कि मानो इस अनुभव के सिवा कुछ बचा ही न हो। ये पल उस सुरक्षा व भरोसे की देन थे, जब आप जानते हैं कि कोई आपको कितना चाहता है।

मेरी मां ने तय किया था कि जैसे ही मुझे प्रसव पीड़ा आरंभ होगी, वह कमरे से बाहर चली जाएंगी। उनका मानना था कि जब तक वह वहां रहतीं, मैं मां नहीं बन सकती थी। बाद में उन्होंने मुझे बताया कि जब वह तनय के जन्म के समय मंदिर में थीं, तो उन्होंने शिशु के जन्म के साथ ही आनंदम्, आनंदम्, आनंदम् के स्वर सुने थे।

मैं अपने पति की ओर मुंह करके उकड़ूं होकर बैठी थी और जैसे ही संकुचन होता, तो वह नीचे की ओर दबाव देते हुए मालिश करते और सीताबाई ऊपर की ओर दबाव देते हुए मालिश करतीं। मेरी मां एंजल थेरेपी में विश्वास रखती हैं और और मेरा मुंह उस दीवार की ओर था, जिसे वे 'एंजल वॉल' कहती हैं और सारी एंजल की तस्वीरें वहां लगाती हैं। जब भी दर्द होता, तो मैं उस दीवार पर लगी तस्वीरों से अपने लिए ताक़त मांगती और इस तरह समय आगे बढ़ता गया। मेरे चारों ओर वे लोग थे, जिन्हें मैं प्यार करती थी और जो सारा जीवन मेरे साथ रहे थे, उनके प्यार और लगाव ने भी मुझे दर्द सहने की ताक़त दी।

9.50 के क़रीब मेरी पानी की थैली फटी और 10.22 पर शिशु का जन्म हुआ। तीन बार जोर से धकेलते ही वह बाहर फिसल आया और अचानक जाने कहां से आठ जोड़ी हाथ उसे संभालने के लिए आगे आ गए और उसे मेरी छाती से लगा दिया। ऐसा लगा कि यह जीवन का व संबंधों का एक जाल था।

मैंने प्रसव के बाद के समय को काफ़ी गंभीरता से लिया। मैं मेहमानों से नहीं मिली और न ही कोई फ़ोन सुने। बस, आराम किया। मैं बिल्कुल नई तरह के हुनर सीख रही थी और अपने शिशु के प्रति एकाग्र थी।

मेरे अनुसार शिशु का जन्म कोई निजी या व्यक्तिगत अनुभव नहीं होता। यह उसे संबंधों के उस नेटवर्क और उन लोगों से जोड़ने से भी संबंधित है, जो आजीवन उसके साथ होंगे और उसकी देख-रेख करेंगे। आप इस विचार को मन से निकाल दें कि मैं ऐसा कर रही हूं, मैं जन्म दे रही हूं। बस, आप इसे कर दिखाएं। यह ज्ञान हर नारी के पास होता है। इसकी छाप उसके डीएनए और जेनेटिक मेमोरी में होती है। जैसे ही आप भय के आवरण से निकलेंगी, तो यह ज्ञान आपके पास आ जाएगा। कभी-कभी तो मुझे लगता है, हम जितने शिक्षित होते जाते हैं, उतना ही भय के साए में जीने लगते हैं। हमें इस बात का पूरा भरोसा होना चाहिए कि प्रकृति ने ही इस ब्लूप्रिंट को संवारा है।

प्रेम एक महत्त्वपूर्ण तत्व है, वहां स्वाभाविक तौर पर इसका अनुभव कर सकते थे और हमने किया।

हिप्नोबर्थिंग

हमारा यह मानना है कि प्रत्येक नारी में अपने ही
भीतर वे प्राकृतिक प्रवृत्तियां छिपी होती हैं,
जिनके बल पर वह अपने व शिशु के लिए
सबसे बेहतर बर्थिंग प्रक्रिया अपना सकती है।

मारी एफ. मोन्गान, हिप्नोबर्थिंग के संस्थापक

हिप्नोबर्थिंग या हिप्नोथेरेपी का प्रयोग प्रसव के दौरान किया जाता है, ताकि महिला अपने शरीर पर भरोसा रखते हुए, यह विश्वास पैदा कर सके कि वह अपने शिशु को इस संसार में एक शांत, सौम्य व प्राकृतिक रूप में ला सकती है। प्रायः एक भावी मां सम्मोहनकर्ता के पास अपनी गर्भावस्था के चौथे या पांचवें माह में अपने साथी, पति, मां, बहन या किसी भी ऐसे व्यक्ति के साथ जाती है, जिसके साथ वह आरामदेह महसूस करती है। पहले एक सप्ताह तक उन्हें पोषण, श्वसन, प्रसव के दौरान मुद्राओं व सम्मोहन और गर्भावस्था से जुड़े विभिन्न पहलुओं की जानकारी दी जाती है। सम्मोहनकर्ता यह भी जानते हैं कि हिप्नोबर्थिंग जैसी थेरेपी के बारे में लोगों के मन में अनेक संदेह हैं। वे दंपत्ति को यह भी सिखाते हैं कि उन्हें सभी नकारात्मक प्रतिक्रियाओं के बीच भी स्वयं को सकारात्मक कैसे बनाए रखना है।

सबसे ख़ास बात तो यही है कि प्रसव से जुड़े उस पारंपरिक भाव को बदलना है, जिसके अनुसार वह दर्द और पीड़ा से जुड़ा है। उसके स्थान पर सकारात्मकता, भरोसा और मां के शरीर के प्रति विश्वास पैदा करना है। जन्म में सहायक साथी या पति को सिखाया जाता है कि मां को गहन रिलैक्सेशन की अवस्था में कैसे लाया जाए, ताकि वह स्वयं को उन नकारात्मक भावों से मुक्त कर सके, जो भय के कारण तनाव उत्पन्न करते हैं और नतीजन प्रसव भी पीड़ादायक हो जाता है।

जब मां प्रसव के लिए तैयार होती है, तो उसका साथी एक स्क्रिप्ट बार-बार दोहराने लगता है, जो सकारात्मक वाक्यों व स्वीकारोक्तियों से भरपूर होती है। इसमें दर्द का कोई उल्लेख नहीं होता। जैसे-जैसे रिलैक्सेशन

गहराने लगता है, मां पूरी तरह से भयरहित हो जाती है। इसी अवस्था में उसे अपने शरीर और फिर सर्विक्स को सुन्न करने को कहा जाता है। उससे कहा जाता है कि वह मन-ही-मन प्रसव की प्रक्रिया का मानसिक चित्रण करे और प्रायः मेडिकल मध्यस्थता की आवश्यकता ही नहीं होती।

मां किसी सम्मोहन या निद्रा की अवस्था में नहीं होती, वह पूरी तरह से सजग व नियंत्रित, किंतु रिलैक्सड होती है। वह अपने शरीर और शिशु पर भरोसा रखती है और जानती है कि वे दोनों मिलकर तय करेंगे कि शिशु को इस संसार में कब आना है। कई मांएं उकड़ूं अवस्था में शिशु को जन्म देती हैं, क्योंकि इसे शिशु के प्रसव के लिए सबसे बेहतर मुद्रा माना जाता है, जबकि अस्पतालों में लेटने की मुद्रा अपनाई जाती है। एक नेटिव अमेरीकन कहावत के अनुसार – 'अगर तुम लेटोगी, तो शिशु कभी बाहर नहीं आएगा।'

मेडिकल रूप से, प्रसव में हिप्नोथेरेपी का प्रयोग करने से पता चला कि इससे एनस्थीसिया की आवश्यकता घट जाती है।[39] 1993 में, एम. डब्ल्यू. जेनकिंस और एम.एच. प्रिटचर्ड द्वारा किए गए प्रयोग से पता चला कि यदि चाइल्ड बर्थ शिक्षा के साथ-साथ सम्मोहन जोड़ दिया जाए, तो प्रसव की अवधि घटाई जा सकती है, दर्दनिवारक दवाइयों का अधिक प्रयोग नहीं करना पड़ता और नवजात शिशुओं में वृद्धि की दर भी अधिक पाई जाती है। इसके अलावा प्रसवपूर्व अवसाद में भी कमी आती है।[40]

किसी मां के लिए हिप्नोबर्थ कितना सफल, खुशनुमा, आरामदेह व आध्यात्मिक अनुभव होगा, यह इस बात पर निर्भर करता है कि उसमें अपने दर्द से मुक्त होने की कितनी योग्यता है और प्रसव पीड़ा के लिए उसके मन में कैसी ग्रंथि है। कहते हैं कि इस थेरेपी से जन्मे शिशु के परिवार में स्नेह के तंतु और भी मजबूत होते हैं, क्योंकि पिता भी मां की तरह ही प्रसव के दौरान सारी प्रक्रिया का पूर्ण साक्षी होता है।

नोट – हाई-रिस्क प्रेगनेंसी में इस तरह के होमबर्थ की सलाह नहीं दी जाती। हिप्नोबर्थ का विकल्प चुनने से पहले कृपया डॉक्टर की सलाह लें

---

39 ए. एम. सायना,जी.एल. मैकऑलिफ़, एम. आई. एंड्रयू, ब्रिटिश जर्नल ऑफ़ एनस्थीसीया ऑफ़ 2004(93(4):505-511

40 एम. डब्ल्यू. जेनकिंस, एम. एच. प्रिटचार्ड, हिप्नोसिसः प्रेक्टिकल एप्लीकेशंस एंड थियोरीटिकल कंसीडिरेशंस इन नॉर्मल लेबर, ब्रिटिश जर्नल ऑफ़ ओबेस्ट्रिक्स एंड गाइनाकॉलोजी, 100(3), 221-226,1993

और ध्यान दें कि आपको लगातार मेडिकल बैकअप मिलता रहे। आपके लिए यह जानना भी महत्त्व रखता है कि इस तरह का विकल्प आपके लिए है भी या नहीं – आप कितना दर्द सह सकती हैं, अस्पताल के बजाय आप हिप्नोबर्थिंग में कितना आरामदेह महसूस करेंगी और सबसे अहम बात यह कि प्रसव के दौरान आप हिप्नोबर्थ में आरामदेह महसूस करेंगी या नहीं? आपको व आपके परिवार को यह जानना भी जरूरी है कि कब तक घर में प्रसव सुरक्षित है और किस हद के बाद अस्पताल ले जाना पड़ सकता है।

शिवानी की कहानी

जब मैं पीछे मुड़कर अपनी बिटिया के जन्म को देखती हूं, तो मेरा मन असीम आनंद और उल्लास से भर उठता है।

मैंने भी पहली बार मां बनने वाली हर महिला की तरह प्रीनेटल कक्षा में दाखिला लिया। हालांकि इससे मदद तो मिली, किंतु इसमें शिशु के जन्म के बारे में विस्तार से बात नहीं की गई। मैं शिशु के प्रसव से जुड़ी हर संभावित जानकारी पाना चाहती थी। एक दिन अचानक यूं ही अख़बार के पन्ने पलटते-पलटते मैंने एक हिप्नोबर्थिंग प्रेक्टिशनर सरोजिनी अल्वा के बारे में पढ़ा। तभी से मैं जान गई कि मुझे भी इसी थेरेपी को अपनाना था। मैंने उन्हें ई-मेल किया, तो उन्होंने झट से जवाब दिया और मुझे मुंबई में काम कर रहे प्रेक्टिशनरों की सूची भेज दी। इनमें ही केसिया विरजबिका भी थीं, जिसने मुझे मेरे बच्चे के प्रसव में सहायता की। केसिया मेरे साथ-साथ मेरे पति से भी मिली। जिन्होंने हमारे शिशु के जन्म के दौरान काफी महत्त्वपूर्ण भूमिका निभाई। यह सब उन प्रीनेटल कक्षाओं से कहीं अलग था, जहां पति का काम पत्नी कों क्लास तक लाना या छोड़ना ही होता।

हिप्नोबर्थिंग सत्रों के दौरान मिली जानकारी से हमने शिशु के जन्म के बारे मे बहुत कुछ जाना और मुझे यह यकीन भी होने लगा कि मैं एनस्थीसिया की बेहोशी में शिशु को जन्म देने के बजाय एक मृदु पारिवारिक बर्थ चाहती थी। मैं जिस स्त्री-रोग विशेषज्ञा को दिखा रही थी, उन्होंने मुझे दवाई-रहित प्रसव के लिए आश्वस्त नहीं किया, इसलिए मैं प्रेगनेंसी के छत्तीसवें सप्ताह में एक हिप्नोबर्थिंग प्रेक्टिशनर डॉ. अमीत धुरंधर के पास चली गई।

1 दिसंबर, 2008 को क़रीब 2 बजे मुझे आवेश या प्रवाह (सम्मोहन

की भाषा में संकुचन को यही कहते हैं) महसूस होने लगा। मैंने मुस्करा कर प्यार से अपने पेट पर हाथ रखा। हमारी नन्ही-सी जान ने हम तक आने के लिए अपनी यात्रा आरंभ कर दी थी। हर आधे घंटे बाद पेट के निचले हिस्से में दर्द की तेज़ लहर-सी दौड़ती थी। मैंने उस दौरान गहरी श्वास लेने का अभ्यास किया और बीच-बीच में सोती रही।

मैंने अपनी मिडवाइफ लीना डंकन को फ़ोन करके बताया कि शायद दिन में मुझे उसकी ज़रूरत हो सकती थी। वह हर दो घंटे बाद मुझे फ़ोन करके मेरी तबीयत का जायज़ा लेती रही। आधा दिन बीतने के बाद प्रवाह में तेज़ी आ गई, फिर आठ बजे के क़रीब मुझे लगा कि मुझे लीना या डॉ. धुरंधर से बात करना चाहिए।

हमने परिवार के साथ खाना खाया और अस्पताल के लिए निकल पड़े। जब मैंने अपनी सासू मां को शिशु के लिए आवश्यक सामान और फ़ीडिंग, तकिये के साथ आते देखा, तो मैं भावुक हो गई। लीना भी तब तक अस्पताल आ गई थी। उसने मेरा ब्लडप्रेशर और शिशु की हार्टबीट जांची और बर्थिंग बॉल[41] को फुला लिया, ताकि उसकी जरूरत पड़ने पर वह काम आ सके।

पता चला कि अभी तो मुझे काफ़ी इतंजार करना था। रात काफ़ी हो गई थी, इसलिए हमने अस्पताल में ही रुकने का फैसला किया। मैं हैरान थी कि मैं और मेरे पति कितने शांत और आश्वस्त थे। मैंने हप्नोबर्थिंग रिलैक्सेशन सीडी लगा दी और आवेश की लहरों के साथ-साथ सोने की कोशिश करने लगी।

अगली सुबह हुई, तो एहसास हुआ कि वह मेरे बच्चे का जन्मदिन होने वाला था, मानो मैं उस दिन की महारानी थी। मां और सासू मां बार-बार मेरे कमरे में मुझे देखने आतीं और प्यार से मेरा माथा चूमतीं। मेरे पति लगातार मेरे साथ बने रहे, हम दोनों ने हाथ थामकर बरामदे के चक्कर लगाए। वह मुझे हंसाते रहे और हर आधे घंटे बाद हेल्दी स्नैक्स और नींबू पानी देकर मेरी ऊर्जा के स्तर को बनाए रखने का प्रयास करते रहे। वह प्रसव से जुड़े सकारात्मक कथन मेरे कानों में कहते रहे और मुझे याद दिलाते रहे कि मैं अपने नितंबों को हिलाती-डुलाती रहूं। जब भी लहर आती, तो वे मेरे साथ खड़े होकर गहरी सांस लेते।

41 बर्थिंग बॉल एक बड़ी एक्सरसाइज़ बॉल होती है, जिसका इस्तेमाल जिम में किया जाता है। मां प्रसव के दौरान आराम और सहारे के लिए इस पर बैठ कर हिल-डुल सकती है।

लीना हर दो घंटे बाद मेरा रक्तचाप, नब्ज़ और शिशु के दिल की धड़कन जांचती रही। हम दोनों ठीक-ठाक थे। मैं नहीं चाहती थी कि मुझे जांच के लिए किसी तरह के उपकरणों से बांधा जाए और यह बात मैंने अपने बर्थ प्लान में लिख दी थी।

दिन बीतने के साथ-साथ लहरें तेज होती गईं। मुझे काफ़ी लंबा रास्ता तय करना था। मैं थोड़ी मायूस भी हुई, किंतु फिर मैंने खुद को संभाल लिया कि हमारा बच्चा खुद तय करेगा कि उसे हमारे पास कब आना है।

शाम को मैम्ब्रेन्स खुल गए और लहरें अपने शिखर पर थीं। अब भी दो घंटे का समय बाक़ी था। लीना ने मुझे बर्थिंग स्टूल पर बैठने की सलाह दी, ताकि गुरुत्वाकर्षण की मदद से शिशु को नीचे आने में मदद मिले। पंद्रह मिनट बाद शिशु के नीचे आने से दबाव और बढ़ गया। मैंने महसूस किया कि उस समय सांस ले कर ही मैं शिशु को नीचे की ओर आने में मदद कर सकती थी। एक और घंटा बीत गया और मैं शिशु को जन्म देने के लिए तैयार थी। हमारे शिशु के जन्म का समय हो गया था और मुझसे उसे देखे बिना रहा नहीं जा रहा था।

लीना ने बर्थिंग स्टूल को पलंग पर व्यविस्थत किया। मैं अपने पति की बांहों के घेरे में थी और हर लहर के साथ मैं नीचे की ओर दबाव देती। कैसिया ने नीचे की ओर दर्पण लगा दिया ताकि मैं अपने शिशु का सिर देख सकूं। अंततः पैंतालीस मिनट तक नीचे की ओर दबाव के साथ सांस लेने के बाद हमारी नन्ही जान इस दुनिया में आ गई। अगले ही पल वह मेरी बांहों में थी। मैं तो स्तंभित रह गई। मैंने उसे अपनी छाती के पास लगाया और अपना स्तन उसे दिया। वह अपनी क्रिस्टल जैसी आंखों से मुझे ताक रही थी और मैं ज़िंदगी के इस अद्भुत करिश्मे को देख रही थी। वह अब भी मेरी गर्भनाल से जुड़ी थी। जब उसमें धड़कन बंद हो गई, तो मेरे पति ने उसे काट दिया। बीस मिनट में ही बिना किसी मध्यस्थता के प्लेसेंटा अपने-आप निकल आया।

मेरे बर्थिंग अनुभव में वह सब कुछ शामिल था, जो मैंने चाहा था। यह हमेशा के लिए मेरी यादों में बस गया है और मैं जब भी इसे याद करती हूं, तो मेरे चेहरे पर मुस्कान आ जाती है। मेरा मानना है कि प्राकृतिक प्रसव हर महिला का जन्मसिद्ध अधिकार है और कोई भी उससे यह छीन नहीं सकता।

वाटर बर्थ

इस संसार में जल की बूंद से अधिक मृदु व अच्छा कुछ नहीं है। यह सख्त व कड़े–से–कड़े को भी अपने भीतर घुलने देता है, किंतु इसके बावजूद इससे कुछ भी पार नहीं जा सकता। मुलायम सख्त पर हावी हो जाता है और मृदुता कड़ेपन पर छा जाती है।

ताओ ते चिंग

जल की मौजूदगी सदा से ही शांत वातावरण बनाने के लिए जानी जाती है। तनाव घट जाता है, मांसपेशियां ढीली हो जाती हैं, आवाज़ पहले से मुलायम हो जाती है और सारा वातावरण एक अनोखी शांति और सौम्यता से भर जाता है। इसी ज्ञान के बल पर सोवियत अनुसंधानकर्ताओं व प्रसूति विज्ञानियों ने मिलकर 1960 के दशक में गुनगुने पानी में शिशु के प्रसव के अभ्यास को विकसित किया, ताकि उसके लिए मां की कोख से लेकर बाहरी दुनिया में आने का सफ़र आसान हो जाए। वह जन्म के समय होने वाले किसी भी तरह के सदमे या झटके से भी बचा रहे।

इस दौरान फ्रांस में प्रसूति विज्ञानी माइकल ओडेंट ने प्रसव के दौरान प्रसूता को आराम देने के लिए गनुगने पानी से भरे बर्थपूल का इस्तेमाल आरंभ कर दिया था। जब कुछ महिलाओं ने प्रसव के बाद भी उस पानी से बाहर आने से इंकार कर दिया, तो उन्हें लगा कि वह ऐसा कुछ कर सकते थे कि महिलाएं पानी में ही प्रसव करें। इस तरह वह पानी में प्रसव से जुड़ी हर तरह की मुश्किल दूर करने में जुट गए और सफल रहे।[42]

जल में प्रसव के प्रवर्तकों का मानना है कि यह उपाय पूरी तरह से सुरक्षित है और मां व नवजात के लिए कई प्रकार से फ़ायदेमंद भी है। इससे मां को प्रसव पीड़ा से आराम मिलता है और शिशु के लिए मां की कोख से इस दुनिया में आने का सदमा या झटका काफ़ी कम हो जाता है। हलके गुनगुने पानी के बीच प्रसव अपने आप में काफ़ी आरामदायक अनुभव होता है। यहां मां गुरुत्वाकर्षण के भार से मुक्त होती है। उसके शरीर में तनाव पैदा करने वाले हारमोनों नोराड्रेनालिन और कैटेकोलामाइन

42 http://en.wikipedia.org/wiki/water_birth

के स्राव में कमी आती है, जिनसे रक्तचाप बढ़ता है और प्रसव की अवधि बढ़ती है। पानी उसके शरीर में दर्द घटाने वाले हारमोन, जैसे एंडोरफ़िन आदि बनाता है, जिससे प्रसव में सहायता मिलती है।

जल प्रसव के दौरान प्रसूता को सबसे ज्यादा चिंता इसी बात की होती है कि पानी के नीचे शिशु अपनी पहली सांस कैसे लेगा? शिशु स्वभाविक तौर पर ही जानते हैं कि जब उनका सिर पानी के अंदर हो, तो उन्हें सांस नहीं लेना। वे सांस लेने से पहले पानी से बाहर आने का इंतज़ार करते हैं। जब तक शिशु को पानी से नहीं निकाला जाता, उसे मां के प्लेसेंटा और गर्भनाल से ऑक्सीजन मिलती रहती है।

जल प्रसव की थेरपी अस्पताल में भी ली जा सकती है, ताकि टब या पूल के फ़ायदे ज़्यादा नियंत्रित रूप में लिए जा सकें और पूरे निरीक्षण की सुविधा भी बनी रहती है। कई अस्पतालों में यह सुविधा दी जाने लगी है।

ज़िया की कहानी

मैं और मेरे पति सुराग दवा-रहित और प्राकृतिक घरेलू प्रसव चाहते थे। हम चाहते थे कि घर के स्नेही और आरामदेह माहौल में अपने शिशु का स्वागत करें। हमने इस सपने को हक़ीक़त में बदलने के लिए काफी मेहनत की। पैरीनियम मालिश और वे ज़बरदस्त आयरन सप्लीमेंट (जिन्हें मैं लेने का दिखावा करती थी और जब कोई आसपास न होता, तो उन्हें फेंक देती), नींबू बार्ली, मेवे, नट्स, वैज जूस, फलों के जूस, प्रेगनेंसी योग व दूसरे व्यायाम, मेरी मिडवाइफ़ शेरोन मार्से से साप्ताहिक भेंट (जो मुझे बड़े धैर्य से सब कुछ समझाती), उचित प्रकार के संगीत का चुनाव, अपने शिशु के स्वागत के लिए अच्छी गंध वाली धूप, किंसियोलॉजी सत्रों में अपने अजन्मे शिशु से संवाद स्थापित करने की कला सीखना, अपनी पीठ को आराम देने वाली मुद्राएं सीखना और अपनी ऊर्जा के स्तर को बढ़ाना, घर में एक पूल बनवाना, मॉम की मदद, मौजूदगी और स्वादिष्ट भोजन, सुराग का स्नेह और देखभाल और व्यग्रता से प्रतीक्षा करता परिवार...सब कुछ तो तैयार था। बस अब हमें शिशु के आने के सही समय का इंतज़ार करना था।

मेरे लिए वाटरबर्थ का चुनाव एक स्वाभाविक चुनाव था, क्योंकि मैं

सात साल तक स्कूबा डाइविंग प्रशिक्षक रही थी और पानी में रहना पसंद करती थी। वैसे भी पानी प्रसव में सहायक होता है और प्रसूता के लिए जल में प्रसव करना काफ़ी आरामदेह हो जाता है ।

अपने शिशु के आने की प्रतीक्षा ने मुझे काफी विचारवान बना दिया था। मैं दक्षिण अफ़्रीका में बसी एक नवविवाहिता थी, जो अपनी मातृभूमि भारत से बहुत दूर थी। मैं एक नारी से मां के रूपांतरण की प्रक्रिया से गुज़र रही थी। मेरे पास सोचने और याद करने से ज्यादा कोई काम ही नहीं था। मुझे याद है कि जब मैंने अपने परिवार को इस प्राकृतिक प्रसव की जानकारी दी, तो मुझे कितने विरोध का सामना करना पड़ा। वे इसे मेरे नज़रिए से नहीं देखना चाहते थे और कोई सहायता देने में भी अयोग्य थे। मुझ पर बारंबार दबाव डाला जा रहा था कि मैं ऐसी बेवक़ूफ़ाना हरकत न करूं। यही कारण था कि सुराग और मुझे शिशु को दक्षिण अफ़्रीका में जन्म देने का निर्णय लेना पड़ा। सुराग के यहां घरेलू प्राकृतिक प्रसव के लिए काफ़ी सुविधाएं मौजूद थीं। मैंने सभी सजातीय सांस्कृतिक नियमों की अवहेलना की, जिनके अनुसार प्रसव के क़रीब पहुंची प्रसूति के लिए मायके जाती है, ताकि मां प्रसव के दौरान उसकी देखभाल कर सके। मैंने अपने पति के घर जाने का निर्णय लिया, क्योंकि मैं स्वयं को तीखी रोशनियों व सफ़ेद पोशाक से घिरे डॉक्टरों के बीच नहीं देख सकती थी। सात माह की गर्भावस्था के दौरान हम जोहान्सबर्ग पहुंचे, जहां हमें जल्द ही हमारी मिडवाइफ़ शेरोन मिल गई। यह अज्ञात की ओर एक रोमांचक छलांग थी, किंतु मैं सोचती हूं कि यह सब मेरे लिए सार्थक रहा।

8 जनवरी, 2004, वीरवार का दिन था, हलकी ऐंठन व दर्द से सुबह जल्दी ही मेरी आंख खुल गई, मैंने उन्हें ही संकुचन समझ लिया। मुझे लगा कि प्रसव आरंभ हो गया था। मैंने अपने लेवेंडर बाथ से शरीर को आराम देने के बाद पाया कि वह तो झूठा संकेत था। सुराग और मुझे पक्का पता नहीं था कि मेरी पानी की थैली फट चुकी थी या नहीं। मेरे आसपास कोई पानी, रक्त या म्यूकस नहीं था, किंतु मुझे पक्का पता था कि मेरा शिशु आने की तैयारी में था।

शेरोन और डॉला थिओनी पापोटसिस आए और मेरी जांच की। उन्होंने मुझे बताया कि अभी हलका-सा संकुचन ही आरंभ हुआ था। 2 से.मी. का फैलाव होने के बाद भी अभी प्रसव आरंभ नहीं हुआ था। शिशु मेरी दाईं

ओर था और उसका सिर नीचे की ओर था, हालांकि आदर्श पोज़ीशन उसे माना जाता है, जब शिशु सिर नीचा करके मां के पेट में बाईं ओर हो। इस तरह संकुचन के दौरान जब वह बाहर आता है तो मां को ज्यादा तकलीफ़ नहीं होती और मां के लुम्बर क्षेत्र पर भी कम-से-कम दबाव पड़ता है। शेरोन के निर्देशानुसार मैंने चौपायों की तरह झुककर कुछ व्यायाम किए और गोल-गोल घूमी, ताकि शिशु अपनी स्थिति बदल ले। तभी शिशु घूम कर बीच में आ गया और ऐसा लगा कि अब वह वहां से और हिलना नहीं चाहता।

मैं स्वयं को बहुत कुंठित पा रही थी और समझ नहीं आ रहा था कि मुझे क्या हो रहा था। मैंने प्रीनेटल कक्षाओं में सीखे गए सबक़ दोहराने का प्रयास किया। मेरे सबसे बड़े भय सिर उठाने लगे थे – पैरीनियम की चीरफाड़, टांके, एपीसियोटॉमी, अस्पताल, असफल घरेलू प्रसव और मेरे घरवालों के गूंजते स्वर, "हमने तो पहले ही कहा था...।" मैंने अपने पैरीनियम की मालिश आरंभ की और अपने शरीर से बात करने लगी। अपने मन को शांत करने का प्रयास किया और तब मुझे एक भी टांका नहीं आया। मैं जानती थी कि कई सप्ताह तक पैरीनियम की मालिश ने मेरी यह मदद की थी।

मैं उस दोपहर काफ़ी देर तक सोई और जब शाम को उठी, तो नियमित संकुचन और भी गहरे हो गए थे। इस बार तो वे निश्चित तौर पर दर्दनाक थे, शाम गहराने के साथ-साथ दर्द भी बढ़ता गया। मैंने केक बेक करने की कोशिश, शेरोन चाहती थी कि मैं ऐसा करूं, ताकि शरीर सीधा रहे और मेरे दिमाग से दर्द का एहसास कुछ हलका हो। थिओनी बाद में आई। मैंने थोड़ा सा डिनर किया और फिर सबने वह केक खाया, जिसे मैं प्रसव के बाद खाना था, पर केक था बहुत स्वादिष्ट।

मैं एक साथ उत्तेजना, घबराहट व उद्वेग का सामना कर रही थी। हम बरामदे में थे और शाम बेहद खूबसूरत थी। पूर्णिमा से अगला दिन था और आकाश में काफ़ी तारे थे। सुराग ने मुझे कमर से थामा और हम प्यारे से सूफ़ी संगीत की धुन पर थिरकने लगे। इस तरह शिशु कुछ ही मिनटों में बाईं ओर आ गया। तब तो मुझे रोना ही आ गया। मैं खुद को काफ़ी हलका और अपने निकट महसूस करने लगी। बाक़ी परिवार भी आसपास मंडरा रहा था। सभी बेचैनी से प्रतीक्षारत थे।

सुराग ने तरणताल को 34 डिग्री के गुनगुने पानी से भर दिया था। हमने धीमा संगीत चलाया, मोमबत्तियां व धूप जलाने से शिशु के स्वागत का पूरा वातावरण तैयार हो गया, चारों ओर भीनी सुगंध छा गई। ऐसा लग रहा था, मानो वह शिशु को जन्म देने का कोई मंदिर हो। कमरे का तापमान भी 34 डिग्री सेल्सियस ही रखा गया, ताकि नवजात के लिए इस नए वातावरण का तापमान सदमे जैसा न महसूस हो।

अंत में शिशु आने को तैयार था।

तरणताल में उतरने से पहले मैंने और सुराग ने चांदनी रात में पेड़ों के बीच कुछ शांत समय बिताया। जब भी मुझे संकुचन होता, तो मैं चौपायों की तरह झुक जाती। हमने कुछ समय तक प्रार्थना भी की।

क़रीब आधी रात होने को थी। कड़ी मेहनत से भरे चार घंटे। संकुचन, दर्द, शरीर को आराम, उसे खुलने में मदद करना और फिर दर्द के बीच राहत पाना। कभी धकेलना, तो कभी इंतजार करना और कभी-कभी अपने में खो जाना। समय लंबा खिंचता गया। मैं थकने लगी थी।

शेरोन ने मुझे सुराग की मदद से तरणताल से निकाला और उकड़ूं होने में मदद की, ताकि गुरुत्वाकर्षण की मदद मिल सके। मुझे याद है कि किस तरह बार-बार धकेलने के बाद भी कोई नतीजा नहीं निकल रहा था। मैं अपने आप को रोक नहीं पा रही थी। बस, मैं तरणताल में तैरने के लिए जाना चाहती थी। मुझे कई बार उससे बाहर निकलना और फिर भीतर जाना पड़ा। तब तक शरीर के प्राकृतिक एंडोरफ़िन पूरे समय पर आ गए थे और मैंने धकेलने के दबाव को महसूस किया, पर उन्हें धन्यवाद देना चाहूंगी कि मुझे शरीर में, पेल्विक एरिया या फिर पैरीनियम टिशुओं में भी कोई दर्द महसूस नहीं हो रहा था।

इस दौरान शेरोन मुझे होम्योपैथी देती रही, ताकि शरीर उस काम के लिए तैयार हो सके, जिसकी उससे उम्मीद की जा रही थी। कुछ देर पहले ही बैठने और संकुचन के दौरान धकेलने में ही मेरी पानी की थैली फट गई थी। मुझे लगा कि अब शिशु आने वाला है। कुछ देर और धकेलने के बाद शिशु के सिर को मेरी योनि में महसूस किया जा सकता था। कुछ देर बाद शेरोन ने मुझे मेरे हाथों से शिशु के सिर का स्पर्श करवाया। मैंने उंगलियों से उसके बाल छुए। इससे मैं थोड़ा घबरा-सी गई, पता नहीं, जाने क्यों ऐसा लगा कि मैं अपने मातृत्व से बस, एक धक्के की दूरी पर थी।

कुछ देर बाद शेरोन ने मुझे उकडूं बिठाकर मेरे नीचे आईना रखा, ताकि मैं अपने शिशु के सिर को देख सकूं। अब समय काफ़ी क़रीब था और मैं किसी भी पल अपने शिशु को बांहों में भर सकती थी। मां को कमरे में देख कर काफ़ी तसल्ली मिली। वह मौन भाव से सब कुछ देखते हुए प्रार्थना कर रही थीं। सुराग ने इस दौरान मुझे पूरी मज़बूती और प्रेम से थामे रखा। वह उन पलों में हरक्यूलिस की तरह अपने सभी संसाधनों व भीतरी शक्ति सहित मुझे, मेरे शरीर, मेरी थकान और हमारे संसार को थामे हुए थे। मैं कुछ देर और धकेलने के बाद थकने लगी थी। कुछ भी तो नहीं घट रहा था। मुझे दो बार तरणताल में जाने की इच्छा हो रही थी। कुछ देर बाद शिशु का सिर बाहर की ओर आने के बजाय और भीतर की ओर चला गया।

मैंने अपने सभी भय दरकिनार करते हुए शिशु को बाहर आने में मदद करने का प्रयास किया। शेरोन ने मुझे चेतावनी दी कि अगर मैंने रिलैक्स न किया, तो और ज्यादा देर लग सकती थी, जो शिशु के लिए घातक होती, फिर उसे मेरी एपीसियोटॉमी करनी पड़ती और मुझे बाद में टांके लगवाने के लिए अस्पताल जाना पड़ता। यह सुनकर मैं भयभीत हो गई। मैं अपने लिए यह सब तो किसी भी क़ीमत पर नहीं चाहती थी।

शेरोन ने मुझे फिर तरणताल से बाहर निकाला और उकडूं होने को कहा। मैंने किसी तरह अपनी सारी आंतरिक ताक़त बटोरी और वर्तमान में रहने का प्रयास किया। मैं अपने हर एक क्षण पर सारा ध्यान देने लगी, हर एक संकुचन और धकेलने की प्रक्रिया पर पूरी तरह से केंद्रित रही। इस बार मुझे कोई दर्द या थकान महसूस नहीं हो रही थी। मुझे बस, इतना ध्यान था कि सुराग ने मेरे शरीर को सहारा दे रखा था और मैं शेरोन के निर्देशानुसार सही समय पर धकेलने और ठहरने का काम कर रही थी। मैं नहीं जानती कि यह सब कब तक चला। बस, मुझे इतना याद है कि अचानक एक ज़ोर के धक्के के बाद मेरी प्यारी-सी बेबी शेरोन के हाथों में थी।

मेरे शिशु के शरीर पर खून या कोई गंदगी नहीं थी, वह बिल्कुल साफ़-सुथरी बाहर आई। वह पूरी तरह से शांत दिख रही थी, न कोई रोना-धोना न कोई तकलीफ़ उसकी आंखें खुली थीं और उसने अपनी नज़रें टिका रखी थीं। मैं उस एक पल में उसके साथ खो-सी गई। ऐसा अनंतकाल

तक हो सकता था। यह एक नए प्रेम प्रसंग का आरंभ था। एक ऐसा प्रेम प्रसंग जो पूरी तरह से बिना किसी शर्त के शाश्वत था, फिर उसने एक-दो बार अपनी पलकें झपकाईं। शेरोन ने उसे मेरी बांहों में दे दिया। इस तरह मैं उस प्रेम प्रसंग से निकल कर कमरे में आ गई, जहां सुराग ने अब भी मुझे थामा हुआ था और मेरी मां की आंखों में खुशी के आंसू थे। मैंने बिटिया को छाती से लगा लिया, फिर इसके बाद एक और हलका-सा दर्द और प्लेसेंटा बाहर आ गया। कुछ देर बाद सुराग ने नाल भी काट दी। यह भी बहुत आराम से और शालीन तरीक़े से किया गया, फिर मुझे एक कुर्सी पर बिठाया गया, जिसमें नीचे से छेद था, ताकि फ़ालतू खून निकल सके। क़िस्मत से ज़्यादा खून भी नहीं निकला, सिर्फ़ 300 मि.ली.।

इसके बाद सुराग, मैं और हमारी बिटिया सूफ़िया तीनों पूल में उतर गए। तीनों को पानी में अकेले छोड़ दिया गया। पहली बार हम तीनों एक साथ थे, अपने-अपने स्वतंत्र शरीरों के साथ। यह सचमुच प्यारा और आनंदित कर देने वाला था। मेरे शरीर को काफ़ी चैन और आराम महसूस हुआ। हां, मुझे थकान तो थी, पर पैरीनियम पर कोई चीरा नहीं था, इसके अलावा कोई चीरा या टांके आदि नहीं थे। मैं भावनात्मक तौर पर पूरी तरह से शांत और सहज थी। जब सूफ़िया के पापा उसे पानी में तैरा रहे थे, तो वह बहुत खूबसूरत दिख रही थी। वह बड़े आराम से इस माहौल में रम गई थी और आनंदित थी। सुराग अपनी बिटिया को थामे हुए खुशी से दमक रहे थे।

इस घरेलू प्रसव में सूफ़िया का योगदान भी अपने आप में एक बड़ी सफलता थी। उसका सिर मेरी योनि में फंस गया था, जो कि आधा भीतर और आधा बाहर था, पर इसके बावजूद वह पूरी तरह से शांत और सहज रही। यदि यह मुद्रा लंबे समय तक बनी रहती, तो काफ़ी घातक होती। वह उसी मुद्रा में बड़े धैर्य से मेरी ओर से होने वाले सहयोग की प्रतीक्षा करती रही। अब सोचती हूं, तो लगता है कि वह इस इंतज़ार में थी कि मैं उसके स्वागत के लिए सौ प्रतिशत तैयार हो जाऊं। उसने इंतज़ार किया कि मैं अपने भीतर से वह स्त्रैण ऊर्जा व शक्ति पा लूं, जिससे मेरा शरीर जन्म देने की प्राकृतिक प्रक्रिया से एकाकार हो जाए। जन्म देने का यह अनुभव एक सशक्त अनुभव रहा। जैसा कि शेरोन ने मुझसे कहा था, "यह पीड़ा नहीं, यह तो शक्ति है।"

हे, सुंदर युवती! ईश्वर करे कि धरती के चार सागर
तुम्हारे स्तनों में दुग्ध-धारा प्रवाहित करें,
ताकि शिशु के शारीरिक बल में वृद्धि हो।
हे, सुंदर मुख वाली! तुम्हारे दूध पर पलने वाला
शिशु वैसी ही दीर्घायु पाए,
जैसे देवता अमृतपान कर अमर हो गए।

सुश्रुत

34

ऑल द ब्रेस्ट

निःसंदेह आप शिशु को स्तनपान से बेहतर उपहार नहीं दे सकतीं। हम सबने पढ़ा है कि किस तरह मां का दूध शिशु का एलर्जी, श्वसन रोगों व कान के संक्रमण से बचाव करता है। उनकी नजर, कार्डियोवास्क्यूलर तंत्र और किडनी को विकसित करता है। शिशु की रोग प्रतिरोधक क्षमता को बढ़ाते हुए मां के शरीर की चर्बी को भी घटाने में सहायक होता है। जब आप शिशु को स्तनपान कराती हैं, तो आप उसे पोषक तत्वों से कहीं ज़्यादा देती हैं। आप उसे यह एहसास भी दिलाती हैं कि वह आपकी सुरक्षा, स्नेह और चाह के घेरे में है।

मैंने अपने जुड़वां बच्चों को पूरे ग्यारह माह तक स्तनपान कराया और मेरा मानना है कि आज उसी वजह से हमारे बीच का संबंध और भी मज़बूत है। एक के बाद दूसरे शिशु को अपनी छाती से लगाना, उनकी नाज़ुक कोमल त्वचा का अपनी त्वचा से स्पर्श, पूरी तन्मयता से दूध पीते-पीते सो जाने वाले चेहरों को निहारना मेरे मातृत्व के आरंभिक दिनों की शांतिपूर्ण स्मृतियों में है। यह वह समय था, जब मैं शांत भाव से पूरी तरह नियंत्रित थी और जानती थी कि अपने शिशुओं को स्तनपान कराकर आसानी से शांत कर सकती थी।

यही काफ़ी नहीं है। 'हैविंग ए बेबी, नेचुरली' में पैगी ओ 'मारा लिखती हैं – "सभी सभ्यताओं में माएं अपने शिशुओं को अधिकतर बाईं ओर

से दूध पिलाते समय झुलाती हैं, तो उनके दिल की ताल के साथ शिशु की त्वचा का जो संपर्क होता है, उससे मां की इंद्रियां, प्रवृत्तियां व बुद्धिमत्ता उस समर्थन व आश्वासन से परिपूर्ण हो जाती हैं, जो कि इस बदलाव के लिए आवश्यक हैं। मां को सहज रूप से ही पता लगने लगता है कि उसे क्या करना है और शिशु के साथ एक अमौखिक संप्रेषण भी संभव हो पाता है।"

शिशु को स्तनपान कराते समय निश्चित तौर पर आपको अपने लिए भी अकेले में कुछ समय बिताने का मौक़ा मिल जाएगा। इस दौरान आप राहत की सांस लेते हुए खुद को इस नए बदलाव के लिए तैयार कर सकेंगी। अधिकतर लोग, यहां तक कि थोड़े कट्टर परिवार भी इस बात को समझते हैं कि किसी मां को शिशु को स्तनपान कराते समय कमरे में अकेले रहने का पूरा हक़ है।

इस बारे में काफ़ी चर्चाएं हुई हैं कि मां की भावानात्मक अवस्था का बनने वाले दूध की मात्रा या गुणवत्ता का कोई असर होता है या नहीं, मेरा तो यह मानना है कि जब आप अपने शिशु से इतना लगाव रखती हैं, तो आपके मन के भाव और मानसिक अवस्था का भी असर उस पर होता होगा, जैसे जब आप गर्भवती थीं, तो आपके तनाव, क्रोध या उद्वेग को महसूस करके अजन्मा शिशु पेट में लातें मार कर या हिल-डुल कर उसे प्रकट करता था, तो उसी तरह आपके स्तनपान कराने के दौरान भी होता होगा। मैं ऐसी कुछ मांओं को जानती हूं, जो बच्चे के जन्म के बाद इतना तनावग्रस्त हो गई थीं कि उनके स्तनों में दूध उतरा ही नहीं। कुछ ऐसी भी थीं, जो मातृत्व के भार तले इतनी बुरी तरह दब गईं थीं कि स्तनपान कराना आज भी उनकी मातृत्व की स्मृतियों में एक भयंकर अनुभव से अधिक नहीं है।

अपने शिशु को दूध पिलाते समय मन के भावों और तनाव के स्तर को नियंत्रित रखना बहुत मायने रखता है। यह तब और भी आवश्यक हो जाता है, जब आपके सामने लाल चेहरे वाला एक शिशु अपने भोजन के लिए रिरिया रहा हो। आपको उस समय का ध्यान रखना है कि एक गहरी सांस लेने के बाद, खुद को मानसिक और शारीरिक तौर पर व्यवस्थित करना है। अपने पीछे काफ़ी कुशन और तकिये लगाकर पीठ को सहारा दें और फिर शिशु को गोद में लें।

हलका संगीत और मंत्र पाठ भी निश्चित तौर पर माहौल को सहज

बनाने में कारगर हैं। मेरे प्रीनैटल निर्देशक का कहना था कि जब भी मैं बच्चे को दूध पिलाऊं, तो उसकी आंखों में देखूं। उससे बातें करने और तरह-तरह की आवाज़ें निकालने से भी आपसी संबंध मज़बूत होगा। याद रखें कि वह आपकी आवाज़ को पहले से पहचानता है, जब वह आपके गर्भ में था, वह तभी से इस आवाज़ को पहचानता आ रहा है, जब आप उसे दुलारेंगी, तो वह झट से इस आवाज़ से संपर्क स्थापित कर लेगा।

जुड़वां बच्चों की मां होने के नाते मैं लगातार दोनों शिशुओं को स्तनपान कराती रहती और इस दौरान अपने पढ़ने का समय भी निकाल लेती। मैंने शिशुओं को दूध देने के दौरान ही सारी 'लार्ड ऑफ़ रिंग्स ट्राइलॉजी' पढ़ी थी, टी.वी. से ध्यान भटकता है, इसलिए इस दौरान इसे न देखना ही बेहतर होगा। वैसे यह समय नींद पूरी करने के लिए भी बुरा नहीं है। आप इतनी थकी होती होंगी कि शायद खड़े-खड़े ही सो जाएं। अपनी एक करवट लेटकर शिशु को स्तनपान कराते हुए हलकी-सी झपकी ले लें, बस, सारे खुश।

याद रखें कि यह समय आपके व आपके शिशु के लिए एक रिश्ता क़ायम करने का सबसे बेहतर समय है और यह नाता आजीवन एक स्थायी प्रेम प्रसंग बनने वाला है।

नोट – स्तनपान मां और शिशु के बीच विकसित होने वाला पहला नाता होता है, अतः जहां तक संभव हो सके, इसे बनाने का प्रयास करें। हो सकता है कि कुछ माएं चाहने पर भी मेडिकल कारणों से ऐसा न कर पाएं। स्तनपान के द्वारा मां व बच्चे के बीच सबसे पहला संबंध विकसित होता है और जहां तक संभव हो सके, हर मां को इसका लाभ उठाना चाहिए। हो सकता है कि कुछ माएं मेडिकल या फिर दूसरे कारणों से अपने शिशुओं को स्तनपान न करा सकें, किंतु वे भी अपने शिशु के साथ वही नाता बना सकती हैं।

यहां कुछ उपाय प्रस्तुत हैं, जिनके माध्यम से आप शिशु को स्तनपान न कराने के बावजूद उससे निकटतम और आत्मीय संबंध विकसित कर सकती हैं –

1. उसे गोद में लेकर अपने नज़दीक लाएं और उसे पकड़ कर धीरे-धीरे झुलाएं। चाहे आप स्तनपान न कराएं, पर त्वचा से त्वचा का स्पर्श ही उसे आपकी निकटता का एहसास दिलाएगा।

2. शिशु को अपने हाथों से नहलाएं।
3. उसे कोई किताब पढ़ कर सुनाएं। बच्चा तस्वीरों के मुक़ाबले आपके स्वरों के लिए अधिक प्रतिक्रिया देगा।
4. जब शिशु पूरी तरह से जागा हुआ और चुस्त हो, तो उसके साथ खेलें।
5. चाहे आप बेसुरा ही क्यों न गाती हों, उसे एक गीत गाकर सुनाएं।
6. उसे स्ट्रॉलर में घुमाने ले जाएं।

मुझे यह कविता पढ़ने का मौका मिला, जो कि डॉ. सेयस की 'ग्रीन एग्स एंड हैम' पर आधारित है।

यू कैन ब्रेस्टफ़ीड एनीवेयर

यू मे ब्रेस्टफ़ीड इन ए स्टोर,ऑन द फ्लोर,
इन ए रोर।
यू मे ब्रेस्टफ़ीड इन ए जैम,
ईटिंग फ्राइड ग्रीन एग्स एंड हैम।
यू मे ब्रेस्टफ़ीड ऑन द स्टेयर,
यू में ब्रेस्टफ़ीड एनीवेयर!

यूअर बेबी कैन लैच ऑन इन ए स्विंग,
ऑन द विंग,
इन ए रिंग।
ही कैन लैच ऑन इन ए कार,
व्हेयर यू आर,
एट द बार,
शी कैन लैच ऑन इन ए स्टोर्म
ऑन द फ़ार्मः
दैट्स हर चार्म।
शी कैन लैच ऑन इन ए ट्रेन,
ऑन ए प्लेन,

विदआउट पेन।
दे कैन लैच ऑन टू ए राइम।
दे कैन लैच ऑन एट एनी टाइम।

यू कैन नर्स जेन ऑर जो।
यू कैन नर्स क्लाइडी ऑर मो।
यू कैन नर्स बैट्टी ऑर सैली।
यू कैन नर्स एट ए पॉलिटिकल रैली।
यू कैन नर्स एट एनी टाइम एनीवेयर,
यू कैन नर्स क्लोथेड ऑर बेयर
यू कैन नर्स अनशेव्ड ऑफ हेयर
यू कैन नर्स टिम, टोनी ऑर टॉम
हू कैन नर्स ? एनी मॉम![43]

लॉरी कोकर

भावार्थ – आप किसी स्टोर, फ्लोर या शोर में भी स्तनपान करा सकती हैं। आप किसी जाम में भी फ्राइड ग्रीन एग और हैम खाते हुए स्तनपान करा सकती हैं। आप सीढ़ियों पर या कहीं भी स्तनपान करा सकती हैं। आपका शिशु एक झूले में, विंग में, रिंग में या कार में भी स्तनपान कर सकता है। वह किसी भी तूफ़ान या फ़ार्म में स्तनपान कर सकता है। यह उसका चार्म है। वह ट्रेन या प्लेन में बिना किसी पेन के स्तनपान करा सकती है। वे किसी राइम पर या किसी भी टाइम पर दूध ले सकते हैं। आप जेन या जो, क्लाइडी या मो या फिर बैटी या सैली को दूध पिला सकती हैं। आप किसी भी राजनीतिक रैली या कहीं भी स्तनपान करा सकती हैं। आप वस्त्रों के साथ या वस्त्ररहित होकर या फिर बिना बालों की हजामत के भी दूध पिला सकती हैं। आप टिन, टोनी और टॉम को नर्स कर सकती हैं। कौन नर्स कर सकता है? कोई भी मॉम!

43 लॉरी कोकर, यू कैन ब्रेस्टफ़ीड एनीवेयर http : // www.breastfeeding.com/lighter_side/lighter_side_suess.html

< 35 >

शिशु के जन्म के बाद

मैं एक विचित्र–सी मन:स्थिति में थी, मैं शर्मिंदगी, अपराधबोध, पीड़ा, सदमे के अलावा व्यावहारिक प्रकार की भावनाओं से गुज़र रही थी। मैं बिल्कुल भी प्रसन्न नहीं थी... जैसे यह एक अलग ही तरह की उदासी थी। ऐसा लगता था कि यह कभी समाप्त नहीं होगी।

ब्रूक शील्ड्स, डाउन केम द रेन : माई जर्नी थ्रू पोस्टपार्टम डिप्रेशन

शिशु का जन्म तो आपके जीवन का सबसे बेहतर दिन होना चाहिए। किसी नई-नई मां की छवि तो ऐसे ही दिखाई जाती है कि गुलाबी गालों वाली महिला अपने प्यारे से शिशु को स्तनपान करवा रही है, दोनों के चेहरे पर स्नेह व संतुष्टि के भरपूर भाव हैं।

किंतु हममें से बहुत-सी महिलाओं के लिए यह वास्तविकता काफ़ी अलग होती है। यहां हम एक ऐसे शिशु का सामना करती हैं, जो बेशक पूरे नौ माह तक हमारे शरीर का एक अंग तो रहा, पर अब जब वह धरती पर आ गया है, तो हम उसका क्या करें? जी हां, हम उत्साहित, आनंदित और उमंग से भरपूर तो हैं, किंतु इसके साथ ही हम घबराई हुई, डरी हुई, बेचैन

और क़ाफी थकी हुई भी हो सकती हैं। कई बार यह प्रसव के बाद होने वाले अवसाद या 'बेबी ब्ल्यू' के रूप में भी सामने आता है।

इस पोस्टपार्टम डिप्रेशन का कोई एक कारण नहीं होता, मायो क्लीनिक के अनुसार अनेक शारीरिक, भावनात्मक और जीवन-शैली से जुड़े प्रभाव इस भावना को बढ़ा सकते हैं।

शारीरिक रूप से बच्चे के जन्म के तुरंत बाद ओस्ट्रोजन और प्रोजेस्टेरॉन के स्तर में आने वाली नाटकीय गिरावट इस अवसाद का कारण हो सकती है। थायराइड ग्रंथि से पैदा होने वाले हारमोनों की कमी के कारण भी हमें थकान, सुस्ती और कमज़ोरी महसूस होती है। ब्लड के वॉल्यूम, प्रेशर, इम्यून तंत्र और मेटाबॉलिज़्म में आने वाले बदलाव के कारण भी थकान और मूड में उतार-चढ़ाव महसूस हो सकता है।

इस दौरान सभी मांओं को जिस खास बदलाव से गुज़रना पड़ता है, वह है, 'नींद की कमी'। अधूरी नींद और कंधों पर नई ज़िम्मेदारी का बोझ, निःसंदेह इस बदलाव का सामना करना काफ़ी मुश्किल हो जाता है। अपने नवजात शिशु के प्रति आवश्यकता से अधिक उद्वेग भी एक कारण हो सकता है। उनके प्रति स्नेह की गहन भावना ही हमें बहुत संवेदनशील बना देती है। वहीं दूसरी ओर हमें अपनी पहचान खो देने का डर भी बना रहता है और लगता है कि हम तो केवल मॉम ही बनकर रह जाएंगी। हममें से कइयों को तो अपनी क्षमता पर ही संदेह होने लगता है कि हम उस नन्ही-सी जान की देखभाल कर पाएंगी या नहीं, अपनी ही योग्यता पर लगा प्रश्नचिन्ह हमें और भी उलझा देता है।

शिशु को जन्म देने का गौरवपूर्ण भाव जब धीरे-धीरे घटने लगता है, तो हम हक़ीक़त का सामना करने के लिए तैयार होते हैं, हो सकता है कि उस समय कुछ और ही मसले सामने आ जाएं, एक लगातार तंग करने वाला शिशु, दूसरे बच्चों की देख-रेख का सवाल, स्तनपान कराने में कठिनाई, वित्तीय समस्याएं, पारिवारिक समर्थन के कारण होने वाली चिंता, हमारी अपनी शारीरिक छवि की चिंता कि क्या कभी हमारी पुरानी जींस फिर से फ़िट आ पाएगी, ये सब बातें मिल कर हमें अवसाद की ओर धकेल देती हैं।[44]

यहां सबसे याद रखने योग्य तथ्य यह है कि प्रसव के बाद होने वाले

---

44 http://www.mayoclinic.com/health/postpartumdepression/DS00546

इस अवसाद में हमारी कोई ग़लती नहीं है। यह न तो कोई डिसऑर्डर है और न ही हमारे चरित्र की कोई कमी या दोष। हम कोई नाटक नहीं कर रहे, दूसरों का ध्यान नहीं खींचना चाह रहे या 'केवल एक महिला' होने के कारण यह सब नहीं कर रहे, जैसा कि हमारे बारे में कुछ अनजान पुरुष कह सकते हैं। हम अभी-अभी अपने जीवन के उन नाटकीय बदलावों से गुज़रे हैं, जिन्होंने न केवल हमारे शरीर, मन व आत्मा को भी प्रभावित किया है, यह सब कुछ समायोजित होने में थोड़ा समय लगेगा, जो स्वाभाविक ही है।

मुझे याद है कि मैं एक पूरा शनिवार यह महसूस करके लगातार रोती रही थी कि मैं फिर कभी अपने पति के साथ सप्ताहांत में लंच के लिए नहीं जा पाऊंगी। मैं सोच रही थी कि मैं घर की चारदीवारी में बंद एक के बाद एक दूसरे शिशु को स्तनपान कराती रहूंगी और सारी दुनिया अपना काम करती रहेगी, इस तरह मैं उन सबसे कहीं पीछे छूट जाऊंगी। ऐसा महसूस हुआ कि मानो मेरी दुनिया का अंत हो चुका था। कई मांएं स्वयं को मातृत्व में उलझा महसूस करती हैं, कई अपने नवजात शिशुओं के कारण परेशान रहती हैं, जो ठीक तरह से स्तनपान नहीं कर पाते या फिर लगातार रोते ही रहते हैं। मैं एक ऐसी मां को भी जानती हूं, जिसे अपने शिशु को स्तनपान कराने की बात ही समझ नहीं आ रही थी, जितने लोग उसे यह बताने की कोशिश करते कि यह सब शिशु के लिए कितना अच्छा है, तो वह उतना ही अवसादग्रस्त और परेशान हो जाती और फिर एक वह समय भी आ गया, जब वह अपने बच्चे को देखना तक नहीं चाहती थी।

बेशक हम शरीर में गिरते हारमोनों के स्तर को रोक नहीं सकते, अचानक नींद में आने वाली कमी से पार नहीं पा सकते और जिस तरह नन्हा-मुन्ना हमारे जीवन को चकरघिन्नी में बदल देता है, उसका कोई भी किसी तरह उपाय नहीं कर सकते, किंतु हम अपने मन को तो नियंत्रित कर ही सकते हैं। कृष्ण अर्जुन को भगवद्गीता के छठे अध्याय के सातवें श्लोक में कहते हैं – 'जो व्यक्ति अपने मन को नियंत्रित रखता है, वह शीत व उष्णता, सुख व दुख, आदर और अनादर में समभाव रखता है तथा सदैव सर्वोच्च सत्ता के साथ स्थिर होता है।'

भीतरी जगत का नियंत्रण हमारे बाहरी जगत के नियंत्रण में सहायक हो सकता है। ज्यों ही हम आनंद के सागर से गहन निराशा में जाएं, तो हमें याद रखना होगा कि यह तो मात्र उतार-चढ़ाव है और हर बार नीचे आने के बाद ऊपर जाने का भी अवसर होगा।

इस दौरान अपने प्रति दयालु रहें, लेखक, सेमिनार नेता व सलाहकार एरियल व शया केन लिखते हैं – 'एक आदरपूर्ण, दयालु व स्नेही संबंध बनाने के लिए अपने प्रति आदर व दयापूर्ण तथा स्नेही बनना सीखें। रोकर अपने मन की सारी भड़ास निकालने और मन हलका करने में कोई हर्ज नहीं, पर यह ध्यान रहे कि आप इसकी अति करके अपना व दूसरों का जीना दूभर न कर दें। आपको स्वयं को आत्म-दया से ग्रस्त होने से बचाना है। आप निम्नलिखित उपायों में से सभी या कुछ अपना कर प्रसव के बाद होने वाले इस अवसाद से थोड़ी राहत पा सकती हैं।'

ब्रीथ, आस्क लिसन

लेखिका जेनिफ़र लौडेन यही लिखती हैं, वे मेरी प्रिय प्रेरणादायक लेखिकाओं में से हैं, जो अपनी 'कंफ़र्ट क्वीन' बुक्स और ब्लॉग के माध्यम से आत्मपोषण की बात करती हैं, जिसकी हम सबको आवश्यकता है। जब आप भावनात्मक तौर पर अस्थिरता व चिड़चिड़ापन महसूस करें, तो धीरे-धीरे सांस भीतर लें व बाहर छोड़ें और हर आती-जाती सांस के साथ दस तक गिनें। शरीर में ऑक्सीजन का प्रवाह बढ़ने से ऊर्जा के स्तर में वृद्धि होगी और आप शांत महसूस करेंगी, जबकि सांस छोड़ने से वे नकारात्मक भाव भी बाहर निकल जाएंगे, जिन्हें आप अभी महसूस कर रही हैं।

संपर्क साधें

बेशक आप अपनी मम्मा सहित और भी कई दूसरी मांओं को जानती होंगी। आप उनसे इस बारे में बात करें कि आप कैसा महसूस कर रही हैं, उनके अनुभवों से मिले सबक आपको अपने जीवन को देखने का एक अलग नज़रिया दे सकते हैं। हो सकता है कि कुछ के पास मज़ेदार कहानियां हों और कुछ के प्रभावी उपाय आपके डिप्रेशन को घटा सकें। सबसे ख़ास बात तो यह है कि आप इतना तो सीख ही लेंगी कि जिस तरह वे मातृत्व की इस अद्‌भुत यात्रा के कठिन दौर से निकल गईं, आप भी निकल जाएंगी।

एक कप चाय या कॉफ़ी लें

'कॉफी... यह आपको सोचने का समय देती है, यह एक पेय से कहीं बढ़ कर है। यह अपने आप में एक हैपनिंग है... यह आपको जो वक़्त देती है, वह घंटों या मिनटों का नहीं होता, बल्कि वह तो आपको अपने भीतर बदलाव लाने व अपने जैसा होने का अवसर देता है... और फिर इसके बाद एक दूसरा कप लें।' गरट्रयूड स्टीन लिखते हैं।

मेरे जैसे कॉफ़ी के शौक़ीनों के लिए, कॉफ़ी का कप बहुत पवित्र होता है, वह वक़्त पूरी तरह से मेरे लिए है। वैसे भी कॉफ़ी या चाय की कैफ़ीन आपकी अधूरी नींद से जूझ रहे दिमाग़ को ऊर्जा का नया झोंका देगी। जब शिशु सो रहा हो, तो उन कुछ खाली क्षणों में अपने लिए अच्छा-सा चाय या कॉफ़ी का कप बनाएं। किसी शांत से कोने में जा बैठें और चाय या कॉफ़ी की मदमस्त खुशबू का आनंद लें। उसे सांस के साथ भीतर लें और चुस्की भरें। एक स्वर्गिक आनंद का अनुभव करें।

सुपरवूमन न बनें

फ़ोन को बंद करके रख सकती हैं, घर थोड़ा गंदा हो सकता है, आप पिज़्ज़ा या बिरयानी खा सकती हैं और सिंक में जूठे बर्तन भी पड़े रह सकते हैं। यह सब कुछ अकेले करने की कोशिश न करें, बस, लेट कर आराम करें।

कुछ समय अकेले बिताएं

चाहे आपके पास कोई ख़ास मदद या सहारा न हो, फिर भी अपने लिए कभी-कंभी थोड़ा वक़्त निकालें, ताकि आप अकेले में रह सकें।

हो सकता है, तब भी आप शिशु के बारे में ही सोचें, पर इस तरह उससे थोड़ा दूर रहकर आप अपनी भावनाओं को नए सिरे से संवार सकती हैं।

विश्वास रखें

'अपने ऊपर विश्वास रखें, आप जितना सोचती हैं, उससे कहीं ज्यषदा कर सकती हैं।' जाने-माने बाल रोग विशेषज्ञ डॉ. बेंजामिन स्पॉक लिखते हैं। कई बार हम अपनी इस नई भूमिका में इतना घिर जाती हैं कि अपने ऊपर विश्वास ही नहीं रहता। हमें एक मां के रूप में अपनी योग्यता पर ही संदेह होने लगता है। मैं जब थोड़ा शांत हुई, तो मैंने पाया कि मैं तो किसी की सलाह के बिना ही सब जानती थी, मानो कोई मेरे भीतर से ही मेरे हाथों को निर्देश दे रहा था, जिसके बारे में मुझे भी कुछ नहीं पता था। हमें याद रखना चाहिए कि हम सबसे बेहतर माता-पिता हैं, जिन्हें विशेष तौर पर हमारे बच्चों की देखभाल के लिए चुना गया है। हम नहीं जानते कि क्या करना है और कैसे करना है। बस, हमें तो इतना ही करना है कि अपने मन की आवाज़ सुनें और अपने ऊपर भरोसा रखें और बाक़ी सब कुछ स्वयं ही ठीक हो जाएगा।

अवीवा जिल रोम अपनी पुस्तक 'नेचुरल हेल्थ ऑफ़्टर बर्थः द कंपलीट गाइड टू पोस्टपार्टम वैलनेस' में नई मांओं की मांगों के बारे में लिखती हैं –

– एक अच्छा श्रोता, जिससे आप पूरी गोपनीयता के साथ जब जी चाहे, कोई भी बात कर सकें।
– एकांत व आत्मनिरीक्षण के लिए समय व स्थान।
– कोई ऐसा, जो आपकी गोपनीयता का ध्यान रखना चाहे।
– महसूस करें कि आप पूरी तरह से सुरक्षित, सम्मानित और पोषित हैं।
– स्वयं को तसल्ली दें कि आप एक अच्छा काम कर रही हैं।
– ग़ैर-आलोचनात्मक समर्थन व सलाह।
– प्रशंसा व प्रोत्साहन।
– अच्छा व स्वस्थ भोजन।
– काफ़ी सारा आराम।
– आपके भावों की क़द्र।

इसमें अपनी दूसरी मांगें भी शामिल करें (अपने साथी को यह सूची देने

में कोई बुराई नहीं है) और रोम के शब्दों को याद रखें। मां को अपने भीतर से उठती इन आवाज़ों को शांत करने के उपाय तलाशने होंगे और स्वयं को यक़ीन दिलाना होगा कि वह कितनी खूबसूरत और समर्पित मां हैं।[45]

45 अवीवा जिल रोम, नेचुरल हेल्थ आफ़्टर बर्थः द कंपलीट गाइड टू पोस्टपार्टम वैलनेस, हीलिंग आर्ट्स प्रेस, 2002

< 36 >

कैसे दें ख़ुशख़बरी...

अब जब कि शिशु आ पहुंचा है, तो आपका जी चाहता है कि छत पर जाकर पूरी दुनिया को चीख-चिल्ला कर उसके आने की ख़ुशख़बरी दे दें। बेशक आप सौ के क़रीब फ़ोन कॉल करेंगी, संदेश व ई-मेल भेजेंगी, पर जन्म की इस घोषणा के साथ कुछ मिठाई और कार्ड भी हो जाए, तो शिशु के आने की ख़ुशख़बरी और भी मीठी हो जाएगी।

आजकल शिशु के आगमन की खबर देने के लिए नए-से-नए व विचित्र उपाय अपनाए जाते हैं, जिनमें रेशमी, नीली व गुलाबी बो व टिंसल, मोटे मोनाग्रामयुक्त काग़ज़ में लिपटी चॉकलेट व शिशु के आगमन का समाचार देते कार्ड को खूबसूरती से उकेरे गए चांदी, पीतल या लकड़ी के बॉक्स में देना शामिल है। केवल निकट परिवार या मित्रों को ही इसे नहीं दिया जाता, कई बार मुझे ऐसे भी कॉर्ड मिले हैं, जिनके बारे में सोचना पड़ा कि भला इन्हें भेजा किसने होगा या किसके यहां शिशु का जन्म हुआ है।

यह तो समझ आता है कि आप एक नए जीव के आगमन से रोमांचित हैं, किंतु दूसरी बातों की तरह, उसके जन्म की सूचना दूसरों को पहुंचाने के भी और कई तरीक़े हो सकते हैं, जिन्हें हम व्यक्तिगत व सार्थक बना सकते हैं। ज़रा देखें कैसे –

सार्थक शब्द

बाज़ार में इस तरह के कार्ड उपलब्ध हैं, जो काफ़ी प्रभावी शब्दों में दूसरों को आपके शिशु के आगमन का समाचार दे सकते हैं, परंतु यहां सादी और मीठी-सी बात का असर ही कुछ और होगा। आप किसी गीत या कविता के बोल चुन सकती हैं या फिर स्वयं भी मौक़े के अनुसार कुछ शब्द रच सकती हैं, ताकि शिशु के जन्म से हुई प्रसन्नता को दूसरों के सामने प्रकट कर सकें।

उपहार

प्रायः भारतीय परंपरा में तो शिशु के जन्म की सूचना के साथ मुंह मीठा कराने का प्रचलन है। (इस शुभ अवसर पर मुंह मीठा करने के लिए कई बार चीनी के कुछ दाने भी खिला दिए जाते हैं यहां घर के बने चॉकलेट से लेकर बिस्किट व गोविडा बेल्जियन ट्रफ़ल्स तक शामिल हैं। इन दिनों यह आवश्यक नहीं कि आप इस ख़बर के साथ कोई खाने का ही पदार्थ रखें। फूल वाले छोटे पौधे, दीये, मोमबत्तियां, अगरबत्तियां, एरोमाथेरेपी बर्नर्स व सुगंधित तेल की छोटी-सी शीशी भी एक अच्छा विकल्प है।

एन.जी.ओ.

यदि आप अपने तोहफ़े किसी एनजीओ से चुनती हैं, तो यह बहुत अच्छा रहेगा। आजकल विभिन्न कल्याणकारी विषयों पर अनेक संगठन कार्यरत हैं – एचआईवी पॉज़िटिव लोग, महिला उत्थान, अल्पसुविधा प्राप्त बालक, कैंसर रोगी, प्रवासी कर्मियों के बालक – वे बहुत सुंदर व कलात्मक वस्तुएं बनाते हैं, जिनमें सुसज्जित प्लेटें व ट्रे तथा सूखे फूल शामिल हैं। आप अपनी मर्ज़ी से कोई भी संगठन चुन सकती हैं, जिसके उत्पाद आप उपहार में देना चाहेंगी। इस तरह आपके शिशु के आगमन की ख़बर के साथ-साथ उस एनजीओ के उद्देश्य के कारण कुछ के अंधेरे जीवन में भी थोड़ी-सी रोशनी आ जाएगी।

स्वयं से प्रेम करो, स्वयं को स्वीकारो,
स्वयं को क्षमा दो और अपने प्रति अच्छी बनो,
क्योंकि तुम्हारे बिना बाक़ी हम सब अनेक
अद्‌भुत चीज़ों के स्रोत से वंचित रह जाएंगे।

लियो एफ़. बसकागलिया

37

हैप्पी मम्मा = हैप्पी बेबी

नई मम्मा होने के नाते हम मातृत्व के दबावों और आनंद में इतनी मग्न हो जाती हैं कि खुद को भुला ही देती हैं। हमें यह एहसास नहीं होता कि ऐसा करने से हमारे शिशु को कोई फ़ायदा नहीं होने वाला, बल्कि इसके विपरीत उलटा असर ही होगा। ज़रा कल्पना तो करें। अगर आप पूरी तरह से प्रसन्न हैं और आराम ले चुकी हैं और ऐसे में शिशु रोता है, तो आप उसे आराम से संभाल सकेंगी। आप उसे वह सहारा, स्नेह व धैर्य दे सकेंगी, जो उसका रोना बंद करवाने के लिए आवश्यक है। यदि आप ही चिड़चिड़ी, नाराज़ और थकी हुई होंगी, तो शायद उस रोती हुई पोटली को इतने प्यार से चुप नहीं करा सकेंगी।

सारी दुनिया की संस्कृतियों में नई मांओं की प्रायः बड़े ही लाड़ से नन्हे शिशु के साथ-साथ देख-रेख की जाती है। भारत में क़रीब चालीस दिन तक मां अपने नवजात शिशु के साथ अपने मायके में रहती है, ताकि उसे पूरी देख-रेख मिल सके। उसकी हर रोज़ मालिश होती है, विशेष भोजन दिया जाता है, ताकि शिशु के लिए पर्याप्त मात्रा में दूध बने और इसके अलावा कोई पुरानी नर्स, चाची, मां या कोई महिला संबंधी नई मम्मा को बच्चे की सार-संभाल करना सिखाती है। जापान में तो नई मां को छोटे बच्चे की तरह दुलारा जाता है। उसे तीस दिन तक बिस्तर पर ही रहना होता है और इसी दौरान वह अपने शरीर की खोई

ताक़त और ऊर्जा पा लेती है। दक्षिणपूर्वी एशिया के कुछ हिस्सों में एक परंपरा का पालन किया जाता है, जिसके अनुसार पिता तब से ही लकड़ी बटोरना आरंभ कर देता है, जब उसकी पत्नी गर्भवती होती है। उन्हें एक खास जगह रखा जाता है, इस अभ्यास को मदर वॉर्मिंग का नाम दिया गया है। जन्म के बाद, घर के बाहर शिशु का आगमन सूचक चिह्न लगा देते हैं, ताकि सारा समाज जान ले कि इस परिवार को थोड़ा एकांत चाहिए। मां के पलंग के पास ही आग जला दी जाती है और उसे शिशु सहित कंबल में लपेट दिया जाता है। वे कई दिन या सप्ताह तक इस गर्भनुमा वातावरण में रहते हैं और उन्हें रोज़मर्रा के जीवन से जुड़ी हर परेशानी और दबाव से दूर रखा जाता है।

कई परिवारों में महिलाओं को इसी तरह घर में रखा जाता है और कई महिलाओं को कुछ ही दिन में अपने पैरों पर खड़े होकर नौकरी पर निकलना होता है। कई छोटी उम्र की मांओं को यह रिवाज भले ही क़ैद लगे, पर यह उनके शरीर को पूरा आराम देने और थोड़ी-सी देखभाल के लिए ही बना है। आप इस दौरान सही मायनों में अपने पैरों पर खड़े होने का साहस संजो सकती हैं। अपने शरीर को नए सिरे से ताक़तवर बना सकती हैं, अपने मन को मातृत्व के विचार से जोड़ सकती हैं और अपने शिशु के साथ संबंधों को मधुर बना सकती हैं। इस समय आराम से खाएं, सबके दुलार की पात्रा बनें, क्योंकि इसके बाद तो आपको यह मौक़ा नहीं मिलेगा, आप स्वयं अपने शिशु को संभालने की भूमिका निभाएंगी, तब आपको एक सुलझे हुए वयस्क के रूप में सामने आना होगा।

इस समय एक शहीद बन कर यह कहने की आवश्यकता नहीं कि आपके लिए सबसे पहले शिशु मायने रखता है। हां, बेशक शिशु की देखभाल मायने तो रखती है, पर इस क़ीमत पर नहीं कि आप खुद को ही अनदेखा कर दें। आप अपने प्रति अच्छा बर्ताव करेंगी, तभी तो शिशु के प्रति अच्छा बर्ताव कर सकेंगी।

प्रसव के बाद आपकी देखभाल के कुछ उपाय प्रस्तुत हैं –

एक प्यारी नींद

अकसर नई मांओं को नींद की कमी से होने वाली परेशानी से जूझना पड़ता है। जितना और जब भी हो सके, सोने की कोशिश करें, केवल यही

एक ऐसी चीज़ है, जो आपको ऊर्जा से भरपूर रख सकती है। कोई भी डॉक्टर आपको यही सलाह देगा कि जब शिशु सो रहा हो, तो आप भी नींद लें। इसके साथ ही आपको यह भी मानना होगा कि आप पहले जैसी भरपूर नींद नहीं ले सकेंगी। गर्भावस्था के आख़िरी दिन आपको इसके लिए तैयार कर देंगे और एक बार इसे स्वीकार लेने के बाद आपका जीवन कहीं आसान हो जाएगा।

फ़ूड फैक्ट

हो सकता है कि आप शिशु के जन्म के बाद अपने शरीर को देख कर डर ही जाएं। अगर आप क़िस्मतवाली हैं, तो शायद एक भी स्ट्रेच मार्क न हो, किंतु अगर आप मेरी तरह हैं, तो आपके पेट के आसपास की सारी त्वचा पर जो झुर्रियां होंगी, उन्हें कोई भी एंटीरिंकल क्रीम ठीक नहीं कर पाएगी। चिंता न करें और डायटिंग के सभी विचारों को दरकिनार कर दें। इस समय आपके शरीर को पोषण की आवश्यकता है। हो सकता है कि ऐसा लगे नहीं, पर आपका शरीर शिशु के लिए पर्याप्त दूध बनाने के लिए ओवरटाइम कर रहा है। इसके अलावा आपको उसे संभालने लायक़ हिम्मत भी जुटानी है, इसलिए आपको अतिरिक्त पोषण की आवश्यकता होगी। हालांकि मुझे आपको बता देना चाहिए कि घी खाने से दूध बनने का कोई संबंध नहीं है, यह केवल आपके हिप्स पर कई किलो चर्बी चढ़ाने में मदद करेगा। इसके अलावा और कई विकल्प मौजूद हैं, जो दूध की मात्रा बढ़ाने के लिए प्रयोग में लाए जा सकते हैं, बेहतर होगा कि केमिस्ट की दुकान पर मिलने वाले इन उपायों को डॉक्टर से पूछकर ही इस्तेमाल करें।

वर्कआउट

जैसे ही डॉक्टर से हरी झंडी मिल जाए, तो जिम जाएं, चहलक़दमी करें या रोज़ एक घंटे तक तैराकी करें। इस तरह आपको तनाव से मुक्ति मिलेगी और कुछ किलो वज़न भी घटेगा। इससे आप काफ़ी बेहतर महसूस करेंगी। वैसे यह भी ध्यान दें कि आप अब पहले जैसा फ़िगर नहीं पा सकतीं, यह फ़िगर पहले वाले फ़िगर से काफ़ी अलग होगा और आप जितनी जल्दी इस

तथ्य को स्वीकार लें, उतना ही अच्छा होगा। अगर अभी वर्कआउट करने की भी हिम्मत नहीं है, तो कोई बात नहीं, इसे इतना गंभीरता से न लें। मैंने अपना गर्भावस्था का वज़न (18 किलो) केवल बच्चों के काम करते हुए और उन्हें स्तनपान कराते हुए घटाया, क्योंकि मेरे पास कभी जिम जाने का समय ही नहीं था। यह वज़न घट जाएगा, इसके कारण मायूस न हों। आप अपने शरीर की स्ट्रेचिंग की कोशिश कर सकती हैं। अपनी गर्दन और बाज़ू घुमाएं, नीचे की ओर लाने के बाद ऊपर की ओर लाएं, आप इतने से ही खुद को काफ़ी हलका, सजग और चुस्त महसूस करेंगी।

मेहमान

'ओह कितनी प्यारी स्वीटी-पाइ है! ज़रा इसके नन्हे-नन्हे हाथ तो देखो!' आपके साथी की आंटी की दूसरी कज़िन जब बिटिया को दुलारते हुए उसके नन्हे हाथों को अपने हाथों में जकड़ेगी और उसके सिर का डैंड्रफ़ बेबी के तकिये पर गिरेगा, तो आप वहीं खड़ी मुस्कराते हुए सब देखती रहेंगी, पर मन-ही-मन सोच रही होंगी कि काश! आप में उसे वहां से हटाने की ताक़त होती, पर अफ़सोस आप कुछ नहीं कर सकतीं। मां और बच्चे से मिलने आए मेहमानो से निबटने का काम थोड़ा मुश्किल होता है। यदि वे अस्पताल में मिलने आते हैं, तो ठीक है (या आपने घर में शिशु को जन्म दिया हो, तो वे सीधे घर ही आते हैं), किंतु घर आने के बाद तो आप अपनी नई भूमिका निभाने में इतना व्यस्त होती हैं कि किसी भी मेहमान से मिलने की हिम्मत ही नहीं बचती। दूसरे, पता नहीं उन्हें कैसे पता चल जाता है कि आपने बमुश्किल आराम का वक़्त निकाला है, वे उसी वक़्त आ धमकते हैं। यह तो समझ आता है कि यह एक सामाजिक शिष्टाचार है और आपके परिवार को भी दूसरों को शिशु से मिलवाने का पूरा हक़ है, तो ऐसे मैं आप उस आंटी का क्या करें, जो आपके नन्हे शिशु पर ऐसे डैंड्रफ़ गिरा जाती हैं, मानो केक पर आइसिंग शुगर हो?

यह याद रखना भी अहमियत रखता है कि मेहमान आपके लिए मायने रखते हैं और उनके खिलाफ़ मन में कोई रंजिश नहीं रखना है। एक नई मां होने के नाते आपको शिशु को संक्रमण से बचाने का पूरा हक़ है, पर साथ ही बाल-रोग विशेषज्ञों का यह भी मानना है कि यदि परिवार और

मेहमान बीमार या संक्रमित न हों, तो वे अपने साथ 'फ्रेंडली जर्म्स' लाते हैं, जो शिशु की रोग प्रतिरोधक क्षमता विकसित करने में मदद करते हैं। अतः वे लोग शिशु को संभाल सकते हैं और उन्हें संभालना भी चाहिए। साफ़-सफ़ाई भी उतने ही मायने रखती है, इसलिए आप अपने मेहमानों को इस बारे में बताना न भूलें। मैंने मेहमानों के लिए कुछ सुनहरे नियम बना दिए थे, बच्चों के कमरे में जूते पहनने की इजाजत नहीं, सभी मेहमानों को बच्चों के पास आने से पहले तरल सोप से अपने हाथ धोने होंगे, लंबे बालों वाले मेहमान वहां पड़ी टोकरी से क्लिप या रबरबैंड लेकर अपने बाल बांधकर ही शिशु के पास आ सकते थे। कुछ लोग मन-ही-मन कुढ़ते, तो कुछ मुंह पर ही साफ़ कह देते कि उन्होंने भी बच्चे पाले हैं, किंतु उन सबको मेरे नियम मानने ही पड़ते थे, फिर से इस बात को ध्यान में रखें कि बेशक शिशु आपका है, पर घर आने वाले मेहमान भी बच्चे को आशीर्वाद देने आते हैं, यदि आप उन्हें परिवार के नए सदस्य से मिलने की इजाज़त नहीं देतीं, तो यह व्यवहार मां की सुरक्षात्मक प्रवृत्ति से परे जाकर अमैत्रीपूर्ण और रूखा लग सकता है।

अगर आप सचमुच आने-जाने वाले से काफ़ी थक गई हैं, तो परिवार का कोई दूसरा सदस्य-साथी, सासू मां, मां या कोई और शिशु को मेहमान से मिलवाने दूसरे कमरे में ले जा सकता है और आप इस दौरान थोड़ा आराम कर सकती हैं। वे चाय पीने के साथ-साथ शिशु से भी खेल लेंगे। मैं एक ऐसे परिवार को भी जानती हूं, जिन्होंने अस्पताल की तरह मिलने का समय तय कर रखा था। शिशु के घर आने के बाद पूरे एक सप्ताह तक शाम को 5 से 6 बजे तक मिलने का समय था। नन्ही-मुन्नी को स्पंज देकर अच्छे से कपड़े पहनाए जाते, उसकी मां भी तैयार होती और दोनों बाहर के कमरे में बैठते, जहां चाय-नाश्ता परोसा जाता और छः बजते ही मम्मा और बेबी वापस लौट जाते। भारतीय नीति के अनुसार मेहमानों को 'अतिथि देवो भव' (अतिथि ईश्वर के समान है) माना जाता है, पर इस समय इन नियमों को मम्मा और बेबी के हिसाब से ढाला जा सकता है।

विमान के सुरक्षा निर्देशों में प्रायः एक बड़ा सच छिपा होता है, जिसे हम अकसर अनुसना कर देते हैं। जब भी विमान में सफ़र करें, तो बच्चे को ऑक्सीजन मास्क पहनाने से पहले अपना मास्क पहनें। दूसरे शब्दों में, बच्चे की देख-रेख करने से पहले अपना ध्यान रखें।

मैं उम्मीद करती हूं कि इसको पढ़ कर आपको यह एहसास तो हो ही गया होगा कि अपने लिए समय निकालना कोई बुराई या विलासिता नहीं है, यह आपके मन, बुद्धि व आत्मा के संरक्षण के लिए अनिवार्य है। तभी आप अपने शिशु को वह देखभाल दे सकेंगी, जिसकी उसे अभी आवश्यकता है।

याद रखें: हैप्पी मम्मा = हैप्पी बेबी!

≺ 38 ≻

कुछ बेहतर की उम्मीद...

जिस एक पल में शिशु का जन्म होता है, मां भी जन्म लेती है। इससे पूर्व उसका कोई अस्तित्व नहीं होता। स्त्री तो वह हमेशा से होती है, किंतु पहले मां नहीं होती। उस स्त्री में एक नई मां जन्म लेती है।

रजनीश

नौ माह की लंबी यात्रा के बाद आप आखिरी मुक़ाम तक आ गई हैं, आपने उस पड़ाव को भी पार कर लिया है, अपने लक्ष्य को पा लिया है – एक स्वस्थ व प्रसन्न शिशु, ईश्वर, प्रभु और ब्रह्माण्ड की ओर से आपके लिए एक अनमोल उपहार, जिसे आप अपने सीने से लगा कर पालेंगी और पोषण देंगी। जब आप अपने शिशु का प्यारा-सा चेहरा देखती हैं, तो आपको एहसास होता है कि सब कुछ सार्थक हो गया – मॉर्निंग सिकनेस की परेशानी, हारमोनल हिस्टीरिया, दुख और पीड़ा बेमायने नहीं थे, क्योंकि आपने अंततः जीवन की बेहतरीन कृति को पा लिया है।

हालांकि यहां एक चेतावनी भी देना चाहूंगी : अब आप एक नए और

संशोधित रूप में हैं। आपके शिशु से जुड़ी कोई भी बात आपको पूरी गहराई से प्रभावित करेगी। न केवल यही, आप अचानक एक पूर्ण अलग स्तर पर दूसरी मांओं से भी स्वयं को जोड़ पाएंगी – जब किसी और के बच्चे को भी चोट लगेगी, तो आपका दिल भी दुखेगा। मेरी एक दोस्त ने कहा था, अब मैं सड़क के आवारा बच्चों का दुख देख नहीं पाती। मैं उनके चेहरों में अपने पुत्र के चेहरे की कल्पना करती हूं और मैं सचमुच उनकी ज़िंदगियों को बेहतर बनाने के लिए कुछ करना चाहती हूं। इस करुणा के साथ ही आभार उत्पन्न होता है। उस अवसर के प्रति आभार, जिसके माध्यम से आप सबसे ज़्यादा प्यार देने और पाने के योग्य हो गई हैं। एक मां होने का आभार, एक साथ वह शक्ति और संवेदनशीलता पाने का आभार, जो केवल एक मां ही पा सकती है।

यह एक आजीवन लंबी यात्रा का आरंभ ही तो है। आगे वाले अच्छे-बुरे दिनों, उतार-चढ़ावों के बीच आप इतना गहन आनंद, शांति व संतोष पाएंगी कि यह सोचने पर विवश हो जाएंगी कि आपके बच्चे के बिना आपका जीवन संपूर्ण कैसे हो सकता था। कभी-कभी ऐसे वक़्त भी आएं, जब आपको उसे अपने बल पर छोड़ना भी सीखना होगा जैसे, उसके स्कूल का पहला दिन या फिर कहीं दूर जाना, किंतु आप दोनों का एक रिश्ता हमेशा क़ायम रहेगा – एक अदृश्य गर्भनाल आपको अपने बच्चे से हमेशा जोड़े रखेगी।

जैसा कि वान मॉरीसन ने भी गाया है – 'बेबी, द बेस्ट इज़ येट टू कम।' आपको, आपके शिशु और आने वाले सभी शिशुओं को एक अद्भुत जीवन की शुभकामनाएं!

आभार

मैं कोई उत्तर नहीं दे सकता, बस,
धन्यवाद और बहुत से धन्यवाद।

विलियम शेक्सपियर

इस पुस्तक के लेखन के दौरान मुझे अनेक लोगों से प्रेरणा व सहायता प्राप्त हुई, जिन्होंने मेरे साथ अपना समय और ज्ञान बांटा।

मैं इन सबको धन्यवाद देना चाहूंगी।

डॉ. अनाहिता चौहान ने पांडुलिपि को मेडिकल दृष्टि से जांचा।

डॉ. संगीता शाह, रूथ मलिक और बर्थ इंडिया के गेसू आफ़ताब ने मुझे नेचुरल बर्थ के बारे में ढेर-सी जानकारी दी।

'मातृका' की जानेट चावला ने सर्जरी के दो दिन बाद ही मुझसे मिलने का समय निकाला।

वैरोनिका सिमास डिसूज़ा ने मुझे बैली डांस सीखने में सहायता दी।

डॉ. राहुल जोशी ने संगीत के संपर्क की व्याख्या की।

योग विशेषज्ञा जैस्मिन मिस्त्री और फ़ीरोजा अली ने योग संबंधी जानकारी दी।

डॉ. गीतांजलि शाह ने गर्भसंस्कार के बारे में बताया।

आशीष व अनीता मोदी ने भी पांडुलिपि के बारे में अपने विचार रखे।

नवीना वेंकट सोंदरगार्द, ज़िया लेम्ब्रो और शिवानी शर्मा ने अपने प्रसव संबंधी प्रसंग बांटे, स्वादिष्ट तेल-रहित लंच के लिए नवीना को खासतौर से धन्यवाद,

हमेशा की तरह मेरी गुरु विनीता असरानी ने पूरा मार्गदर्शन और प्रेरणा दी। मेरे ट्यूज़डे ग्रुप के सभी सदस्यों का सहयोग भी उल्लेखनीय रहा। विवेक व राशिदा असरानी, रितिका असरानी, राधिका मेहता जेसरानी, सुकेशी सेठ, प्रिया डॉक्टर, सुवर्णा पुराणिक और मैथ्यू।

'हे हाउस इंडिया' में अशोक चोपड़ा और एषणा रॉय के साथ काम करने का आनंद आ गया।

शेरणा खंबाता ने अपने कर्तव्य से कहीं परे जाकर मुझमें अपना पूरा भरोसा जताया और जिनके बिना यह किताब कभी लिखी ही नहीं जा सकती थी।

मेरा परिवार – मैं बहुत भाग्यशाली हूं कि आप सब मेरी ज़िंदगी में हैं।

और हमेशा की तरह वीर, गायत्री और मोहित, जिनके लिए दिन-प्रतिदिन मेरा प्यार बढ़ता ही जाता है और जो मुझे निरंतर इस अद्‌भुत जीवन को जीने की प्रेरणा देते हैं।